JN238232

おやすみ ラフマニノフ

中山七里

宝島社

Good-night Rachmaninoff

Nakayama Shichiri

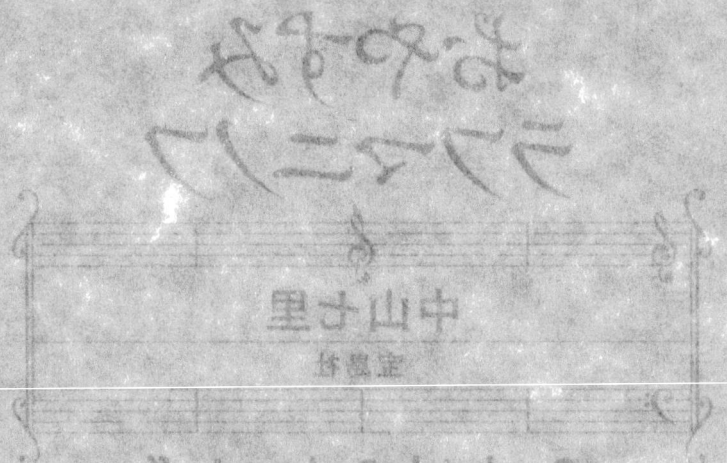

Contents

おやすみラフマニノフ

装画　北沢平祐 or PCP
装幀　高柳雅人

プレリュード

時価二億円のチェロが完全密室の部屋から忽然《こつぜん》と姿を消した――。

騒ぎを聞いて楽器保管室に駆けつけると、既に人だかりができている。その中に割り込むとドアの正面に初音《はつね》さんが立ち尽くしていた。顔から血の気が失せている。不安げに辺りを見回していたが、ボクを発見すると漸《ようや》く安堵《あんど》したようだった。その表情を見た瞬間、力一杯抱き締めてあげたくなったが、衆人環視の中ではそれも適《かな》わない。

「チェロ、なくなったって？」

努めて冷静さを装って尋ねると、初音さんも雰囲気を察してか、落ち着いて事情を語り始めた。

彼女の説明によると概略はこうだ。初音さんもここ数日はストラディバリのチェロを試奏する毎日だった。昨日も夕方六時まで演奏を続け、何事もなくチェロをケースに入れたまま保管室に入り指定の棚に戻してから退室した。

「その時点では確かにチェロはあったの。ね、そうでしたよね？」

初音さんに質《ただ》されると、警備員のおじさんは沈痛な面持ちで頷《うなず》いた。

「ああ、うん。一つ一つを仔細《しさい》に見た訳やないけど、ちゃんと楽器の位置も数も合っとった。このお嬢さんが最後だったからそれは確かや」

「それで今日も持出ししようとして保管室に入ったら……チェロが棚から消えてたのえ。ということは——。

言葉を続けようとした時だった。

「ちょ、ちょっと退《ど》いて退いて！」

甲高い声が向こう側から上がった。そして人波を掻《か》き分けてやってきたのは須垣谷《すがきや》教授だった。

「ス、ストラディバリウスが盗まれたというのはほ、本当ですか！」

そして息せき切ってボクと同じ質問を初音さんと警備員さんに繰り返した。きっともう何度も同じ受け答えをして責任感にも苛《さいな》まれているのだろう、警備員さんの顔には苦渋と疲労が同居している。強面《こわもて》のする顔も萎《しお》れてしまえばただの疲れた中年男だ。ところが須垣谷教授はここを先途と次々に質問を浴びせかける。

「昨日の最後の入室者と時間は？」

「このお嬢さんで最終施錠は十八時十二分でした。私は二十時までここに待機し、その後退社しました」

「その時にチェロは確かにあった？」

「お嬢さんが退室した後、目視して確認しました。楽器の数も位置も所定のものでした」

「名器ストラディバリウスであると確認したのかね？」

「自分は目利きではないので楽器の良し悪しまでは分かりません。しかし毎日見ているものですから形や色合いが違うくらいなら見分けはつきます。昨日も普段通りでした」

「ふむ。それで本日の開錠は？」

「先ほど八時二十五分、やはりこのお嬢さんでした」

「柘植《つげ》さん、貴方《あなた》は毎日そんなに早くから？」

「ええ。公演のメンバーに選ばれてからは毎日その時間に借りに来てます。少しでも長い時間触れていたくて、お昼にいったん返す以外はずっと一緒です。本当は家まで持って帰りたいくらいなんです」

ああ、それは本当にその通りだ。ずっと一緒にいたいというのはちょっと嫉妬《しっと》してしまうけれど、相手がストラディバリウスならそれもしようがない。

「で、なくなっていた時の状況は？」

「通常通りです。七時三十分に出社、八時ちょうどこの持ち場に着きました。そしてお嬢さんの持出許可証を確認して入室させると、すぐにお嬢さんの叫びというか驚きの声を耳にしたので自分も入室したところ楽器一挺《ちょう》が所定の場所から消失していた次第です」

「その時、室内には君と柘植君だけだった訳だ。待てよ……その時、彼女は規則通りなら空《から》のカーボンケースを持参していたはずだ。疑う訳じゃないが、そのケースは確認したのか。中は本当に空だったのかね？」

初音さんの眉《まゆ》がさっと険しくなった。ボクも教授の取り澄ました顔を張り飛ばしたくなった。何のことはない。きっちり疑ってるじゃないか。

「失礼だとは思いましたが、それはすぐに私も確認しましたよ。しかしケースの中は空っぽで何も入っちゃいなかった」

「念を押すが昨日の十八時十二分から本日八時二十五分まで、この部屋に入室した者は誰《だれ》もいなかったのだな？」

「それは間違いありません。入退室記録はこのカードリーダーと本社のホストコンピュータが繫《つな》がっているので現在照会中です」

「では、他の出入り口は……」

「あのですねえ、先生！」警備員さんは遂に堪《こら》えきれないように食ってかかった。「この保管室は室温と湿度を完全管理する意味で窓もなければ換気扇もない。出入り口はこのドア一つ。窓はドアにすら付いとらん。一見普通の部屋だが、要は銀行の金庫室と同じだ。そんなことは私よりもあんたたちの方がずっと詳しいでしょうが！」

「なっ……」

そのままひと悶着《もんちゃく》起きるかと思われた時、ぴこぴこと電子音が響いた。ちっと舌打ち交じりに携帯電話を取り出した警備員さんが耳を傾けている間、須垣谷教授は憮然《ぶぜん》とした表情のままで固まっていた。

相手の声を聞いていた警備員さんの表情が再び苦渋の色を帯びてくる。やがて通話を終えた直後の声は消え入るようだった。

「今、本社から連絡がありました。やはり昨日の十八時十二分から本日八時二十五分までカードリーダーが作動した記録はありません。いや、それどころか」そう言って、ボクらの上後方を指差した。振り向くと、そこには監視カメラのレンズが一同を睥睨《へいげい》していた。「見えますね？　このドアの正面はあのカメラが四六時中監視しています。しかしビデオを再生した担当者の報告によれば問題の時間内、この部屋に近付いた者は皆無だったとのことです。つまり……つまり……」

彼はそこで言い淀《よど》んだ。

言いたくない理由は分かっていた。理屈では有り得ないことだからだ。

密室——そう。誰も侵入できず、そして脱出もできない部屋から子供一人分ほどの大きさの楽器が消失したのだ。

誰が？

そして一体どうやって？

数々の疑問が渦巻く中、ボクは事件の発端となったあの日のことを思い出していた。

I

Affannoso piangendo

アッファンノーソ　ピアンジェンド

〜悩ましく嘆きながら〜

1

ライトに浮かび上がったステージの上でピアノがワルツを踊っている。軽快に、そして徐々に勢いを増しながら、それでも優雅さを保ったまま華やかに舞っている。

やがてロンドの旋律が急速に駆け上がり、オーケストラがそれに続くと三度目の主題が提示された。

ベートーヴェン〈ピアノ協奏曲第五番変ホ長調　皇帝〉第三楽章――。

ボクを含め、ホールを埋め尽くした聴衆は半ば呆然《ぼうぜん》としてステージ中央に君臨するピアニストを見つめていた。オーケストラが一際高らかに鳴る中でピアノはしばし沈黙を保っているが、ピアニストの指は鍵盤の上に静止したまま微動だにしない。皆、その指がいつ振り下ろされるのか固唾《かたず》を呑《の》んで見守っている。

そして指が鍵盤に触れたかと思うと、その動きはもう目にも留まらなかった。空気を刻むようなピアノの音が、オーケストラを巻き込みながら心を駆け抜けていく。狂ったような目まぐるしい転調。それでも溢《あふ》れ出た音粒は一斉に同じ方向に向かって猛進している。

ヴァイオリンが小刻みな上昇と下降を反復させ、ピアノも弱音と強音を繰り返す。それにつれてボクの心拍も上下する。ああ、駄目だ。身体が動かない。まるで音の金縛りに遭ったみたいだ。

やがてティンパニの緩やかなリズムをバックに、ピアノが次第に沈静していく。でも聴衆たちは知っている。これがラストの全力疾走を前にした助走に過ぎないことを。

そして俄《にわ》かに目覚めたピアノが渾身《こんしん》の力で最後のフレーズを歌い上げると、オーケストラがぴたりと寄り添い、二度の勇壮なピリオドを打ってこの曲を終わらせた。いや、終わらせたのはオーケストラじゃない。この曲の本当の指揮者は、跳ね上げた指を虚空で静止させているピアニストだった。

胸の裡《うち》で何かが音を立てて弾《はじ》けた。

数秒間の空白の後、ぱらぱらと起こった拍手がすぐに津波のようになって押し寄せた。

ボクはと言えば反射的に立ち上がって手を叩いていた。当然だ。ここで立ち上がらなければ、いつ立ち上がると言うのだ。お座なりの、慣習化されたスタンディング・オベーションじゃない。ボクは心の底から、このピアニストを称《たた》えたかった。人生における幾つもの選択肢でよくぞピアノを選んでくれたと感謝したかった。しかも、このピアニスト岬洋介《みさきようすけ》はボク城戸晶《きどあきら》の通う愛知音大の臨時講師なのだ。

きっと他の聴衆たちも同じ気持ちなのだろう。ボクの周囲の人たちは皆、頰《ほお》を紅潮させ、痛そうなくらいに拍手を続けている。ふと前列五列目の隙間《すきま》に気付いた。皆がずらりと立ち並ぶ中で、おじさんと女の子の二人だけが座ったままでいるのだ。よく見ると、おじさんは白杖《はくじょう》を携え、女の子も松葉杖《づえ》を横に置いている。親子だとしたら二人とも気の毒に。きっと立ちたくても立てないのだろう。

ボクの真横にいた初音さんも立ち上がって拍手していた。だが、表情はいささか強張《こわば》っている。

「どうしたの？」と、訊いてみたが、初音さんは首を横に振るばかりでまともに答えようともしない。

この反応はブーイングではない。ブーイングなら彼女は冷笑を浮かべ、「それで？」とでも言わんばかりに肩を竦《すく》めるのが常だ。それが今は、まるで競争相手の表彰式に立ち会うかのように憮然としている。

拍手はまだ鳴り止まない。鳴り止む気配もない。聴衆たちも別の酔い方をしているのだ。外界と隔絶されたホールで非現実の世界に触れ、夢見心地の中にいる。

現実を忘れるのは至難の業だ。こんな不景気な世の中では尚更《なおさら》で、いつ、どこにいても侘《わび》しい生活が顔を覗《のぞ》かせる。煩わしい人間関係が尾を引く。電波は不安と悪意を垂《た》れ流し続け、道往《ゆ》く者はｉＰｏｄで、部屋に籠《こ》もる者はネットに逃げ込んで自分の殻《から》を守るのに精一杯だ。

そんな澱《よど》みを〈皇帝〉は綺麗《きれい》さっぱり吹き払ってしまった。今、このホールに満ち溢れているものは勇気と希望と、そして賛歌だ。

時折、音楽が魔法を見せる時がある。だが、それはこの上ない演奏者とこの上ない曲目とこの上ないシチュエーションが偶然合致した時に起こる、本当に奇跡的な瞬間でしかない。

その、数少ない奇跡がここで起こった。その奇跡を見せてくれた演奏者に対して聴衆ができることはたった一つだけだ。

むっつりとした初音さんに気を取られながら、それでもボクは手を叩き続けていた。

愛知芸術劇場を出る頃にはもう九時近くだった。栄《さかえ》の中心にあるデパート群もシャッターを下ろし、明日が月曜日ということもあって道往く人もまばらになっている。

何か食べて帰ろうか――と、言いかけてやめた。少なくとも食欲のある顔ではない。

「タクシー、捕まえよっか？」

そう尋ねると、初音さんはゆるゆると首を横に振った。

「歩いて行く。近くだし、火照った顔を冷やしたい」

五月も半ばを過ぎ、適度な湿り気を帯びた風が吹いている。確かに上気した頬を冷やすにはちょうど良い。それに初音さんのマンションは大須《おおす》にあり、ここからなら二人の足で二十分といったところだ。夜の散歩にもちょうど良い。

「家で何か作る？」

「もうお腹一杯よ。あんな演奏聴かされちゃ、もう何も入らないわ。良かったら晶だけ食べれば」

こんな風に初音さんはボクを年下扱いするけど二人は同い年だ。ただ彼女が四月生まれでボクが十二月生まれというだけに過ぎない。それでも彼女はわずか八ヶ月でも人生経験に差があるといって主導権を握ろうとする。そしてボクもそれに唯々諾々と従っている。その方が何となく楽だし、初音さんは見るからに姉御肌《はだ》でボクがイニシアチブを取る図なんてかえって滑稽《こっけい》だ。

「晶はさっきの演奏、どう感じた？」

「どうって……凄《すご》かったんじゃない？」

「うん……」

「どうせチャリティーだと思って高くくってたらとんでもなかった。岬先生も雑誌で前から名前は知っていたけど演奏は聴いてなくて、ただ人当たりのいい先生だくらいにしか思ってなかったから、もうびっくりだよ。臨時講師なんてもったいない。いっそ常勤になってくれないかなあ」

「で、毎日お手本を弾いて貰《もら》う?」

「最高の教材じゃない?」

「わたしは御免ね。あんなドラッグみたいな演奏を毎日聴かされたら身体か精神がどうにかなっちゃう」

「ドラッグ?」

「病んだり疲れた人には特効薬だろうけどね。あの演奏には常習性がある。聴けば聴くほどまた聴きたくなる。あのピアノを聴くためなら地球の裏側まで追っかけたくなる」

そんな大袈裟《おおげさ》な、と言おうとしてまたやめた。その口調は真剣そのもので、それに嫉妬めいた響きがあったからだ。初音さんは決して他人に嫉妬したりしない人なのに。

しばらく黙って歩いていると、彼女の足がぴたりと止まった。

「今の訂正」

「え?」

「病んだり疲れた人だけじゃない。健康な人間にも大した刺激剤になる。なんかスゴく悔しい。山を登っている最中に遥《はる》か真上から、ここまでおいでって言われたような気分。て、いうか自分ではもう中腹近くかなと思ってたら実はまだ麓《ふもと》付近をうろちょろしてた、みたいな。岬先生ってまだ二十五、六でしょ」

「うん」

「年はたったの三歳違い。なのに音楽性には天と地ほども開きがある」

「比べるのはおかしいと思うけどな。あっちはピアノ、初音さんはチェロじゃないか」

「表現力の問題よ。扱う楽器は違っても、その差は歴然としている。あれが聴衆からカネの取れる演奏。わたしたちはまだまだアマチュアなのよ」

いきなり歩調を早めた彼女に引っ張られるようにして大津《おおつ》通りを歩く。昼間ならブティックや銀行が建ち並ぶ目抜き通りも、今は閑散として急ぎ足で歩いているのはボクらだけだ。

やっとのことで若宮《わかみや》大通りにぶち当たる。通称百メートル道路。嘘《うそ》か真《まこと》か知らないけれど、名古屋が焼け野原から復興する時、危急の際には飛行機が離着陸できるようにこんな道路幅になったのだと言う。お蔭《かげ》で普通に歩くと横断歩道の向こう側に着くまでに信号が赤に変わるので、端から全力疾走しなければならない。文字通りの百メートル走だ。

ダッシュ！　――したが、いつもはボクの呼吸を読んで一歩目を揃《そろ》えるはずの初音さんがフライング気味にもう数メートル先を走っていた。

「ちょ、ちょっと。待ってよ」

「待たない！　あんなの聴かされたら待ってなんかいられない」

初音さんは脇目《わきめ》も振らずに横断歩道を走り抜ける。追いついたのは中間地点だった。

「何をそんなに急いで」

「言ったでしょ。カンフル剤注入された。安穏となんかしてられない」

「だからって」

「わたしには待っている人がいる。今のままじゃ間に合わない」

ああ、とボクはその一言で合点した。初音さんを待っている人――それは彼女の祖父柘植彰良《あきら》のことだ。

柘植彰良は愛知音大の理事長・学長であると共に、稀代《きたい》のラフマニノフ弾きと呼ばれる名ピアニストだ。国内外で獲得した賞は数知れず、長年交響楽団の常任指揮者も務めていた。さすがに七十の齢を越えた時に常任指揮者の座は後進に譲ったもののピアノまで引退した訳ではなく、現在も国内最高齢のピアニストとして日本音楽界の頂点に君臨している。今ではその地位ゆえに正面きって批評する評論家もおらず、あの柘植彰良が鍵盤を叩いている事実そのものが奇跡という評判さえある。

隔世遺伝の期待もあったのだろうか、その孫娘である柘植初音は三歳の時からはや音楽家への道を決定づけられていた。最初はピアノ、次にヴァイオリンを習わされたが、ある日夭折《ようせつ》の天才チェリスト、ジャクリーヌ・デュ・プレのレコードを聴いて感銘を受け、音楽の伴侶《はんりょ》にチェロを選んだ。幸いにも祖父のピアノを子守唄《こもりうた》代わりに聴いていた初音さんにとって楽器を演奏することは三度の食事と同じくらい自然なことで、音高、音大への進学も本人の意志だった。だから、チェロを抱いた初音さんはいつも自然体だった。音楽と共にあるのが当たり前、チェロを奏でる以外に自分の道はないと自分で決め付けていた風だった。いつかは祖父柘植彰良のピアノに追い着くことを目標にして。

その初音さんが今、焦りを感じている。さっきの演奏はボクの胸に届いていたけど、彼女には魂の芯まで届いていたのだ。

「知ってるよね？　岬先生って、今も新進なんて言われてるのよ。あんなにコンクールで実績上げてあんな恐ろしい演奏するのに、まだまだヒヨっ子扱い。それがプロの世界の現実なのよ。だったら、わたしのチェロなんて子供騙《だま》しみたいなものよ」

「初音さんらしくもない。他人とは競わない、自分の敵は自分なんだ、が初音さんの口癖でしょ」

「でも」

「第一、子供騙しって言うけど、子供を騙すのが一番難しいんだよ。辛抱利かないし、静かにしてるっていう最低限のマナーもないし。小学生低学年を一クラス並ばせて一曲雑音なしで弾き果すのがどれだけ大変か、初音さんだって去年の学校回りで嫌っていうほど思い知ってるじゃない」

「晶はあんな演奏聴いても平気だったの」

先を歩きながら初音さんは不審半分感心半分でそう言った。

何気ない一言だったのだろうが、心臓にちくりと突き刺さった。

競える相手なんて思ってもみなかったからだ。あれはボクとは別次元の資質だ。

動揺を隠してボクも何気ない風を装う。

「初音さんがショックを受けたのは選択肢が一つしかないからだよ」

「じゃあ晶の選択肢は？」

「キリギリスが駄目ならアリになればいい。ボクの選択肢なんて幾つだってあるよ」

真っ赤な嘘だった。

選択肢なんてカッコいいものなんてあるものか。柘植家のお嬢さんは今が就職氷河期だということを知らないのだろうか。そしてキリギリスはどうしたってキリギリスだ。楽器を捨てても翅《はね》をもいでもアリに変われる訳じゃない。

でも、これは口にしてはいけない言葉だった。口にすればボク自身を追い込むことになる。ボクは纏《まと》わり付く不安を振り払うようにして、彼女と長い長い横断歩道を走った。

大須には音大生専門の賃貸マンションが何件かある。たっぷりと広く、防音材を四方に埋め込んで窓はダブルサッシ仕様にした防音完備の部屋だ。これなら練習しても外部に音が漏れないが、その代わりに家賃もバカ高い。所詮《しょせん》ボクみたいな一般学生には高嶺《たかね》の花だ。

元々、初音さんの実家は本山《もとやま》にある。栄からは東山《ひがしやま》線で一本、時間にしても二十分足らず。人の噂《うわさ》ではさすが柘植彰良の邸宅らしく、本山の高級住宅地の中でも群を抜いて立派なお屋敷らしい。それでも初音さんが一人暮らしを決めた理由は、彼女なりの自立心だったのか、それとも遅れてやってきた反抗期なのか。でも意地の悪い言い方だが、家賃を親が払っているのでは自立心と言っても怪しいものだ。しかも週に一度は実家に帰っている。この間も、「電車七駅分の自立心」と囃《はや》してやったら、しばらく口を利いてくれなかった。

「じゃあ、おやすみ」

そう言って踵《きびす》を返そうとした時、彼女の手が上着の裾《すそ》を摑《つか》んだ。

「部屋、上がっていかない？」

返事に窮していると、彼女は悪戯《いたずら》っぽく笑った。

「最近、この辺りも物騒なの。男物の下着干しとくだけじゃ心許《こころもと》なくって。男出入りがあるって事実見せておかないと」


コーヒー一杯という名目で部屋に入った。

この部屋は相変わらずお洒落だと思う。ダウンライトと間接照明に照らし出された部屋に足を踏み入れた途端、アロマの香りが鼻をくすぐる。モノトーンを基調とした壁紙。キャラクターグッズの類《たぐい》は一つもなく、卓上には十センチほどのミニチュア楽器とノートパソコン、一眼レフカメラ――これは、ペーパークラフトで出来たフェイクだけれど――とかの小物が並んでいる。こんな物までがインテリアとして機能するのは、元々この部屋が無機質な印象だからだろう。

不意にチェロの音が流れ出した。曲はシューマンの〈トロイメライ〉。トロイメライというのは夢という意味で、なるほど夜の演奏にはぴったりの選曲だ。

音の方向に頭を向けると、いつの間に着替えたのか初音さんは薄手のシャツ一枚で丸く縮まり、チェロを後ろから抱えている。ぎょっとしてその位置を確かめたが、窓の真横で外からは見えない場所なのでほっとした。でも、今の彼女はたとえ見られていても気付かないかも知れない。

元々はシューマンが書いたピアノ組曲の第七曲だが、初音さんはこの曲が大好きで何かの折には必ずこの曲を弾く。演奏家には誰しもお気に入りの一曲があり、それを演奏することが一種の精神安定剤の役割を果たす。きっと、今の初音さんには必要な曲なのだろう。

曲自体は四小節の旋律が八回繰り返されるだけで技術的に困難な箇所はない。でも、この曲にはシューマン独特の複雑な構造があり、表現や解釈が一筋縄ではいかない。

中音域から主和音がクレッシェンドしながら上がっていき、ソプラノで主題が憧憬《しょうけい》を伴って歌われる。そして、その直後にこの断片が二度反復されるが、いずれも和声の陰に隠れるようにこだまする。これがシューマン独特の対位法だ。

初音さんのボウイングは優美そのものだ。弦を慈しむかのように大きく真横に弓を引く。その動作に無駄な部分は一切ない。左指はチェロの内なる声を聞こうとしているかのようにG線を優しく撫でている。エンドピンから床に音が伝わり、部屋全体に低く広く棚引く。チェロの音域は人間の声に一番近い。母親のような声で、ボクを眠りの世界に誘うように半覚醒《かくせい》の神経を慰撫《いぶ》する。まるで母親の胎内でたゆたっているような気分だ。中間部で主題がフォルテシモで再現されるが、その高鳴りも耳には柔らかな風のような感触で響き渡る。

最後の三小節目はフォルテから入って、徐々にテンポが緩やかになった。主題の断片が低音部で現れ、そして靄《もや》のように拡散して消えていく。

弓を弦から離し軽い溜息《ためいき》を吐《つ》くと、初音さんは初めてボクの存在を思い出したような顔で「ああ」と言った。

「ゴメン、あっちの世界に行ってた」

「気にしなくていいよ。こっちも同じ世界に行ってたから。むしろ気付かないまま何曲かぶっ通しで演《や》ってくれてもいいくらいだ。ボクにもとってておきのトランキライザーだから」

「トランキライザー、ね」

彼女は少しだけ唇を尖《とが》らせる。

「確かに岬先生のドラッグに比べたら、わたしの演奏なんてせいぜい精神安定剤どまり」

「そういう意味じゃないったら。すっかり岬先生を仮想敵にしちゃったみたいだね」

「今は仮想敵。でも、そのうち好敵手になってみせる」

カンフル剤というのは言い得て妙だな、と思った。夜が更けていく一方で彼女の目は生気に溢れている。このまま放っておけば朝日が差し込むまでチェロを引き続けるに違いない。

「ねえ」と、一瞬彼女の目が別の色に変わる。

「泊まっていかない？」

チェロを外したシャツの下、左胸から鳩尾《みぞおち》にかけてうっすらとした痣《あざ》が見える。この痣はチェリスト特有のもので、年がら年中その部分で楽器を支えているためにどうしても黒ずんだ痕《あと》がついてしまう。そして、その痣でボクは彼女の祖父の存在を思い出した。

「……悪い。明日、学校早いから。もう行くよ」

「……あのさ、もう何回誘ったかなんて言わないけどさ。晶ってひょっとしてゲイ？」

「れっきとしたストレート」

「じゃあ、どうして」

「偉大な音楽家の身内にはどうしたって二の足を踏んじゃうよ。クララ・シューマンに色目を使ったブラームスは尊敬に値するね」


外に出てからマンションを仰ぎ見る。夜目にも瀟洒《しょうしゃ》な建物で入居者のステイタスまでが透けて見える。地下には広い駐車場も完備されており、初音さんのミニヴァンもそこで眠っている。ここから大学までは電車で二駅くらいの距離だが、何せ運ぶのは子供の背丈ほどもあるチェロだ。満員だったり、階段での運搬を考えれば断然車に載せた方が楽器にとって安全だ。そして彼女がチェロを扱えるのは、その運搬目的だけにクルマを購入できるという経済的基盤もある。ボクのような貧乏音大生は足と電車が頼りだ。

ちょっとだけ――ほんのちょっとだけ嫉妬心が胸に巣食う。他人の財布を羨《うらや》むことほど情けないものはないけれど、財布の中身はいつも現実とワンセットになっている。何者かになりたい、何かをしたい。夢は数々あれど、その実現を阻むのはいつでもカネという現実だ。

嫉妬心の源泉は財布の中身だけではない。昨夜、初音さんが嘆いていた音楽的才能の落差。それはそのまま彼女とボクの間にも言えることだ。ボクはあの演奏を聴いても愕然《がくぜん》とはしなかったが、それは最初からあんなパフォーマンスに立ち向かおうとは思わなかったからだ。力量の差なんてものじゃない。あれはボクとは別次元の資質だ。音楽の神様は決して公平ではない。微笑《ほほえ》むべき者には微笑むが、それ以外の者は歯牙《しが》にもかけない。そして選ばれた者は、言葉を音符に、声を旋律に変えて聴衆に提供し、当然のように報酬を手に入れる。岬先生はもちろん、初音さんも努力すればそういう人生を送れるだろう。

　だけど、それはほんの一握りの人間だ。この世に音楽で身を立てたいと思っている人間は一体何人いるのだろう？　ボクのように音大に通う者、通わない者、通えない者、せっせとレコード会社にデモ・テープを送り続けている者、道端でギターを掻き鳴らしている者、プロの教室に通う者、カラオケ・ボックスに日参する者——。それなのに、人前で腕前を披露するのを許されるのは何百人に一人だ。いや、まだその先がある。例えばポップスの世界で一年にデビューする新人は四百組を優に超えるらしい。でもその中で一年後、二年後まで生き残るのは片手に足りないほどだ。

　人は誰でも一度現実で夢を見る。ある者はスポーツに、ある者は文学に、そしてある者はボクのように音楽に。練習に次ぐ練習、試練に次ぐ試練。そのうち次第に自分の力量を知る。自分の手がどこまで届くのかを思い知るようになる。そして大半の者は諦《あきら》めて他の道を歩き出す。しかし残された者は足掻《あが》き続けながら、ますます目指すものが遠ざかるのをじっと見ているしかない。胸に抱いた夢はそのまま膿《う》み腐り、本人の魂を腐食させていく。

　とぼとぼと来た道を辿《たど》り、栄から地下鉄で名古屋駅に向かう。何でもこの区間は日本で三番目に混み合う区間らしいが、それで既に身動きができない。これが日本一厳しい区間では、かの地の音大生はどう対処しているのだろうと想像する。いつもは楽器ケースを携えているので、座るなり棚に上げるなりしないとラッシュから楽器を守りきれないのだ。

名古屋駅から名鉄に乗り換えても帰宅ラッシュは続く。頭上の送風口から温風が当たって睡魔を呼び寄せる。正直な話このまま電車の中で惰眠を貪《むさぼ》りたいところだけどそうもいかない。

やがて車内アナウンスが西枇杷島《にしびわじま》への到着を告げた。緩やかにドアが開く。

西枇杷島は庄内川《しょうない》のたもとに位置する昔ながらの住宅地だ。市内に近いという好条件もあって古い町であっても新しい入居者がある。古びた長屋風の家もあれば洒落た新築マンションもあり、新旧が混然一体となっている。こういう雑然とした雰囲気はボクも嫌いじゃない。

ボクの住まいは商店街を過ぎた一角に建つ築十年ほどのアパートで間取りは１ＤＫと手狭だけれど、壁が厚く遮音性能はなかなかのものだ。実を言えば、この防音と家賃だけで決めたような物件なのだ。

集合ポストを覗くとリクルート雑誌が二冊入っていた。こちらから資料を請求した訳でもないのに、どうしてボクの存在とこの住所を知っているのだろう。恐らく名簿屋なる者が蠢《うごめ》いているのことは予想できるけれど、まるでこちらの窮状を見透かされているようで決して気持ちのいいものじゃない。無雑作に雑誌を摑むと、その間から封書がこぼれ落ちた。差出人は我が音大で中身は薄々見当がつくが一応開封する。

学生番号二〇〇六三四七五番　ヴィルトゥオーソ科四回生　城戸　晶　殿

不足金納入のお願い（二回目）

冠省

ますますご清栄のことと存じます。先日より授業料納付額の不足についてご案内をしてまいりましたが、いまだに納入いただけず、大学といたしましても対処に困窮しております。つきましては本状到着後、速やかに納入またはご連絡をいただきますようお願いいたします。

草々

前期授業料　二，二二〇，〇〇〇円
入金金額　　九五〇，〇〇〇円
不足金額　一，二七〇，〇〇〇円
以上不足金額について六月末日までに納入下さい。

愛知音楽大学　学生課

ボクは軽く溜息を吐いて請求書をポケットに突っ込む。カネのない人間に対して、ますますご清栄も何もないものだ。

部屋に入るとちゃんとヴァイオリンは所定の場所、机の横に立て掛けてあった。そこにあるのが当然なのに現物を見ると何故《なぜ》かほっとする。四六時中持ち歩いているので身体の一部のような感覚と言えば理解して貰えるだろうか。人混みの中に行く用事があったとは言え、丸々半日も手元にないとやっぱり落ち着かなくなる。

ケースから取り出すと、ニスの芳香が溢れ出る。ボクはこの匂いが好きだ。ニスと言っても工業用の刺激臭ではなく、様々な染料や香料が配合されているのでまるで香水のような匂いがする。実際、このニスの出来で響きが左右されるので世界中のヴァイオリン職人たちはその配合に細心の注意を払っている。

ネックを握ってくいと持ち上げると、顎《あご》当ての部分がすいっと左顎に納まる。スティックに親指を当てると、自然に中指とで円の形になり、ここに薬指が加わって弓を支える。

このヴァイオリンにはチチリアティという名前が冠されている。イタリアの若き名工アレッサンドロ・チチリアティが絶えて久しかったフェラーラ派の伝統を現代に甦《よみがえ》らせた逸品だ。響鳴板は二十年以上寝かせた材料のみを使用し、とても個性の強い音を奏でる。

ボクはこれを五年前、お母さんからプレゼントされた。確か二百万円の値札が付いていたと思う。ヴァイオリンは分数楽器と呼ばれ、身体の大きさに合わせて何分の一サイズというように分かれている。つまり成長するに従って上のクラスに買い替えなくてはならず、そのため他の楽器よりもひどく物入りになる。このチチリアティは四挺目の、そしてお母さんから買い与えられた最後のヴァイオリンだった。「これが最後だから」と言った時、お母さんは少し寂しそうだった。きっと、もう残された時間がわずかであることを察知していたのだろう。

ボクが物心つく頃からお母さんの傍らにはクラシック音楽があった。ラジオ、CD、テレビ、一日たりとも音楽の流れない日はなく、それらを子守唄に育ったボクがヴァイオリンを手にするのは自然な成り行きだった。自身が昔はヴァイオリニストだったお母さんもそう受け止めていた。

そのお母さんも、ボクが大学に入学したその年に死んだ。

弓を持ち上げる。材質はヘルナンブコ、黒檀《こくたん》。弓の毛も先月交換したばかりで艶々《つやつや》としている。

無意識のうちに奏で始めたのはパガニーニの〈ヴァイオリン協奏曲第二番ロ短調〉第三楽章〈鐘のロンド〉。お母さんが好きだったせいでレパートリーになった曲だ。初音さんの精神安定剤が〈トロイメライ〉なら、ボクにとってのそれは〈鐘のロンド〉なのかも知れない。

流れるように、それでいて鋭さは保ったままで――。

ところが、三小節弾いたところでボクの弓はぴたりと止まった。

ポジションの移動に指がついてこない。

音は見事に外れた。それはヴァイオリンの泣き声のように聞こえた。

お前なんかに弾いて欲しくない――そう拒絶されたようにも聞こえた。

意外でも何でもない。理由は嫌になるくらいはっきりしている。練習不足なのだ。バイトから帰ると、そのまま疲れて寝てしまうことが多くなった。最近では全く弓に触れない日さえある。生活が夢を蝕《むしば》んでいく。貧乏音大生の宿命とは言え、練習の基本は反復と考察だ。片方だけでも不十分なのに両方怠っていれば上達はおろか、退化していくのは自明の理だ。

同時にやってきた悔恨と情けなさにボクはのろのろと弓を下ろした。

翌日、ボクは大学の学生課へ直行した。窓口で請求書を差し出すと、受付の女性職員は学生番号と名前を後方に告げてから入室を促した。ボクは恐る恐るドアを開ける。

中に入ると、窓側に置かれたソファで初老の男性がボクを待っていた。ひどく褪色《たいしょく》した上に角から中身の覗いた安物のソファと相俟《あいま》って、その男性までもが安っぽく見えた。腕抜きさえすれば、そのまま小学校の用務員さんと言っても通りそうな風貌《ふうぼう》だ。首からぶら下げた職員証には庄《しょ》野《うの》、とあった。

「ご用は？」

最初に請求書を出しているのに、ご用も何もないものだ。その一言でボクはこの納付係の粘着質を確信した。

大学の授業料は前納が原則になっている。つまり未納や金額不足は形を変えた借金ということになる。こういうことは親や他人から教えられなくても本能的に身につくものなのだろう。ボクは必要以上に身を縮めて返済の延期を申し出た。

「何月まで？」

「それはあの……バイトのおカネを貯めて払いますから卒業まで待って欲しいんです」

「しかし後期には当然後期分の授業料が発生しますよ？」

「それは……承知してますけど……」

「バイト代で工面するってのもねえ。普通の四年制大学ならいざ知らず、ここだときついよ？三年までは順調だったんでしょ。それがどうして急にこうなっちゃったのよ」

庄野は途端に態度を豹変《ひょうへん》させ、足を組んでボクを睥睨する。こいつにおカネを借りた訳でもないのに、どうしてこんな態度を取られなければならないのだろう。

「実家からの仕送りが途絶えました」

「ほう。実家は何を？」

「旅館です。一回生までは母が、母が亡くなってからは祖父が仕送りを続けてくれたんですけど、それも今年の二月に停まりました」

「ふーん。まっ、どこも不景気だからねえ」

言葉とは裏腹に同情などこれっぽっちも感じられない口調だった。

「だから待って下さい」

「いやあ、待つのはわしじゃなくって大学だからね。前期授業料の納付期限は四月末日、延期できても最長六ヵ月ってのは規則だから」

「そこを何とか」

「何とかって言われても規則だからねえ。まあ奨学生待遇だったら話は別だけど、あれは四月で枠が確定済みだし」

「でも、たった半期ぐらい……」

「そのたった半期が大きいんだ。あんただけならともかく、この不況で授業料未納が目立って増えとるのさ。ウチはよそに比べて単価が大きいから尚更でね。今後の少子化で学生数の減少は目に見えとるから、現状の納付だけでも正常に戻さんと大学もやっとれんのさ」

「最長六ヵ月。それじゃあもし十月までに全額払えなかったら、どうなるんですか」

「そりゃあ、もう大学におられん訳だから。退学して貰うよりしようがないわねえ」

「退学って……」

「それはひどいって？　世間一般に照らし合わせたら授業料未納の方がひどい話だわねえ。教育だってタダじゃあないんだ。受けといて代金払わないなんて食い逃げと一緒なんだから」

まさか授業料滞納を食い逃げ呼ばわりされるとは思わなかった。きっと心外な顔をしていたのだろう、庄野は勝ち誇ったような薄笑いを浮かべてボクに最後通牒《つうちょう》を投げつけた。

「ともかく期限は十月末。それまでに不足分百二十七万円、耳を揃えて納入して下さいよ」


心を重くしたままヴィルトゥオーソ科の教室に向かうと、そこにはいつものメンバーに加え、珍しい顔があった。

「いよお、晶。おひさ」

真っ先にボクを見つけたのはトランペット専攻の麻倉雄大《あさくらゆうだい》だ。最後に見たのと同じ上下の革ジャンに黒のソフト帽、口元の似合わない髭《ひげ》までそのままだった。

「おひさって……それはこっちの台詞《せりふ》だよ。今日はどうした風の吹き回しさ」

「あのな。俺《おれ》、学生。でもってここ、俺の教室。必然的理由。以上」

澄ましてそう答えたが、照れ隠しは一目瞭然《りょうぜん》で目が泳ぎっぱなしになっている。

雄大がしばらく顔を見せなかったのは担当教授と大喧嘩《げんか》をやらかしたせいだ。本人は「音楽的解釈の違い」と嘯《うそぶ》いているが、真相は多分もっと単純なことだろう。

「しっかし、皆さん真面目だよなあ。ほとんど毎日出席してるってんだから」

「継続させるのは才能の一つだよ」

「それには異論がないが、俺の求める才能じゃないな。求めるのは継続ではなく一瞬の爆発だ」

「爆発って何だよ」

「旧態依然とした音楽の破壊と再構築。楽譜通りに演奏することの否定。教科書通りの演奏方法への異議申し立て。破壊せよ、とアイラーは言った」

「雄大さあ、呼び出し食らったんでしょ？」と、横から割り込んだのはクラリネットの小柳友希《こやなぎゆき》。

「ぎりぎりまで追い詰められないと、あんた動こうとしないから」

「何を根拠に」

「五月の時点で早くも単位不足が懸念されてるんだもの。ここで呼び出されたら、あんたでなくても大抵の生徒はビビるわよねえ」

「うっせえよ、小柳。生意気風吹かすくらいだったら、さっさとクラリネット吹いてろ。どのみち、いくら真面目に出席しようが優秀な成績残そうが、卒業後の生活が保証される訳じゃなし」

その一言で教室内の空気が一変した。面と向かっていた友希も途端に表情を硬くした。

「どうせ、就職課でみんな言われたんだろ。音楽関係の求人はありませんて。つまりよ、俺たちが今させられてることは就職には何のプラスにもならないんだよな」

雄大も途中から空気の硬化に気付いたらしく、視線が不安げに揺れている。しかし、口から出かかったものを我慢するという自制心が彼には欠けていた。

「今更、説明されるまでもねえけど、この大学卒業する奴らの中で何人が音楽で飯を食っていけるか、聡《さと》い奴なら入学時点から自覚してるさ。まあ、鉄板なのは学長の孫娘さんと器楽科のプチ子・ヘミング、ヴァイオリンの入間《いるま》くらいで、あとは俺を含めて有象無象の集まりだな」

やさぐれた言い方でも挙げた名前には説得力があった。柘植初音と、プチ子・ヘミングことピアノ専攻の下諏訪《しもすわ》美鈴《みすず》、そしてヴァイオリン専攻の入間裕人《ひろと》。この三人には共通点があり、共に親族に著名な音楽家を持ち、数々のコンクールで入賞を果たしている。特に下諏訪美鈴はコンクール荒らしとまで呼ばれ、大抵のピアノ・コンクールには顔を出している。確か現在は六月のアサヒナ・コンクールにエントリーしているはずだ。

言ってはいけない真実を吐き出した当の本人は、ばつの悪さを口の悪さで誤魔化そうとして更に状況を悪化させている。だが、一旦開いた口はなかなか閉じようとしない。こうした舌禍が担当教授との亀裂を作り出したのだ。本人もそれは承知してはいるのだろうが、こういう癖は一朝一夕で治るものでもない。皆に追い打ちをかけるつもりか、雄大は再び何かを口にしようとした。

その時だった。

ただ一人、我関せずといった風情だったオーボエの神尾《かみお》舞子《まいこ》が雄大の前に立ち塞《ふさ》がった。

「あなたと一緒にしないで」

眉一つ動かさない捨て台詞に、ボクはぎょっとした。普段は決してこんなに尖った物言いをする人じゃない。いつも超然としていて、沈没寸前のタイタニック号の甲板でも優雅に紅茶を啜《すす》りながら、それでいてちゃっかり最初の救命ボートに乗り込んでいるような人間だ。その彼女がそうと分かるほどに過敏になっている。

理由は、はっきりしている。

彼女も不安なのだ。

その不安が伝播《でんぱ》したのか、雄大は更に饒舌《じょうぜつ》になった。不安に駆られた者はよく喋《しゃべ》る。喋っているうちは不安を感じなくて済むからだ。

「だけどよ、この大学を選んだ段階でみんな真っ当な勤め人になる気なんざ、さらさらないよな。今まで音楽一辺倒でよそ見もせずにやってきたんだからな。でも、一方でもし音楽で飯が食えなくなったらどうなるかも頭を過《よ》ぎったはずだ。碌《ろく》な資格も技術もないから、良くて非正規社員、悪けりゃプーだ。芸術家目指したつもりが結局は世間のつまはじきになって」

「雄大。もうそのへんでやめ――」

「何だよ、小柳。お前だって例外じゃねーだろ。それともそんなこと、考えるのも恐いからずうっと知らんふりしてたのか」

友希は一瞬、言葉に詰まったが、すぐに反撃に転じた。

「そう言うあんたはどうなのよ！」

「聞いてなかった？　さっき、俺を含めて、と言ったはずだぞ。俺にスーツなんか似合うと思うか？　安心しろよ。落ちこぼれるんなら真っ先に俺だ」

その場にいたものが一人、また一人と雄大に背を向け始めた。さすがに決まり悪くなったのだろう、雄大の憎まれ口も次第に尻切れトンボになっていった。

だけど、みんなが知っていた。

背を向けたのは雄大にではない。

現実からだ。


ボクにも人並みの危機感があり、まだ仕送りが止められる以前に就職課を訪れたのだが得られた情報は希望や好奇心ではなく、絶望と不安だった。

就職課の壁には卒業生たちの就職先がずらりと列記されていた。バンベルク交響楽団、ロイヤル・チェンバー・オーケストラ、日本フィルハーモニー交響楽団、東京交響楽団、劇団四季、新国立劇場合唱団、海上自衛隊音楽隊、川崎市消防音楽隊……。だが、これは見合いの釣書のようなもので、昨年の就職実績は過去の栄光とはほど遠いものだった。

演奏関係団体への就職はわずかに六人だったのだ。その十倍以上を教育関係が占めている。そして申し訳程度に音楽系企業が数社、残りは建築やら金融やらの一般企業が名を連ねている。もちろん就職を選択しなかった者もいて、彼らは欧米の音楽大学に留学している。しかし、そんなのは本当に一握りしかいない。そしてまた、当然のことながらこのリストに入らなかった者が大多数存在する。まるで最初からそこにいなかったかのように。

つまり、これが我が音大の就職状況の実態だ。音楽家を目指したものの、そのほとんどが志半ばで挫折《ざせつ》し、入学当初とは全くベクトルの違う職場で音楽以外の職能で生活の糧を得ている。就職課の担当者の話では今年は昨年以上に厳しいらしい。いや、言い換えよう。よほどの才能と運、そしてコネがなければ音楽で飯を食っていくというのはおよそ不可能なのだ。

更にボクたちヴィルトゥオーソ科の特殊事情もあった。この大学には器楽学科、声楽学科、作曲学科、音楽学学科、音楽教育学科、そしてヴィルトゥオーソ学科の六学科がある。ヴィルトゥオーソというのは「音楽の名手」とか「芸術の技術に優れた人」を意味するイタリア語で、その名の通りプロの演奏家を目指す者に実技重視のカリキュラムを組んだクラスだ。そのために教養科目は十六単位しかなく、他の学科なら当然のように付いてくる教育職員免許が取得できない。つまりは潰しが効かない訳で文字通り八方塞がりになっている。

ボクたちはそんな単純な真実を四年もかかって学習した。四年もかけたので、恐くて正面きって見据える勇気をなくしていた。背を向けたのは、そういう理由からだ。

午後の授業はソルフェージュからだった。要は楽譜読みであり、実技と比べれば退屈この上ない内容だ。しかもその直前に白けるどころか絶望の淵《ふち》を覗き込まされるような思いを散々していたので、授業に集中できる予感は毛先ほどもなかった。

ところが教室のドアを開けてやってきたのはいつもの担当講師ではなく、学科長の須垣谷教授だったので教室がざわついた。

「皆さん、お静かに」

そう言う須垣谷教授の表情はどこか誇らしげだ。

「今日はソルフェージュの時間を少しだけお借りして、ヴィルトゥオーソ科の皆さんにお知らせしたいことがあります」

まさか、その得意満面の顔で「皆さんの就職は絶望的になりました」なんて言い出すんじゃないだろうな。

「我が校恒例の定期演奏会。今年も十月に行われることになりましたが、学長の参加される曲目が決まりました。ラフマニノフの〈ピアノ協奏曲第二番〉です」

ほう、と溜息のような声がどこからか洩《も》れる。〈協奏曲二番〉は難度が高いラフマニノフの楽曲の中でも極めて高度な技巧を要求されるピアノ曲だ。そしてまた、協奏曲作家としてラフマニノフの名声を打ち立てた最も人気の高い協奏曲でもある。

学長柘植彰良の参加する演奏曲は定期演奏会の目玉だ。全盛期こそひと月に複数回の演奏をこなしたマエストロも寄る年波には勝てず、近年はステージに立つ回数もめっきり減った。だが自らが学長を務める音大の演奏会にだけは必ず出演する。だから、国内外の多くのファンにとって、この演奏会は年に一度だけ柘植彰良の演奏を堪能できるプラチナ・チケットとなっている。

その稀少な演奏会で稀代のラフマニノフ弾きと呼ばれる巨匠が、ピアノ協奏曲の最高傑作の一つを演奏するのだ。チケット一枚に一体どれだけのプレミアがつくのだろう。

だが、最もボクらの関心を引いたのは次の一言だった。

「尚、今回の演奏メンバーは選抜ではありません。学内、いや、正確には器楽学科とこのヴィルトゥオーソ学科の中からオーディションで決定します」

ええっ、と遠慮のないどよめきが起きた。その反応を確かめた須垣谷教授は更に得意げな顔になる。

「ど、どうして今年に限って」

「ええ。前年までは成績優秀者からあらかじめ選抜していましたが、今年はもっと幅広く人選を行いたいという理事会の意向がありまして」

「マジかよお……」

「オーディションは一ヵ月後。詳細は後刻掲示板に貼り出しておきます。日頃の学習成果を発揮するまたとない機会です。皆さん奮って応募して下さい」

だが、テレビの視聴者プレゼントのような口上を聞いている者はもう誰もいなかった。

これは蜘蛛《くも》の糸だ――ボクはそう思った。

学長の出演する定期演奏会には柘植彰良の貴重なコンサートという他に、もう一つ別の側面がある。演奏会当日には国内外の音楽関係者が一堂に会する。巨匠の演奏を是非とも聴きたいという関係者が多いのも当然だが、大学側があらかじめそうした著名人にチケットを配布しているのだ。そしてその関係者の前で才能ある若き演奏家たちが腕前を披露する。つまり、この演奏会は学外の音楽関係者にとってオーディションの役割をも果たしている。しかも学内から選ばれた者といっても、実質的に選ぶのはソリストを務める柘植彰良だ。言い換えれば巨匠のお墨付きを貰ったようなもので、これほど有利なカードはない。事実、過去の定期演奏会で学長のバックを務めた者の多くがプロオケに入団している。

地獄の底で絶望に喘《あえ》ぐ罪人たちに垂らされた一本の細い蜘蛛の糸――。だが、それは確実に天上の世界に繋がっている。

いきなり降って湧《わ》いたようなチャンスにボクは間違いなく浮き足立っていた。実は非公式ではあるけれど、学長の選抜メンバーにはもう一つの特典がある。それは、メンバーの中からコンサート・マスターに任命されれば準奨学生という扱いを受けて後期授業料が丸々免除されるというものだった。しかもボクに限っては前期不足分の納付延期というおまけ付きになる。将来の夢に加えて目先の授業料——大学側から不足金の督促を受けている身としては目の色を変えるには十分な餌《えさ》だ。心なしか胸の鼓動も大きくなった。

教授の言った通り、休み時間に本校舎の一階に行くと掲示板にオーディションの要項が貼り出されていた。その前はちょっとした人だかりだ。

愛知音大定期演奏会出場者選考会
〈曲目〉　ラフマニノフ　ピアノ協奏曲第二番
選考日時　六月十二日九時　本校第二ホール

フルート	三名
オーボエ	三名
クラリネット	二名
ファゴット	二名
ホルン	四名
トランペット	二名

テナートロンボーン　　二名
バストロンボーン　　一名
チューバ　　一名
ティンパニ　　一名
バスドラム　　一名
シンバル　　一名
第一ヴァイオリン　　八名
第二ヴァイオリン　　八名
ヴィオラ　　六名
チェロ　　六名
コントラバス　　四名
ピアノ　　柘植彰良
選考対象者　器楽学科・ヴィルトゥオーソ学科
選曲は自由。但し、各々の持ち時間は十五分以内とする。

募集人員は合計で五十五名。普通六十名前後のオケ構成を幾分少なくしているのは恐らく柘植学長ならではの指示だろう。器楽科とヴィルトゥオーソ科を合わせると百四十人ほどだから、倍率はざっと二・五倍といったところか。いや、楽器によっては専攻に偏りがあったりピアノは除外されるから実際の競争倍率はもっと低くなるはずだ。

「これは……可能性あり、だよなあ」

同じことを考えたのだろう。ボクの背後で雄大がそう呟《つぶや》いた。

「雄大、受けるの？」

「与えられた機会を無駄にするのは自分への裏切りだ」

「あーらら。さっきに比べて随分と前向き発言だこと」

真横で友希がまぜっ返すが、雄大は取り合おうともしない。

「そういう晶はどーすんだよ」

「ボクがトランペットを吹かなかったことを神様に感謝しな」

「おお、大した自信だな。まっ、ヴァイオリン枠は十六人だからな。確かにたった二名のトランペットに比べりゃ確率は相当高いし」

「でも、コンマスは一人だ」

そう答えると、雄大は目を剝《む》いた。

「お前が……コンマス？　それ、自信って言わねえぞ」

「じゃあ何て言うんだよ」

「過信」

「過信だろうが妄信だろうが今回は勝ちにいかせて貰う」

雄大はボクをまじまじと見つめる。

「どうしたん、晶？　お前がそんなにがっつくの初めて見るような気がするけど」

「主に経済的理由。説明終わり」

「ああ……そう」

それだけで雄大は納得した。雄大を含め、近しい友人はボクの置かれている状況を承知してくれていたからだ。だが、そこに承知してくれていない人物の横槍《よこやり》が入った。

「ハングリー精神かあ。感服はするけど趣味じゃないわねえ」

そのオネエ言葉の主は顔に余裕を貼り付けてボクらを見ていた。怜悧《れいり》な表情に流行りの薄いメガネを掛け、まるで値踏みをするような視線だった。

「入間……くん」

「話すのは初めてだったよね。アタシ入間裕人」

「あ。ボクは城戸――」

「コンマス狙いならアタシも参戦するから。よろしく」

「入間。どーしてお前がコンマスに拘《こだわ》るんだよ。お前、そんなことしなくたって入学時点からずっと奨学生待遇だろ」

「主に精神的理由ってヤツよ。説明終わり」

「いーや、説明不足だ。精神的理由だって？　ヴァイオリンならお前が一番なことくらい周知の事実だ。それでもダメ押しみたいに自分の実力見せつけたいのか」

「コンテストなら競う。オーディションなら受ける。そういう貪欲さと、互いの実力差を絶えず誇示しておく執拗《しつよう》さ。その二つが一番を守り続ける秘訣《ひけつ》なのよ」

入間裕人はそう言い残すと、すぐにその場を立ち去って行った。

外国の小説を読んでいると、自分の墓の上を誰かが歩いている、という表現にお目にかかる。今までは単に字面を追うだけの言葉だったが、この時初めてその意味が実感できた。

入間裕人は国際的ヴァイオリニストを母親に持ち、自身も国内コンクールに何度も上位入賞している我が音大期待の星だ。女兄弟で育ったためかオネエ口調が抜けないが、ひとたび弓を握らせると情熱的で力強い演奏を聴かせる。今までは科が違うので遠巻きに噂と演奏を耳にするだけだったが、今この瞬間からはっきりとボクの障壁になったのだ。それもとんでもなく困難な障壁に。

正直、彼を競争相手には考えていなかったのでボクはすっかり当惑していた。そして次に暗澹《あんたん》たる気持ちになった。思いがけなく財宝を見つけたのに、その周辺を人食い虎《とら》が徘徊《はいかい》しているようなものだ。ライバル視することさえ僭越《せんえつ》な気がする。あの、どこか見下した視線も本人の立場なら当然のようにも思えてくる。

でも――。

闘う前に白旗を揚げるつもりはなかった。コンマスに選ばれ、あの柘植彰良の間近でヴァイオリンを弾く――。瞬時に思い浮かべた光景は、もう掻き消すのが不可能なくらいに魅力的だった。

「相っ変わらずヤなヤツだな。お前のこと思いっきり鼻で笑ってたぞ」

いや、そこまではしていない。

「あんな挑発されたんだ。受けるよな」

返事をしようとした時、「もちろん、受けるわよ」と真後ろで声がした。

振り向くと、そこに初音さんがいた。

「もちろんて、どうして初音がそんなこと決めるんだよ」

「わたしが決めるんじゃなくて、その人の可能性が決めるの。晶。いい？　私のチェロと晶のヴァイオリン、今まで何度かカルテット組んだけど、今度みたいな大編成で一緒にやるなんて初めてなのよ。しかもグランパのピアノのバックで！」

「だから？」

「入間裕人が何よ。才能認められるチャンスなのよ。それも一番認めて欲しい人間に。ねっ、一緒にやろうよ。目指せ、コンマス！」

この上から目線の言葉は既に才能を認められた者特有のものだったから、少なからずボクは鼻白んだ。自分もオーディションを受けたとして、落とされる可能性は考えてないのかい？　けど、少し考えれば分かる。二学科合わせてチェロを弾いているのは十五人。その中で技術も実績も初音さんは群を抜いている。おまけに審査の決定権は彼女との共演をきっと望んでいる学長が握っている。これで選ばれないはずがない。

「ま、相手とすれば最強最悪だけどな。片や国内コンクールの常連、片や担当教授に睨《にら》まれてコンクール出場経験なしの馬の骨」

「雄大は黙ってなさい」

「いや、雄大の言う通りだよ。確かにボクはどこの馬の骨とも知れないヤツだ。少なくともあっちはサラブレッドだしね。でもさ、まだやったことないけど競馬には大穴ってのがあるだろ」

2

「城戸っちゃん、三番さんカツ定二人前ぃ！」

「城戸っちゃん、こっちも上がり。七番さん鉄板ヒレ二人前よろしくうっ」

調理場の威勢のいい声に呼ばれて、ボクは店内から何度も皿を持って往復する。テーブルに皿を置いた瞬間、新しいお客の注文を聞き、調理場に走って、また皿を持って——その繰り返し。特に夕方五時から九時にかけては一息入れる間もなく、こんな状態がひっきりなしに続く。まだ見たことはないけど、鉄火場というのはきっとこんな風なのだろう。

矢場町《やばちょう》にある老舗《しにせ》のとんかつ屋。それがボクのバイト先だ。学生課の庄野に説明した通り、入学当初は実家から仕送りがあったものの、今年祖父が倒れてからは突然援助を打ち切られ、ボクは即刻貧乏学生の仲間入りとなった。当時預金通帳には四桁《けた》の残高しかなく、金銭的に頼れる知人など皆無だった。

そこで急遽《きゅうきょ》、バイトを探す羽目になった。教授に訊くと、バブル華やかなりし頃は名古屋港から出港するクルージングで音大生がピアノ演奏のバイトにありつくということもあったらしいが、今ではまるで異国の話でフェリーどころか屋台舟からのお呼びもかからない。

貧乏音大生の理想とするバイトにはいくつかの必要条件がある。一、通勤定期の範囲内に存在すること。二、授業終了後に仕事が始められること。三、店の賄《まかな》いで夕食を浮かせられること。四、そしてなるべく時給の高いもの。その四つの条件を全て満たしたのが、このとんかつ屋だった。面接時、条件その四の時給を聞いた時は思わず耳を疑った。そこらのファストフードの店長がバイト募集の貼り紙を剝がしたくなるような金額だったからだが、実際に勤め始めてみると逆に薄給ではないかと思えてきた。それくらい忙しい職場だったのだ。

ブタ肉の脂と味噌《みそ》と揚げ油が一体となった臭いも最初こそ鼻をついたものの、今では慣れてしまった。どんなに過酷でもどんなに悲惨でも日常になってしまえば不感症になってしまう。

こうして何も考えず、何も感じない四時間を過ごし、最後の客を送り出すとボクはいつものようにしばらく放心していた。

そこに誰かが肩を叩いた。振り向くと店の親爺《おやじ》さんが立っていた。

「城戸っちゃん。あの話、考えてくれたかね？　ほれ、時間延長の件」

言われて、ああと思い出す。現在四時間のバイトを週三回でいいから六時間にできないかという相談だ。

「すいません。やっぱり無理です。レッスンの時間が一杯一杯で……それに新しい課題みたいなのが急に入っちゃって」

「どうしてもお？」

人懐っこい顔で懇願されたが、何とか固辞した。

「そうかあ。残念やねえ。城戸っちゃんは動きが機敏で客あしらいも上手いから、皆からの評判もええし」

「いえ、だから、それはホントに有難いんですけど」

「バイトってのに引っ掛かるんやったら正社員とゆうのはどうや?」

「え」

「城戸っちゃん、今四年生やろ。もう、どっかの内定貰った? それとも第一志望がはっきりしとる?」

「それは、その……」

言い澱んでいると親爺さんがボクの隣に座り込んだ。

「城戸っちゃん、このとんかつ屋の親爺をどう思う」

「どうって……成功者じゃないですか。創業した店が繁盛して支店も沢山できて」

「成功者ってのはちょっと違うな。ガキの頃からとんかつ屋を目指しとった訳やない。子供には子供なりの、二十歳には二十歳なりの夢やら希望があったさ。そういう破天荒な空想を一つずつ手放していって、一番現実的な道を選んだ。あとは努力と我慢と運だ。この三つがあれば大抵はどうにかなるもんや。だが、努力も我慢も運も使い道っちゅうのがある。例えば、この老いぼれが今からドラゴンズの入団テスト受けに行っても、怪我《けが》して帰ってくるのがオチでな」

「音大生の見る夢は破天荒な空想、ですか」

「世に数多《あまた》ある悪口の中で一番腹の立たんのはど素人の言説だ。根拠のない当て推量やからな。

そやけど腹が立ったら怒ってくれても構わんよ」

「音楽で食っていくのが空想じみてるってのは、とっくに知ってます」

「ああ、そりゃあ知ってるだろうさ。なにせ当事者だもんな。そやけど納得はしとらん」

「……」

「風呂の中に湯を注ぎ込んでいけば、それが少しずつであってもいつかは湯船一杯になって極楽の気分が味わえる。いや、ひょっとしたら誰か救いの手を差し伸べてくれて、一瞬のうちに満杯にしてくれるかも知れん。しかし、それはあくまで儚《はかな》い希望ってやつだ。実際は長い時間の間に湯はすっかり冷めちまうし、風呂の底にはでっかい穴が開いとるかも知れん。そして風邪をひいて後悔する。ああ、こんなことになるんだったら風呂桶《おけ》で集めた分をかけ湯にしときゃあ良かったってな」

「……随分痛いこと言うんですね」

「良薬口に苦しってな。特に本人が気付いているのに、図星を指されると相当に痛い。まあ、俺が言われる立場なら相手殴っとるな」

「暴力は大嫌いです」

「ははは。確かに城戸っちゃんには似合わねえよなあ。ただ悔しがる気持ちは分かるよな。人間、自分の不甲斐《ふがい》なさを見せつけられても自分を責めようとはせん。他人や周りのせいにしたがる。その方がずうっと楽やからな」

「全部、自業自得だと？」

「昔はなあ、高等遊民ってのがいたんだ。定職もないのに自由気ままに生きてる人間がな。日本もこれはこれで大した国で、何人かは働かなくても食っていくことができたんだ。たとえ不景気でもな。だが、ここで三十年客商売してるが、確かに今度の不景気は今までのと訳が違う。えらく深くて重い。もう職のない人間を養っていけるような余裕なんざない。それは、この辺うろついているホームレスの数で分かるだろ」

その光景はもう珍しいものではなかった。白川公園や大津通りの路上で生活する人々。服装は小綺麗で若い人も多い。けど靴やリュックサックがぼろぼろで目が死んでいるからホームレスなのは一目瞭然だ。

「これも昔の話やけど、住む場所をなくした奴らも今と同じようにいた。だが、あんなに若い奴はいなかった。犯罪者でも怠け者でもない。つい昨日まで真っ当な勤め人だった奴が一晩のうちにああなっちまう。で、最初は俺も要らんお節介焼いてよ、その中の一人捕まえて知り合いに紹介したんさ。その知り合いは蒲郡《がまごおり》で農家やってるんやけど、お前んとこで使ってみてくれんかって。そいつはまだ三十代で体力もありそうやったし」

「いい話、ですよね」

「ちいっとも。その若いのは三日で音を上げてな、自分には向いてないとか書き置き残して夜逃げしよった。ご丁寧に三日間の給料代わりに金庫から三万円抜いてな。紹介した俺ぁいい面の皮さ。風の噂じゃ、その若いの結局は元いた公園でホームレス再開したらしいが。それ以来、俺は失業者に対する見方を変えた。不景気なのはなるほどその通り。そやけど失業率が高いのは必ずしも不景気だけのせいやない。給料の八割は我慢代だってことを知らん奴が増えたのもある」

「いい話、じゃないですね」

「良薬に似て真実は耳に苦いんさ」

「そんなに苦い薬、誰も服《の》みませんよ」

「服まんと病気は悪化するだけや。今、巷《ちまた》で自分の不遇を嘆いとるのは、大抵が良薬の代わりに夢を食っとる奴らさ。まるでバクみたいだな」

「バク……」

「みんな自分は特別だと思っとる。歌手を目指す者、スポーツ選手を目指す者、俺だけは私だけはその他大勢とは違うんだってな。そやけどなあ、世の中に特別な人間なんて誰もおらん。おるのは自分を知っとる奴と知らん奴だけや。城戸っちゃんは、さて、どっちの人間かね」

演奏することは特別なことではない。ただ選択肢の問題だ――。それが正解だと承知している一方、全く逆のことを主張している自分がどこかにいた。

「選《よ》り好みするなってことですか」

「職業選択の自由って言うがねえ、自由なんて言葉ほど胡散臭《うさんくさ》いもんはないぞお。自由契約なんてそのままクビって意味やからね。ところで城戸っちゃん。うちが東京に支店出してるのは知っとるよな」

「ええ。銀座の一等地でしょ」

「お蔭様で向こうもそろそろ人が足らなくなった。かと言って忙しくて社員教育も十分できやせん。そこで即戦力になる正社員を送って欲しいと、こう来た。こちらも本店の面子《メンツ》にかけて優秀な人材を派遣せにゃならん。色々と説教臭いことを喋ったが本音はそんなところさ。今すぐでなくたっていい。よおく考えといてくれい」

申し訳なさそうに言い残して親爺さんは立ち去って行った。八つ当たり。そんなことは百も承知で親爺さんが憎たらしくなった。

きっと、誉《ほ》められたのだろう。

期待もされたのだろう。

けれど少しも嬉しくなかった。何故なら誉めて欲しい才能じゃないからだ。期待して欲しいところじゃないからだ。

翌日、予定遅れで順番の回ったレッスン室に入るなり、ボクは愛器を取り出した。これから一時間、この防音完備の部屋で一心不乱に弾き続ける。

コンクールの実績も然《さ》ることながら、入間裕人とボクの一番の違いは表現力にある。何度か彼の演奏を聴いたが、ただ小手先が器用なボクと違い彼の演奏には力があった。

音に感情があり、重さがある。メロディに物語があり、生命がある。

まずはそのレベルに近付かなくてはいけないが、その距離はまだ遥かに遠い。それでもとにかく前に進むしかない。それに立ち止まって考えることに恐怖があった。手を止めて静寂を招くことに拒否反応があった。ヴァイオリンを挟み、弓を引いているうちは不安を感じずに済む。

オーディションの課題にパガニーニの〈鐘のロンド〉を選んだのは我ながら正解だと思った。とにかく譜面通りに弾くこと自体がひと苦労で、パガニーニは決して演奏者に楽をさせてくれない。弾き始めると自《おの》ずと集中せざるを得なくなる。

例えばダブルストップ。二本の弦を一緒に弾いて音を重ねる奏法で単音よりもずっと華やかな音になるが、パガニーニはこれを超高速のパッセージでしなくてはいけない。例えばフラジョレット。弦の各所にある倍音のツボに軽く触れるように弾くと弦本来の振動音が抑えられ倍音のみを響かせる。高く澄んだ音が出るのだが、これを左手のピチカートで弾けと言うのだ。どれも高度な技術と柔軟で長い指を必要とし、演奏というよりはアクロバットに近い運動だが、ある演奏箇所ではその二つを同時に行うことさえある。指導教授の覚えもめでたくなく、コンクールの出場経験さえない人間が点を稼ぐにはこういう演奏で目立つしかない。それは例えば実力のない体操選手が焦ってD難度の技に挑むようなものだったけれど、ボクに選択の余地はなかった。

ニコロ・パガニーニという人間ははや十三歳でヴァイオリンに学ぶべきものを全て学び、その後は自作の練習曲で新技法や特殊奏法を編み出した作曲家だ。いきおい彼の作る曲は普通のボウイングでは到底カバーできる代物ではない。それに加えてこの作曲家は興行師としての一面も持っており、演奏会でわざと一本ずつ弦を切っていき、最後にはG線だけで一曲弾ききったなんて話もある。要は最初からアクロバット志向だった訳だ。しかもその技巧を他人に盗まれないため、全ての楽譜を自分一人で管理していた。伴奏させるオーケストラに楽譜を配るのはいつも演奏の直前で、演奏会が終わるなり回収、練習でも彼自身はソロで弾かないのでオケの面々がソロ・パートを聴くのは本番でしかなかった。こんな調子だから後世の音楽家たちは随分な苦労を重ねて譜面を起こしたのだが、それでもパガニーニのオリジナルにどれだけ近づけたものか。多分それを知っているのはパガニーニ本人だけだ。

底意地の悪いパガニーニの視線を背中に浴びながらボクは無心で弓を引く。ヴァイオリンはちょっとした指の角度だけで音程が変化してしまう。だからポジションの移動はピアノ以上の繊細さを求められる。一気に移動せず、例えば第一指から次のポジションの第三指に飛ぶ時、その中間に第三ポジションの第一指の中間音を入れる。そして焦らない。低音から高音への大きな移動も早い動作で弾くと、移動した音が強調されてしまう。あくまでも弓の速度に合わせる。

何度目かのロンドの主題を奏でた時、不意にレッスン室のドアが開いた。

驚いて弓を止めると、いきなり現れた闖入者《ちんにゅうしゃ》はじろりとボクを一瞥《いちべつ》した。真正面に立ちはだかったその人物は男顔負けの体格をした女性ピアニストだった。

「し、下諏訪さん」

「下諏訪さんじゃないわよ！　何ちんたらしてんのよ。もう予定から十分過ぎてるじゃないの。次はあたしの番だから、さっさと出ていきな」

「いや、ボクの前から十分ずつ遅れてて」

「そんなの知ったこっちゃないわよ。さあ終わった終わった！」

下諏訪美鈴はボクを押しのけると、有無を言わさずピアノの前に座り込んだ。こうなってしまえば彼女を移動させられるのはレッカー車くらいしかない。

彼女ほど名前と容姿が乖離《かいり》している例をボクは知らない。後ろで無造作にまとめたひっつめ髪は見るからにパサパサで、意志の強そうな眉は手入れさえされていない。陰険そうな目と鷲《わし》鼻、への字に曲がった唇。そして威風堂々とした体軀《たいく》。まるで中世の魔女か女レスラーか。彼女が廊下を歩くと、反対方向から来た者がひっと叫んで隅に飛び退くというのも満更嘘ではなさそうだ。

「せめてあと五分……」

だがささやかな抵抗も空しく、彼女は既に蓋《ふた》を上げ譜面を開いていた。ボクの言葉などもう一言も届いていない。この傍若無人さも彼女の定評の一つで、何でもレッスン室に学部長が入ってきた時ですらも邪魔だから出ていけとばかり、無視したままずっと鍵盤を叩き続けていたらしい。

彼女なりに必死なのだろう、と思う。ボクらが定期公演に出演してプロオケのスカウトの目に留まろうとしている以上に、彼女はアサヒナを含めた数々のコンクールで実績を積もうとしている。オケに常任することのないピアニストはどうしてもソロ活動が中心になり、そのためには自分の名前に勲章を付けるしかないからだ。

ヴァイオリンをケースに収める暇もなく諦めてドアに向かった瞬間、その第一音がボクの背中に突き刺さった。

カン！

そこから一歩も動けなかった。

鋭い切っ先のような金属音。紛れもない鐘の音色――リストの〈パガニーニによる大練習曲第三番　ラ・カンパネラ〉。

ただの偶然なのかそれとも彼女の思惑なのか、その曲は今しがたボクの弾いた〈鐘のロンド〉そのものだ。いや、正確にはパガニーニの作曲した曲を、彼に畏敬《いけい》の念を抱くリストがピアノ曲として編曲したもので言わば兄弟のような関係になる。主題もわずかに違うし、全体の曲調に至ってはまるで別の作品だ。

それにしても、この圧倒的な表現力の差は何なのだろう。パガニーニは街に鳴り響く教会の鐘の音をヒントにこの曲を作り上げたと言う。ヴァイオリンで鐘の音を模するにはフラジョレットと筐体《きようたい》の反響を利用するしかないが、それでもピアノの打鍵《だけん》には敵わない。こちらの方が断然鐘の音色に近い。

いや、楽器の性質からくる相違じゃない。悔しいけど認めるしかない。この差は間違いなく演奏者の力量によるものだ。それは主題の旋律を聴けば歴然としている。何て哀しく、そして何て力強い音なのだろう。ただの一音が深々と胸に突き刺さってくる。忘れていた孤独と哀愁を奥底から呼び起こす。ボクの指先では、こんな音逆立ちしても出せやしない。この音大に籍を置く者は専攻が何であれ第一副科でピアノを習うので、今彼女が弾いている曲の難度は直に運指を見なくても分かる。元のヴァイオリン曲でもあんなに大きなポジション移動をするのだ。ピアノなら二オクターブ以上だろう。しかも、それを高速でこなさなければならない。しかし、彼女はそんな技巧臭さを一切感じさせずにただ感情だけ露《あら》わにしていく。

下諏訪美鈴の人物評は決して芳《かんば》しいものではない。しかし、それでも周囲が彼女を認めざるを得ないのはこのピアノがあるせいだ。化粧っ気がなかろうが傍若無人だろうが、この演奏を前にすればそんなごたくは木っ端微塵《みじん》に吹き飛んでしまう。

これが芸術の魔性というものなのだろう。自らの想いを曲に込めるという言い方がある一方で、紡ぎ出される音と演奏者の人格は全くの別物だ。性格破綻者が聖人のような、スカトロジストが天使のような音楽を創り出す。

岬先生の時には別次元の資質だという言い訳があった。しかし下諏訪美鈴や入間裕人は同い年で似た環境の中で学んでいる。それなのにボクと彼女たちの間には誤魔化しようのない距離がある。あの時、初音さんを捕えたであろう絶望と焦燥が今はボクを蝕んでいた。

尚も〈ラ・カンパネラ〉の哀調を帯びた旋律が心を掻き毟《むし》る。それでも無言で退室を迫られているのは痛いほど分かった。ボクは打ちひしがれた気分でドアのレバーを下げた。

廊下に出ると生徒たちの静かなざわめきと様々な楽器の音が溢れていた。その、どこか心地よい喧騒がボクに少しだけ冷静さを取り戻させてくれる。

その時、窓から一陣の風が吹いた。

右手にヴァイオリン、左にはケースを小脇に抱えスコアを指の間に挟んだだけだったのでひとたまりもない。スコアは頁《ページ》をばらばらと広げて宙に舞った。途端にバランスを崩し、前を歩いている人にぶつかった。倒れる！――そう思った瞬間、ヴァイオリンだけを抱き込むように構えた。

「おおっと！」

倒れた身体は両腕に受け止められた。

その人も持っていたスコアの束を落とし、あっという間に床は色とりどりのスコアが散乱した。

「すみません！」という言葉は、相手の方が先だった。

「手は？　手は大丈夫だった？」

「ええ、何とも。すいません、ボクの方が不注意で」

腰を落としてスコアを拾い集めていると、傍らに置いたヴァイオリンに熱い視線を感じた。見れば目を輝かせてヴァイオリンに見入っているその人は――

「岬先生！……」

「いいなあ、それ。アレッサンドロ・チチリアティでしょ？」

「は、はい」と頷いてから奇妙に思った。確かにその通りだけど、本体にもケースにも製作者の名前は刻印されていないはずだ。

「本当に綺麗だなあ。ここまで到達すると楽器自体が美術品だ。これ一挺とグランドピアノ一台が同じ値段というのはちょっと悔しい気がするけど、実物を目の当たりにすると納得せざるを得ないね」

まるで宝石を矯《た》めつ眇《すが》めつするご婦人のように、その目は憧憬にきらきらしている。

「楽器職人さんは幸せだよね。数々の作曲家と同じように、その魂を作品に宿らせて何百年も生き続けることができる。演奏者はその内なる声に耳を傾けながら彼らと一緒に、その言葉と声を音楽に変えていく」

「あの……見ただけで作者が分かるんですか」

「ああ、それはもう特徴があるからね。ニスの光沢具合もそうだけど、特にこのパフリングとスクロールの細工は彼独特だから。あ、でも」

そう言って、岬先生はボクの左手を取った。

「この手も綺麗だなあ」

覗き込んだその瞳こそ日本人には珍しい碧《みどり》がかった鳶色《とびいろ》でとても綺麗だった。男のボクでさえ少しドキドキした。だから逆にむっとした。この指を誉める者は誰もいない。わずかに初音さんがボクの身体の中で一番男っぽい部分、と茶化す程度だ。

「やめて下さい。どこが綺麗なもんですか。タコだらけで骨ばっていて」

「だからだよ。一生懸命練習している演奏者の綺麗な手だ。白魚のようなつるつるした指なんかよりずっと価値がある……。と、失礼。まだ自己紹介してなかったね。ごめんなさい。二月から臨時で講師をしている岬洋介です」

ぺこりと下げた頭を見てどこまで本気なのかと疑った。自己紹介なんて必要ない。学内はもちろん、音楽関係者で今この人を知らない人間なんていないのじゃないだろうか。

「ボクは城戸晶。ヴィルトゥオーソ科四年です」

「じゃあよろしく、城戸さん」

「そんな、さん付けなんて。いいですよ君付けで。何なら呼び捨てでも構いません。教師と生徒じゃないですか」

するると、岬先生が困った表情で頭を掻き始めたのでボクは少しだけ溜飲《りゅういん》を下げた。実は前々からこの先生が相手の立場や性別の関係なしにさん付けすることは知っていたのだ。特に生徒に対しては、四つほどしか歳が違わないのに教師面するのは逆に恥ずかしいと言ったらしい。

「それはそうと、さっきレッスン室からとても激しい〈ラ・カンパネラ〉が聞こえてきたけれど、あれは城戸くんの知り合い？」

「知り合いと言うか、あれは器楽科の下諏訪さんですよ」

「ああ、あれがかの有名な……」

そこまで言って語尾を濁らせる。その後にはきっとプチ子・へミングの渾名《あだな》が続くのだろう。

「中に入ってちゃんと聴いてあげたらどうですか。岬先生だったらさすがの下諏訪さんも襟《えり》を正して弾くかも知れない」

「いや、やめておきましょう」

岬先生はあっさりと辞退した。

「興味深いけど、そうなると敵情視察みたいになりかねないからね。それに今、彼女に必要なのは技術的なアドバイスじゃない」

敵情視察という言葉も引っ掛かったけど、それよりも最後の台詞が気になった。

「あんな演奏にまだ必要なものなんてあるんですか」

「彼女は何をそんなに怯《おび》えているんだろう」

「怯えている……下諏訪さんが、ですか」

「あの音の鋭さは針を思い出させる。さしずめ彼女はハリネズミだね。だけど知っているかい？

装甲の硬い動物というのは大抵が臆病《おくびょう》だ。臆病だから外敵から身を守るために戦闘的な外見になる。あれはそれに似た激烈なピアノだと思う。恐らくは作曲者の意図さえも超えてね。ただしその方向が違う。確かに一音一音は鋭くて聴く者の胸に突き刺さるけど、そこ止まりだ。忘れていた感情を呼び起こして心を揺さぶるけれど、それ以上の干渉はしない。だから一曲だけならともかく二曲三曲、十分二十分聴いていると精神が疲弊してくる。聴き手も、そして演奏者も」

「それは望ましくないことなんですか」

「弾いている本人が、そんな音楽を望んでいるのかどうか、だよね……っと。いけないいけない。他人様の演奏をとやかく言う資格なんて僕にはないんだっけ。ごめん、悪いけど今のは忘れて」

「どうして先生は器楽科やヴィルトゥオーソ科を担当しなかったんですか。先生だったら音楽学科よりもそっちの方がずっと」

「自分がアマチュアだから。同じヴィルトゥオーゾを目指す人たちに物申すなんて傲慢《ごうまん》を通り越して恥《はじ》知らずだ。僕にだってまだまだ学び足りないことが沢山あって、音楽学なんてむしろ知識を吸収するために担当させて貰っているようなものだよ」

　あんな〈皇帝〉を演奏する人間がアマチュアなら、ボクたちは一体何だと言うのだろう。確かこういうのを慇懃《いんぎん》無礼《ぶれい》と言うのではなかったか。確かめるように岬先生の瞳を真正面から見据えたが、その瞳は柔和な光を放つばかりで嫌味や傲岸《ごうがん》さは読み取れない。

「城戸くんも定期公演のオーディション、受けるの」

「え？　え、ええ。一応は」

「ふむ」

岬先生は鼻を鳴らすようにそう呟くと、ボクに笑いかけた。

「もし急いでいないのなら今からちょっと付き合ってくれませんか」

「え。どこにですか」

「美術館」

そう答えた時、先生は既にボクの腕を摑んでいた。握力を感じさせない優しい手。でも不思議に抗《あらが》うことを許さず、ボクを急《せ》き立てる。何が何だか分からないうちにボクはその後を付いていく羽目になった。

本校舎三階、図書館と視聴覚室を過ぎたところで岬先生の足は止まった。

楽器保管室――ドアの前では体格の良い初老の警備員さんが後手で仁王立ちしている。真横の壁には二つの計器が埋め込まれてあり、一つは温度計、もう一つは湿度計だ。

この学校は所謂《いわゆる》名器と呼ばれる楽器を法人として数多く所有していて、時々著名な演奏家に貸し出しをする以外はここにずっと保管している。室内の温度と湿度は常に一定に保たれ、湿気や経年変化による劣化を可能な限り防いでいる。

「君はもう何回も来てるのかな?」

入学式の日に一度だけ、と答える。それも部屋の外からちらりと覗いた程度だった。保管されている代物を考えれば厳重な警備は当然だが、こんなに敷居が高くてはなかなかお邪魔しようという気にもなれない。警備員付きでおまけに電子ロック。ドアの正面にはこれ見よがしの監視カメラまで設置されている。実際、学長でさえがここに入室するには警備員さんのチェックとＩＣ

チップ内蔵の職員証を必要とするのだ。

じろりと警備員さんの一瞥を受け、岬先生が首から下げていた職員証を壁のカードリーダーに翳《かざ》すと赤いランプが緑に変わり、ドアが音もなく開いた。

ドアは小さいのに部屋の中は広々としている。直射日光による褪色を防ぐためか一つの窓もないが天井が高いので窮屈な印象はない。

空調は大容量のものを使っているらしく始終稼動しているはずなのに音はほとんどしない。

部屋の壁際と中心には頑丈そうな棚が拵《こしら》えてあり、種別に楽器が陳列されている。クラリネット、ファゴット、サクソフォン、ホルン、オーボエ——視界に飛び込む楽器の全てがきらきらと輝いて見える。中には価格云々《うんぬん》より現在では見ることさえ珍しい古楽器もある。成る程岬先生の言う通りここは楽器の美術館だ。だが岬先生は迷いもせずに入って右端の棚——弦楽器の一群に向かう。この時点でボクの胸は少し高鳴り始めていた。

「これ。君なら分かるよね」

岬先生が指差したのは一挺のヴァイオリン。

分かるよね？　当たり前だ。真下に置かれたプレートを読んでもまだこの名器に聞き覚えがないヴァイオリン弾きはさっさと弓を置いて故郷に帰った方がいい。

『Antonius Stradivarius Cremonensis Faciebat Anno[1710]』

——名器、ストラディバリウス。

本物を見るのはこれが初めてだった。

「伝説の名工アントニオ・ストラディバリ。彼の作ったヴァイオリンは千二百挺とされているが現存しているのはその半分。現在巷には形状や寸法を忠実にコピーしたストラド・モデルが溢れているが、これは紛れもないオリジナルの一挺だ。彼によってヴァイオリンという楽器は進化の最終形態を得た。彼の死から三世紀以上も経つというのに、それ以降製作された無数のヴァイオリンは全てこの逸品をスタンダードとしている」

知っている。ストラディバリウスは楽器の特徴から三つの時期に分類されるが、その最後期ロングモデルのボディ長が寸法標準になっていて世界中の職人が今も忠実にそれを守っている。とにかく数多の楽器の中でこれほどエピソードに事欠かない一品も珍しいだろう。億を軽く超える価格もそうだし、現代科学をもってしても解明しきれない音の秘密、楽器自身が己を所有するに相応しい奏者を求めて世界中を流浪するという半ば怪談めいた話——。

いや、そんなことはどうでもいい。

ボクの両目は正面に屹立《きつりつ》した古《いにしえ》の楽器に釘《くぎ》付けとなった。瞬き一つすらできなかった。

それはヴァイオリンの形をした宝石だった。

ストラディバリが表板の材料に選んだのはイタリアフィエンメ渓谷で採れる赤トウヒ材。木目がまっすぐ平行に並んでおり、その上を何十回も塗り重ねたニスが覆っている。このニスには樹脂や溶剤の他、昆虫などの動物性蛋白質《たんぱくしつ》も含まれているらしく、その玄妙極まりない配合が琥珀《こはく》よりも深くて艶《つや》やかな色彩となっている。

両側に空けられたf字孔は胴内の空気振動を大きくして弦の音を強めるためのものだが、ストラディバリウスは下の穴の位置が全体に対して一対一・六の黄金比になっている。この比率は古代ギリシャの人体彫刻に取り入れられた胴と足の長さのバランスが最も美しい割合だ。だからだろうか、このｆの字は大層美しくとても人工のものとは思えない。

そして何より、そのプロポーションは溜息が出るほど優美だった。女神像を連想させる曲線の流麗さ。完璧な均整。どこかの寸法が一ミリでも違えば崩壊してしまいそうな危うい均衡の上に成立している奇跡的な形。

「チチリアティもいいけど、これも見ていると吸い込まれそうになるね」

「比べちゃ駄目です。歴史も値段も百倍以上違うんですよ」

「じゃあ、ついでに音も比べたらどうだい」

「えっ」

「美術品なのは確かだけどストラディバリだって誰かに弾いて欲しくて作ったのだからね。さあ」

岬先生は棚からストラディバリウスを丁寧に外すと、混乱しているボクの手に渡した。

「ほら、しっかり支えないと落としちゃうよ。そんなことになったら……」

脅し文句に慌ててネックを握り直した。そして顎でボディーを支えた瞬間、異様な感触が肌に伝わった。ネックを持つ左手と裏側のアーチに触れた二の腕がじわりと反応する。

ただの木の塊じゃない。これは——体温のある生き物だ。呼吸して何事かを考える、これはそういう存在だ。

「開放弦でGを弾いてごらん」

言われた通り手渡された弓をG線に乗せる。張ってある弦は今では珍しくなったガット巻線だ。羊の腸から取った繊維を縒《よ》り合わせたもので、湿度や照明の温度で緩んでしまうがスチール弦よりも大きく豊かな音色が出る。

肘《ひじ》の角度を上げ、弦に吸い付かせるようにして弓を引いた、その瞬間だった。

とんでもない音が左の鼓膜を貫いた。

嘘だ。

ヴァイオリンからこんな音、出るはずがない。

左指を使わないただのG音。それなのにそれは幾つもの音素が重なり、そして途方もない音量で部屋中に響き渡った。力を抜いて、軽くボウイングしただけなのに。まるでマッチ一本擦ったら火炎放射器みたいな炎が噴き出たような感じだ。それにしても何て豊饒な音なのだろう。G線の震えが隣のD線を共振させ、たったの一音がこんなにも心を波立たせる。楽器全体をびりびりと震わせる有機物特有の音――やっぱりこれは生き物だ。このヴァイオリンには血が通い、そして今にも歌いたがってうずうずしている。

部屋の外にも洩れたのだろう。警備員さんが慌てふためいて飛び込んできた。ドアは自動的に閉まっていたから十分防音されていたはずなのに、それでも外部に聞こえてしまったのだからかなりの轟音《ごうおん》だったに違いない。咄嗟《とっさ》に岬先生はボクの手からヴァイオリンと弓を奪い、自分で構えてみせた。

「み、岬先生。失礼ですが使用許可は？」

「ああ、どうもすみません。つい弾いてみたくなって。すぐ戻しますから」

そして先生がストラディバリウスを棚に戻すのを確認すると、警備員さんはぶつぶつ言いながら持ち場に戻っていった。

「柘植学長の演奏にどうしても話題がいってしまうけれど、実は定期演奏会の目玉はもう一つあって、それがここに鎮座する数々の名器の競演だ。今回の曲目はラフマニノフの〈ピアノ協奏曲第二番〉。オーボエ、クラリネット、トランペット……そしてもちろん、ストラディバリの手によるこのヴァイオリンとチェロも登場する。選ばれたコンサート・マスターがこのストラディバリウスを奏でる」

ああ、そうだった。ストラディバリはヴァイオリンの他にもヴィオラやチェロも五十挺ほど製作しているのだ。チェロ——その奏者に初音さんが選ばれる確率は高い。もしボクが選ばれたのなら、二挺のストラディバリウスを二人で奏でることになる。しかも柘植彰良のピアノのバックで——。それは初音さんが興奮していたのとは別の理由でボクの心を捉えて放さなかった。

掌《てのひら》には、まだあの感触が残っていた。まるで生き物に触れていたような名残。岬先生から引き剝がされる瞬間、確かに指がそれを手放すのを拒んでいた。

もう一度、触れてみたい。

もう一度、この指で奏でてみたい。

胸の中にふつふつと湧き出るものを感じ始めた時、視線に気が付いた。振り返ると、岬先生が悪戯っぽい目で笑っていた。

「ところで、君の課題曲は？」

「パガニーニの〈鐘のロンド〉を……」

「そう。じゃあ頑張って下さい。だけどね、一応、なんて言ってちゃいけないよ。結果は分かっていたけど付き合いやその場の空気で受けてみた。そういうのは負けた時の言い訳を用意しているようにしか聞こえない。こういうのは闘争心剝き出しでいかないと獲れるものも獲れないし、そんなところでカッコつけたって誰も誉めてくれやしないから」

そう言い残して、岬先生は廊下の向こうに立ち去っていった。後には心の裡を見透かされた恥ずかしさと、不思議な爽快《そうかい》感が残った。そして、気が付けば下諏訪美鈴の演奏から受けた衝撃は綺麗さっぱり消え失せていた。

3

バイトが終わってから練習場所に向かう。もちろんスタジオなんかは予算がなくて使えない。向かったのは最近になって通い始めたカラオケ・ボックスだ。錦三丁目には夜九時を過ぎれば深夜割で一時間三百円の店がある。そして当然のことながら防音設備は完備しているから怒鳴り込まれる心配はない。音大生の隠れた人気スポットたる所以《ゆえん》だ。以前、クラスの誰かからその存在を聞いた時には大層なことだと他人事に思っていたのだけれど、あの日ストラディバリウスの音を聴いてからというもの、ボクはそこを専用スタジオと決めた。

とにかく今までの遅れを取り戻すために一分でも長くヴァイオリンを鳴らしたかった。それには二十四時間営業の安価なスタジオが必須条件だった。

最低限の飲み物とスナック、そしてマイク・スタンドを注文して部屋に籠もる。三番目の注文に店員さんは一瞬訝《いぶか》しげな顔になるが、これにもちゃんと理由があるので外せない。

オケの楽器は広いステージの上で音を出さなければ反射音が確認できないので、正確に音を拾うという点で密室は練習に適さない。ヴァイオリニストはその演奏姿勢からつい左の耳で音を拾ってしまうが、それは弓が弦を擦る直接音で聴衆の耳に届く音とはかなり違って聞こえる。だから本当はホールの壁に撥《は》ね返ってきた音を右の耳で聞き取らなければいけないのだけど、個人練習でホールを使用できる訳もない。

そこで苦肉の策としてカラオケのエコー機能を利用する。ヴァイオリンの正面にマイクを置き、エコー・エフェクトを目盛り最小まで下げるとホールの残響音に近い効果が得られるのだ。もちろん実際の反響音ではないのだけれど何もないよりは参考になる。

マイクをスタンドに立てて最初の一音を放つ。デッドな部屋なので直接音は壁に吸収され、マイクを通った音だけがわずかなエコーを伴ってスピーカーから洩れてくる。残響時間は一秒少々。別室では誰かが平井堅《ひらいけん》で声を張り上げているけど気になるほどの騒音ではない――よし、充分だ。

そしてボクは相棒に弓を立てた。

肩と顎が強張ってきたので時間を確認すると、練習を始めてから四時間が過ぎようとしていた。もう日付も変わっている。そろそろ潮時だ。

最近はバイトを早く切り上げてからここに直行する毎日が続いている。部屋に帰ってベッドに倒れ込むのは三時過ぎなので睡眠時間は正味四時間になる。無茶をしているという自覚はある。しかし、こうでもしなければボクは入間裕人に勝てない。

メンバーに選ばれる名誉とプロオーディションの切っ掛け、学費免除、そして柘植彰良との共演——そうした諸々の特典も、あの音を奏でる愉悦の前ではことごとく色褪《あ》せた。庄野を眼前に覚えた羞恥心《しゅうちしん》も劣等感も吹き飛んだ。あの名器を掻き抱き弓を引けるのなら三食に満たない食事も不眠不休の練習もものの数ではなかった。我ながら馬鹿《ばか》げているとも思う。でも、一度弓を引いた右手と弦を押さえた左手があの感触を思い出すと、もう冷静ではいられなくなる。まるで麻薬だった。

ところがあのストラディバリウスをもう一度手にするにはコンマスになるより他はなく、それには入間裕人に勝たなくてはいけない。そこでボクの採った手段は弾き慣れた〈鐘のロンド〉をとにかく完璧に仕上げることだった。総合力ではボクに到底勝ち目はない。ボウイング一つとっても、彼の正確さ力強さには及ぶべくもない。でもたった一曲の完成度を競うのなら練習次第で勝機が見えてくると考えたのだ。

そうして分かったことがある。

たまには無茶をしてみるのもいいものだ。元々、好きで始めたヴァイオリンだったから五、六時間ぶっとおしで弾いてもやめたいとは思わない。苦しいけれども辛くはない。そして続ければ続けるほど上達していくのが実感できる。情感よりは技巧が先立つような曲なので、当然反復練習が結果に直結するのだ。最近では録音した自分の演奏を聴いて、部分部分で悦に入るような内容にもなってきている。

たった一人でも密室で四時間。きっと軽い酸欠状態だったのだろう。ヴァイオリンをケースに収め、ドアを開けた瞬間にとびきり新鮮な空気が流れ込んできた。

身体に悪いことやってるなあ、と思いながら部屋を出ると、ちょうど隣室から出てきた人と鉢合わせするところだった。

「すみません……」

二人同時に出た言葉が顔を合わせた途端、同時に引っ込んだ。

「友希ちゃん」

「晶！」

驚いた後に、お互いの手元に目がいった。友希もしっかりクラリネットのケースを手にしていた。

「……と、いうことは晶もここで練習？」

「考えることはみんな同じだね」

友希も市内に部屋を借りて通学している。境遇はボクと似たり寄ったりだ。

「こういう時、寮住まいは有利よねー。地下室で練習終わり次第ベッドに直行だもん。こっちはこれから帰って夜食してシャワー浴びて明日の仕度して……」

「僻《ひが》むな僻むな。寮は寮で練習室は取り合いだって言うし、時間も十時までだからね。まだこっちの方が何かと自由でいいじゃない」

「あのね晶。自由ほどひどい言葉はないのよ」

思わず吹き出しそうになった。まさか友希から店の親爺さんと同じ台詞を聞かされようとは。

「自由って束縛されないことでしょ」

「束縛されないってのは、何からも保護されないし何の保障もないってことなの。言い方換えたら只のアウトロー。管理されてる方が安心てことは結構多いのよ」

なかなかに含蓄のある言葉だったのでボクは反撃を試みた。

「なるほどねえ。つまり、それは恋愛にも言えることなんだ」

「何よ、それ」

「友希ちゃんは管理されたい方なんだろ。ああ、改めて言うほどのこっちゃないか。見てたら丸分かりだもんね」

「だ、誰がそんなこと」

「みんな知ってるよ。まあ、知らないのは当の雄大だけじゃない？」

その名を出すと、友希は途端に黙り込んだ。むきになって否定しないのが友希らしい。あえて覗き込んだりはしないけど、きっと顔は真っ赤になっているはずだ。

「……言ったら殺すわよ」

「じゃあ下手したらヴィルトゥオーソ科は全員死亡だね。いや、ことによると器楽科と音楽教育科の何人かも大虐殺」

「黙れ」

「へえへえ」

それからしばらくボクらは無言のまま錦通りを歩いていた。この辺りはバーの建ち並ぶ歓楽街だが、さすがにこの時間はほとんどの店が明かりを消して街全体が眠っている。その中を歩く二人はさしずめ闇《やみ》を跳梁《ちょうりょう》する夜行動物だった。

「それにしても、さっきのアウトロー発言は秀逸だった」

「もういいって！　晶って見かけによらず粘着質。根暗。陰湿」

「違うよ。実はさ、前にバイト先で言われたことと微妙にリンクしててさ。ボクらも全員アウトローなんだと思って」

ボクは親爺さんとの会話をそのまま伝えた。

どうして友希に告げたのかは自覚もしていなかった。きっと、いつものように快活かつ乱暴に笑い飛ばして欲しかったのだろう。だけど話を聞き終えた友希は、予想に反して項垂《うなだ》れていた。

「友希ちゃん？」

「あんたさ、やっぱり陰湿。しかも無自覚。いっちばんタチの悪いタイプ。しれっとボディーブロー、それも二発連チャン」

「何か気に障った？」

「気に障るどころか肺腑《はいふ》を抉《えぐ》られたわよ。あのさ、あたしが就活に目下血道をあげてるのは知ってるよね」

「うん。友希ちゃん何してても目立つからね。で、戦績は？」

「聞いてビビりなさい。四十戦ゼロ勝よ」

「ゼロ？」

「ヴィルトゥオーソでも必須で英語やってるでしょ。あたし色気出して英検一級取ったの。去年のうちにコンピュータの資格も取った。少しは就職の足しになると思って。うちの大学だってそこそこ知名度あるしね。楽勝気分で面接しまくったわよ。結果は大撃沈。どれだけ自分が世間知らずかって思い知った。世の中、あたしが考えてた以上に不景気でね、ちょっとばかり英語の喋れるクラリネット吹きなんてどこも欲しがってないのよ」

「受けたのって音楽関係？」

「音楽事務所、楽器メーカー、レコード会社、名の知れた企業は全部回った。全滅。苦渋の決断で音楽関係は外して保険、商社、銀行、ＩＴ、放送局、出版社、ホテル。これも全滅。もう背に腹は代えられないから流通、外食、サービス。これまた全滅。もうね、清々《すがすが》しいくらいに資格なんて何の役にも立たなかった。足の裏に付いた米粒って本当だった」

「何それ」

「取るに越したことはないけど、取っても食えない。二十社落ちた時、兄貴に泣き入れたらそう言われた」

「泣き入れたって……意外だな。友希ちゃんのキャラじゃないみたい」

「どんなキャラだって毎日毎日『残念ながら』で始まる合否通知貰ったら挫《くじ》けるわよ。それも自分に嘘吐きまくってさ。毎度毎度、面接官の前で『御社の社風が自分には一番相応しいと思いました』って、これ以上ないくらいの笑顔貼り付けて言うのよ。最初なんてすっごい屈辱だった。でも、もっと嫌だったのが、その嘘を吐くのに段々慣れていく自分よ」

「嘘は女の武器じゃなかったっけ？」

「自分に吐く嘘は精神を蝕むのよ」

友希は吐き捨てるようにそう言った。これも普段の友希らしくない振る舞いだけど、ボクは見て見ぬふりをした。

あの気丈な友希がすっかり肩を落としている。ボクから声はかけ辛かった。それにボク自身の現状もある。何せ就活どころか無事卒業できるかどうかも怪しい。オーディションの結果を待って、すぐにでも身の振り方を考えなくてはいけない。友希よりも状況は深刻なのだ。

「この四年間、あたし何してきたんだろ」

声のトーンが一段落ちていた。

「少しでもクラリネット上手くなりたくて、〈ラプソディー・イン・ブルー〉のソロをカッコ良く吹きたくって練習した。唇が痛くなっても皮が剝けてもずっと吹き続けた。課題もこなした。退屈なソルフェージュも休まずに出席した。その結果が四十戦ゼロ勝なら、この四年間あたしは何の役にも立たない助走を繰り返してきたことになるのよ」

ボクもまた肺腑を抉られるような気持ちで彼女の言葉を聞いていた。何の役にも立たない助走を繰り返していたのはボクも同様だ。決してグラウンドには呼び出されず、控え室の隅で黙々とストレッチを続けるアスリート。これほど無意味で滑稽で切ないものはない。だけど、一番堪えたのは次の一言だった。

「あたし……世の中には要らない人間なのかなあ」

そんなことないよ！　──という悲鳴のような言葉が喉《のど》までせり上がった。

でも、結局口には出なかった。

友希はこんな物言いをするけども聡明な女だ。周囲に対しても、そして何より自分に対しても。そんな人間に下手な気休めは通用しない。情況判断もせず口にしたこちらの浅薄さを逆に同情されるだけだ。

ボクと友希は寒くもないのに背中を丸めて暗い道をとぼとぼと歩き続けた。

オーディションの六月十二日はあっという間にやってきた。

試験会場の第二ホールは室内楽や独奏など小規模の演奏用に造られたホールで残響時間は短めに設定されている。客席は三百。その右肘の部分にはB5用紙大の台座が設《しつら》えてあり、ちょっとした書きものができるようになっているがこれは言わずと知れた採点台だ。

試技者はステージの袖《そで》に待機し、楽器ごと出席番号順に呼ばれる。この段階でボクはヴァイオリンの試技者が三十二人いることを知った。その中にはもちろん入間裕人もいる。選ばれるのは十六人だから競争率は二倍だ。——いや、誤魔化しはやめよう。こういうコンテストや採用試験で倍率を云々するのは気休めに過ぎない。公平な二分の一ではない。上位十六人の優れた者が選ばれるだけの話であり、分母の多さには何の意味もないのだ。

九時から始まったオーディションも昼休憩を挟んで既に三時を過ぎた。シンバルの部が終わり、やっとボクらの順番が回ってきた。出席番号はアルファベット順なのでトップバッターはボクだ。しかも入間裕人の前。彼はボクの存在など歯牙にもかけない様子でそこにいた。

気にするな、と念じても自然に視線は彼に移る。いつもの怜悧な顔に焦燥や緊張は欠片《かけら》も見当たらない。粛々と弓を引きさえすれば良い——それは自信というよりは確信のように見える。こんな超然とした態度を見せられると小憎らしさや羨望より先に感心してしまう。

「それではヴァイオリン部門一人目。城戸晶」

ええい、ままよ。

呼ばれてボクは立ち上がる。

今日この日までできることは全てやった。考えられることも全部試した。昨夜は最後の演奏を録音で確かめて、自分で納得さえしたのだ。

深呼吸を一つしてから背筋を伸ばしてステージに向かう。入社試験の面接というのも、きっとこんな風なのだろうか。歩き出してから早くも後悔した。これじゃいつも通りだ。もっとかつかつと足音を立てて颯爽《さっそう》と歩けば良かった。

ステージ中央で一礼して面を上げると選考委員のお歴々を眺めることができた。最前から三列目にずらりと並んだ十二人。さしずめ咎人《とがにん》の生殺与奪を握る陪審員といったところか。左端から学務部長、学生部長、演奏部長、総務部長、須垣谷教授をはじめとした六人の学科部長――そして柘植学長。

あなたと同じステージに立つためにボクはここに来た。

ボクら一般学生が学長の顔を直接拝めるなんて入学式と卒業式、あとは定期演奏会の時くらいでしかも遠目からだ。こんな至近距離で拝見するのは初めてだったが、改めて畏敬の念を抱かずにはいられない。今年で七十二の年を数えるはずだが、老人と言うのも憚《はばか》られる。決して大柄ではないのに居並ぶ者を圧倒するこの存在感はどうだろう。眼光は柔らかだがその光源は奥深く、刻まれた皺《しわ》は老いた徴《しるし》よりは年輪の重厚さを思わせる。まるでそこだけスポット・ライトが当たっているようだ。その肉体で一番の若さと強靭《きょうじん》さを誇る巨大な両掌は膝の上で指先をぴくぴく動かしている。

いや、スポット・ライトはもう一本当たっていた。あの柘植彰良の隣だというのに微笑さえ浮かべてごく自然体で座っている人物――臨時講師岬洋介の姿がそこにあった。

「君。準備はいいかね？」

慌ててヴァイオリンを構える。

「では――パガニーニの〈ヴァイオリン協奏曲第二番〉第三楽章〈鐘のロンド〉。橘《たちばな》先生、よろしいですかな」

オケ伴を務める橘講師がボクに向かって小さく頷く。

深く息を吸い込み、弓を立てた。

ロンド、アレグロ・モデラート、ロ短調八分の六拍子。ボクは鐘の音を模した高い音を放つ。この哀切な旋律がこのロンドの主題になる。すぐにピアノ伴奏がそれを反復する。ここは正しくロンド形式。ただ、パガニーニのヴァイオリン曲は彼自身の超絶技巧を発揮するために書かれたものなので、協奏曲と言っても他の管弦楽は前奏と間奏以外は単なる伴奏の役目しか与えられていない。ボクがこの曲を課題に選んだ理由も一つはそこにある。

次いでニ短調の新しい動機が現れる。ロンド主題の中間部だ。前座が引っ込むように伴奏は姿を消し、しばらくヴァイオリンの独奏が続く。フラジョレットの多用で旋律はきりきりと小刻みに上向する。昏《くら》い情熱が湧き上がる中でヴァイオリンは一人で踊り続ける。

これは孤独の歌だ。喪《うしな》った誰かを想い、灯りの消えた街をさまよう歌だ。あの日そう感じたからこそ、ボクはこの曲を弾き続けた。初音さんと語らっている時も、仲間の中で騒いでいる時も、心の裡ではいつもこの旋律が流れていた。

途切れそうで途切れない音。時折ピアノがうねるように絡んでくるが、すぐに離れて遠くから孤独な踊りを眺めている。同じ旋律が反復され、やがてまた別の旋律が反復される。まるで曲全体が揺れるような印象をもたらす。曲に合わせる、のではなくヴァイオリンの音を反響させるためにボクも身体を揺らせる。

次第に曲調は速さを増していき、アップダウンを繰り返す右手も動きを加速する。そして主題が戻り、申し訳程度の伴奏がそれに加わってロンドがいったん終わる。

ロ長調に転調してヴァイオリンは一転、優しく歌い出す。この副主題も何度も反復される。最初にスタッカートと分散和音を奏でた後で、ニ短調の新しい動機を提示し、様々に変調させながら繰り返していく。三味線にも似たキチキチという音で上向と下向を走らせる。まだ楽章の半分も済んでいないというのに、右手上腕部が早くも悲鳴を上げ始めた。当然だ。演奏開始からこっち、ボウイングは一度たりとも緩まずにいる。いや、速いだけではない。ここから重音奏法に移行しなければならないので、速さに加えて角度の微妙な調整と変化が必要になる。定まった場所を叩けば良いピアノと違い、ヴァイオリンのポジションは目視と感覚が全てだ。目と耳、指先と腕、そして顎と鎖骨の感覚を総動員して弦の音を捉える。

重奏を二回繰り返してロンドの主題部が再現される。ここでもフラジョレットを多用しヴァイオリンは最高音を天上に突き刺す。

いきなり伴奏が盛大なファンファーレを掻き鳴らした。ポコ・メノ・モッソ、ト長調の第二副主題に入る合図だ。息接ぐ間もなく三度の重奏と速い分散和音を掛け合わせる。続いて左手のピチカート、オクターブの半音階、更なる重奏をめまぐるしく繰り広げる。多分パガニーニが最も誇示し、そして愉しんだであろう技巧の極み。放たれる音は緩やかにも崩れそうにも聞こえるが決して破綻させてはいけない。

練習では何度もこの箇所でミスをした。だが、不思議に今日は腕も指も普段以上に動く。まるでパガニーニ本人が憑依《ひょうい》したように易々と難度の高い演奏をこなしている。チチリアティがかつてないほどの声で泣いている。

落ちそうで落ちない綱渡りの旋律、不協和音一歩手前の弦と弦の絡み合いが軋《きし》みながら上向していく。

最終部分に近付くと右手は二重フラジョレット、左手はピチカートと互いに全く違う動きを限界速度で交替させながら奏でていく。傍目にはとんでもない曲芸演奏に見えることだろう。アクロバット志向の作曲者の面目躍如といったところか。ただし両腕の力も限界に近付いてきたのが分かる。

だるい。

痺《しび》れる。

力が入らない。

だけどもう少しだ。

トリルを併用した下向半音階で副主題部を何とかこなし、最後のロンド主題を長調で弾く。すると思い出したようにピアノが割って入り、ヴァイオリンと重なりながら短いコーダに向かう。

肩から先が千切れそうになる。

あと一小節で終わりだ。

針の穴を通すような集中力を指先に伝える。

最後の一弾き――その音は虚空を貫き、すぐボクの耳に返ってきた。

途端に虚脱感に襲われた。気力と体力の全てをヴァイオリンに吸収されたような気分だ。それでも解放感と満足感があった。岬先生の忠告を胸に刻んで「一応」ではなく「闘争心剝き出しで」弾いた。柘植学長や岬先生を前にした緊張感が良い方向に働いたせいだろうか、練習でも到達できなかった高みに上がることができた。これ以上の演奏はもうボクには無理だ。

当然だが拍手はなかった。反射的に学長に視線を移したが、瞑想《めいそう》するように目を閉じた顔からは何も窺《うかが》い知ることができない。

「質問だけど」と、器楽科の石倉《いしくら》学科長が手を挙げた。「公演の曲目がラフマニノフの協奏曲というのは知ってるわよね。それなのに貴方が敢《あ》えてパガニーニを選んだ理由は？　ラフマニノフにも〈悲しみの三重奏曲〉とか〈ヴァイオリンとピアノのための二つの小品〉があるのだけれど」

超絶技巧で注目度を上げるため、そして、いつも弾き慣れているから——理由はその二つだが、石倉学科長を満足させられる回答とは思えない。

返事に窮していると、今度は岬先生が手を挙げた。

「ヴィルトゥオーゾの原点、ですかね」

「はあ?」と、石倉学科長が訝しげな視線を送る。「あの、それはどういう……」

「パガニーニが己の技巧を最大限生かすために協奏曲を作ったのと同じ理由で、ラフマニノフもまた自分の超絶技巧を主軸にした作曲をしています。これはショパンもリストも同様で、およそヴィルトゥオーゾと呼ばれる演奏家の性《さが》のようなものでしょう。今挙げられた二つの作品にしても主役はピアノでヴァイオリンは添えもののような印象が拭《ぬぐ》えません。そうした曲を選ぶよりは、いっそ超絶技巧のエッセンス漂う〈鐘のロンド〉を演奏するというのはなかなかの着眼点だと思うのですが……如何《いかが》ですか、学長」

いきなり話を学長に振ったので、居並ぶ教授陣は一様に目を剝いた。だが当の学長は少しも慌てないどころか、まるでその質問を待っていたかのように口を開いた。

「左様。彼もまたヴィルトゥオーゾである限り超絶技巧は音楽表現における必要最低条件だった。故国ロシアから亡命し、他国の音楽に触れたラフマニノフがその中からパガニーニに着目し、その主題による狂詩曲を書いたのは決して気まぐれではないだろうね。大体、あれだけの音楽家が何のシンパシーも持たない他人の楽曲に手をつけるなど到底有り得ない。だから今の選曲は私にも興味深かった」

断定口調でそう告げられると、石倉学科長は顔色を変えて俯《うつむ》いてしまった。無理もない。ラフマニノフに関しては世界一の権威と言われる人物の言葉だ。逆らえる人間は誰もいない。ただ、ボクにしてみれば全く見当違いの称賛なので嬉しさよりも戸惑いが大きかった。

「え――えっと。じゃあ君、ご苦労様。もう下がってもよろしい。それでは次、ヴァイオリン二人目、入間裕人」

その名前を合図にボクはステージから下りた。背後からはかつかつと小気味良い足音が近付いてくる。ああ、ああいう風に歩けば良かったのに。

「曲はパガニーニ〈二十四のカプリース〉第二十四番」

曲名を聞いてボクは思わず目を剝いた。

〈二十四のカプリース〉は名手パガニーニの集大成とも言える曲集で、分けても二十四番は一番から二十三番までに使用された数々の技巧を全て詰め込んだ超絶技巧のカタログのような曲だ。集大成という気持ちはパガニーニ自身にもあったのだろう、ヴァイオリン独奏で彼の生存中に楽譜が出版されたのはこれ一作きりで、そのため二十四番はリストやブラームスなどが競ってピアノ曲に編曲した。中でも学長の言及したラフマニノフの〈パガニーニの主題による狂詩曲〉はつとに有名であり、これでボクの演奏は彼の露払い、学長の発言は体《てい》のいい前説になってしまったことになる。

入間裕人は両足を心持ち狭く取ると弓を引いた。

錐《きり》のような第一音が空を切り裂いた。

ボクは再び目を剝いた。

何て哀しい音だろう。ヴァイオリンが泣いている。奏でられた音ではなくヴァイオリン自身が声を振り絞って泣いているように聴こえる。

わずか十二小節の主題。始めの四小節が反復され、後半も全く同じリズムで続く。シンプル極まりない、しかし印象的な旋律。哀愁と切なさがこの十二小節に凝縮されている。

そして、ここから十一の変奏曲が連なる。第一変奏は八分音符の急峻《きゅうしゅん》な坂を上下する。彼の左手が高速で弦を押さえる。全パッセージのスタッカートをひと弓のアップ・ダウンで弾ききる。まるでハンマーで叩くような強くてはっきりした音。

啞然《あぜん》とした。

サルタート——パガニーニが発案した、小さなスタッカートの音を決して間違うことなく無限に弾き続ける演奏方法だった。弓を持つ右手を身体に密着させる形は正にそれだった。パガニーニは腕の振幅をほとんど使わず手首だけで運弓をコントロールしたが、彼は選りにもよってパガニーニの演奏姿勢そのものをステージに持ち込んできたのだ。

第二変奏、十六分音符のレガート変奏。まるで迷路を狂ったように彷徨《さまよ》う気分だ。弓は蛇《へび》のようにくねりながら上下する。

第三変奏、オクターブの二重音。緩やかな陰鬱《いんうつ》が胸の深奥に忍び込む。

第四変奏は再びレガート。追い詰められる緊迫感で背中がぞくりとした。同じ主題なのに曲想が目まぐるしく変わる。その多彩さがこの二十四番の嚆矢《こうし》で、音楽の可能性を華麗な旋律で実証している。

ボクは曲想の変化に半ば眩暈《めまい》を覚えながら絶望を味わった。同じパガニーニでありながら、この表現力の広さと深さはとても太刀打ちできない。

第五変奏では広い音域を狂奔《きょうほん》しながら主題が変容していく。

第六変奏は二重音のハーモニーが悲劇を奏でる。鋭い音が聴く者の胸にきりきりと突き刺さる。

次の変奏に移る際、入間裕人はほんの数秒だけ間を置き、その度に足の間隔をわずかに変える。その小休止が新たな変奏の期待を生む。全て計算づくの行動だ。

第七変奏は十六分の三連音音符による軽快なメロディ。切迫感が心を締め付ける。

第八変奏は三重音による重厚な音色。深い哀しみを天にも届けと歌い上げる。

そして第九変奏。左手のピチカートと右手のアルコ（弦を叩くように弾く）を交互に行う最大難度の技巧だ。しかもそれでいてメロディは破綻《はたん》することなく主題の哀切さを明確に伝えている。

この時、ボクは敗北を確信した。付け焼刃でアクロバット奏法に特化してみたけれど、彼はそのまた上の超絶技巧で襲いかかってきたのだ。その種類も完成度も遥かにボクを上回り、しかも何より大切な旋律の広がりと変幻する情感を的確に描き出している。

第十変奏、高音域のレガート。一番細いE線が孤独を歌う。他には誰一人としていない舗道に佇《たたず》み、静かに時が過ぎるのを待つ——そんな寒々しい光景が脳裏に浮かぶ。

だが第十一変奏では一転し、幅広く跳躍する二重音が荒々しく立ち上がる。切実なまでの情熱が脆弱《ぜいじゃく》な心を貫く。そしてそのままフィナーレに突入し、四オクターブを一気に駆け上がるアルペジオが轟々と胸を揺さぶる。

華やかさを保ったまま、最後の音が天空に消えた。

期せずして、審査員たちの間から感嘆の吐息が洩れる。拍手はないけれど、それが最大の賛辞であることは言うまでもない。入間裕人はその賛辞を一身に受けるかのように目を閉じてステージに立ち尽くしている。

完敗だった。

下諏訪美鈴の演奏を聴いた時よりも、更に深い絶望感が腹の中に沈殿する。やはり凡庸な者はどんなに足掻いてみても彼らのような選ばれた人間には歯が立たないのだろう。

ちらりと柘植学長と岬先生の様子を窺うと、二人は顔を見合わせて談笑している。内容は窺い知れないが、少なくとも今の演奏を酷評している顔ではない。むしろ逆だ。

ボクはその場から逃げ出すようにして足早にホールを出た。

オーディションの合否発表は翌々日だった。結果は目に見えていたけれど半ば惰性のように本校舎一階に向かう。だが、鈴なりの人だかりを掻き分けて掲示板の前に来たボクは、そこに信じられないものを見た。

第一ヴァイオリン　城戸晶（コンサート・マスター）・小久保《こくぼ》早紀《さき》・下村《しもむら》瞭子《りょうこ》・田口《たぐち》美穂《みほ》・
難波《なんば》邦弘《くにひろ》・日衛島《ひえじま》亮《りょう》・船津《ふなつ》優紀菜《ゆきな》・矢島《やじま》一枝《かずえ》

口を半開きにしたままでいると、後ろから声を掛けられた。振り返るとそこに岬先生が立っていた。

「おめでとう。見事にコンマスを射止めたね」

我に返った。そうだ。指揮者とオケの仲介役、そしてオケのまとめ役——慌てて他のメンバーも確認する。

オーボエ　神尾舞子・高木《たかぎ》大成《たいせい》・山崎《やまざき》まゆみ
クラリネット　小柳友希・齊藤《さいとう》奈弥《なみ》
トランペット　麻倉雄大・篠原《しのはら》正二《しょうじ》
チェロ　金丸《かねまる》裕佑《ゆうすけ》・柘植初音・手塚《てづか》美紗《みさ》・夏目《なつめ》勇作《ゆうさく》・藤井《ふじい》真亜子《まあこ》・牧本《まきもと》里奈《りな》

何と顔見知りのオンパレードではないか。チェロの初音さんやオーボエの神尾舞子は順当だとしても、雄大が選ばれたのは意外だった。もっとも雄大にすればボクがコンマスに選ばれた方が青天の霹靂《へきれき》だと言うだろうけど。

いや、それよりもずっとずっと意外なことがある。

入間裕人の名前はどこにもなかったのだ。

岬先生はお祝いの言葉を告げるとポケットに両手を突っ込んで、さっさと人混みの中から抜け出した。ボクはまたもや人を掻き分けて先生の後を追う。魚でもないのに岬先生は押し寄せる人波の中をすいすいと何の抵抗もなく進んで行くので、すぐには追い付けない。

「待って下さい、先生」

「どうして自分が選ばれたのか、かい？」

何故この人は他人の考えていることを――。ボクはこくこく頷いてみせた。

「合議制だからね、それは色んな意見が出たよ。特にコンマスというのはオケの中でも最重要な位置づけだし。察しの通り本命は入間さんでテクニックも曲の解釈も高評価だった。実績もピカイチだしね。まあ、最後はお定まりの多数決。それでも決に入る前に学長の鶴《つる》の一言もあったのだけれど」

「学長の？」

「これは内密にね。学長は入間さんの歩き方に疑義を唱えたんだよ」

「歩き方……ですか？」

「うん。演奏の基本中の基本は姿勢でしょ。だから歩き方を見ればその演奏者の姿勢、ひいてはどんな演奏をするのかも大体分かってしまう。入間さんはかつかつ音を立てて歩いた。一方、君は足音を殺して歩いた。この違いは大きいとのご指摘でね。その着目はさすが柘植彰良だと思ったよ」

「あの、意味がよく分かりませんけど」

「足音がしなかったのは君が踵《かかと》から着地していたせいだ。踵から爪先にすっと体重が移動している。入間さんの場合は足全体を同時に着地させたためにああいう音になる。さてヴァイオリニストの基本姿勢は立姿勢だ。これは鎖骨から身体全体を振動体にして弦の音を拡散させるためで、演奏中に弾き手が身体を前後左右に揺らすのもその拡散具合を調整しているからだ。そこで足が問題になる。左手でネックを、右手で弓を持った不安定な体勢でなお且《か》つ身体を揺らせる。その姿勢を長時間保つには身体の支点を踵に置く必要がある。回れ右するとよく分かるけど、人体は向きを変えたり重心を移動させる時は必ず踵が支点になる。そして踵でしっかり体重を支えていれば腰回りが安定し、長時間の不安定な体勢にも十分耐え得る。つまり基本ができている」

　そんなこと、考えもしなかった。

「ところが、入間さんはその肝心要の足を相当痛めているのではないか、と学長は仰《おっしゃ》った。それで慌てた須垣谷教授が本人に問い質すと、学長の指摘通り彼はつい最近階段を踏み外して足首をひどく捻挫《ねんざ》していた」

「……」

「全治一ヵ月だそうだ。痛みを堪えて隠していたんだね。彼が〈二十四のカプリース〉を選択したのも、短い曲の間隙《かんげき》に立ち位置を変えて踵の負担を軽減できるからだ。でも、学長にそんな小細工は通用しなかった。無論演奏会には間に合うだろうけど、ヴァイオリン演奏のみならずオケのまとめ役や全員のスケジュール調整を考えると荷が大きいのじゃないか、という意見が出た。更には彼自身がコンクールを控えてもいるしね。だが何よりも前途ある演奏者に無理をさせてはいけないという学長の一言が決定的だった。それで彼はコンマスには選ばれなかった。そしてそれを彼に告げると、彼はメンバーになることを辞退した」

「辞退?」

「ストラディバリウスに触れないのなら参加する意味はないそうだ。元々、彼がオーディションに参加したのも、それが理由だったらしい」

「何だ」胸の中で膨らんでいた優越感は萎《しぼ》んでいた。「やっぱり演奏で勝った訳じゃないんだ」

「そうだね。でも、君が認められたことは事実だ」

たしなめるような口調にはっとした。

「競争相手が足を痛めていたのは確かに運だった。でも運は努力した者にしか微笑まない。棚からぼた餅《もち》なんてこともあるけど、努力の味を知らない者は餅の本当の味にも気付かない。努力して実力を付けたから運が転がり込んだ。だから卑下しちゃいけない。第一、選ばれた人間が選ばれた理由を考える必要はないよ。逆の場合は必要だけどね。だがそんなことより、今すぐ君がしなきゃいけないことは更なる向上を目指すこと。まだまだ入間さんを越えた訳じゃないからね。そして、何よりも早く管理部に直行してストラディバリウスの持出許可を貰ってくること」

ああ、ストラディバリウス!　——そうだ。ボクが公演のメンバーを目指した大きな理由がそれだった。しかも、これで準奨学生扱いとなり学費未納で退学させられる心配もなくなった。柘植彰良と晴れの舞台で合奏できる。しかし、それよりも何よりもあの深い琥珀色のボディー、あの生き物のような音。あれをこれから本番までの間、ずっとこの腕に抱くことができる。

ボクは返事もそこそこに管理部に向かって駆け出した。

それからの日々は大袈裟に言えば夢のような毎日だった。アンサンブルやソルフェージュ以前、楽器慣れする段階の試奏だったが、将来への不安も世間への不満もストラディバリウスを手にしているうちは忘れることができた。何のことはない、玩具《おもちゃ》を与えられた三歳児のようなものだが、本当なのだから仕方がない。

血湧き肉躍るという表現があるが、ストラディバリウスを奏でていると本当に血液の温度が上がったような錯覚を覚えた。両腕の筋肉が必要以上に緊張しているのも分かった。

実際、鳴らせば鳴らすほどこの楽器は生き物のように思えてくる。自分の声を忠実に実体化してくれる弾き手をずっと捜しているのだと思うと切なくなる。嘘だと思うのなら開放弦で全ての弦を弾いてみればいい。たった一音なのに様々なニュアンスと色彩に変化していく。これが生き物でなくて何だと言うのだろう。

こういう名器をポルシェやフェラーリに喩《たと》える者もいる。免許を持った人間にも何とか運転はできるが、マシンの性能を余すところなく引き出せるのはごく限られた者という意味だ。その通りだと思う。鳥肌が立つような旋律を紡ぎ出しながらも、ボクは自分の技術の拙《つたな》さを恨んだ。もっとテクニックを高めろ、もっと豊かな感情表現をしろと、楽器が求めているのが皮膚と骨を通じて伝わってくる。とにかく相手のポテンシャルが高過ぎる。それこそ日曜ドライバーがF１マシンをこめかみに血管浮かせて駆るようなものだ。

　そして生き物だからこそ、その扱いも慎重を極めた。湿度一つとっても五〇パーセントを超えると音が突然曇りだす。魂柱と呼ばれる細い棒が〇・一ミリずれると響きのバランスが崩れる。室内の温度や湿度を確認するのはもちろん、置く場所や振動にも敏感になった。

　そんなお嬢様なので当然持ち運びにも細心の注意を必要とした。管理体制と言い換えてもいい。まず、高剛性のカーボンケースを携えて楽器保管室に向かう。そこで警備員に持出許可証を提示して入室すると、楽器をケースに収めてから退室。使用後も同様にケースに収納したまま保管室に運び、室内で取り出してから所定の棚に収め、最後に警備員が収納を目視して終了となる。まるで貴金属並みの扱い方だが値打ちを考えればそれも当然のことだろう。

　練習にはヴァイオリンの教授が付いてくれたけど、はっきり言って鬱陶しかった。足りないところ、必要なものは全てストラディバリウスが教えてくれたからだ。ボクはその声に従って呼吸し、弓を引けば良かった。

　だが、こうしたボクとストラディバリウスの密月も長くは続かなかった。

　ある日、同じ名工の手になるチェロが保管室から忽然と姿を消したのだ。

II

Angoscioso spiegando《アンゴショーソ　スピエガンド》

〜不安がだんだん広がるように〜

1

密室——そう。誰も侵入できず、そして脱出もできない部屋から子供一人分ほどの大きさの楽器が消失したのだ。

気味悪さと不条理な困惑が霧のように保管室の前を包んだ。眼前で見事な手品を披露されたように、怒りや疑念は後からやってくる。それは須垣谷教授も同様だったらしい。

「そんなことが……できるはずがない。常駐警備、二十四時間体制の監視カメラですよ？」

「でも、現実にこうして」

「とにかく！　保管室は一時封鎖します」

ボクらの前だからだろうか須垣谷教授は殊更に命令口調だが、内心の動揺は隠しきれるものではない。視線をあちらこちらに泳がせて落ち着きがない。

「現状保存と調査が必要です。理事会が結論を出すまでは何人たりとも入室は禁止します」

「入室禁止？　でも、それじゃあストラドは」

「当然、保管室にある楽器は調査が終わるまで持ち出し不可です」

「そんな！　ストラディバリウスを弾くためにコンマスになったのに……」

「あくまでも緊急措置です。永遠という訳ではありません」

そして現状保存と言いながら、自分は保管室の中にそそくさと入って行った。

十重二十重に取り巻いた野次馬たちはお預けを食らった形で警備員から退去を命じられたが、不安がる者半分、面白がる者半分といったところか。ボクは後ろ髪を引かれる思いで初音さんと教室に戻った。

それにしても誰が？

一体どうやって？

ストラディバリウスが使用できようができまいが、翌日は顔合わせを兼ねたソルフェージュの予定だったので選抜メンバーは教室に集められていた。だが、講師を務めるはずの須垣谷教授がなかなか姿を見せないでいた。いや、時間通りに来ていたとしてもそれどころではなかっただろう。教室は蜂《はち》の巣を突いたような騒ぎだったからだ。

「やっぱカネ目当て、だよな」

口火を切ったのは雄大だった。

「確かかよ、かなり以前に同年代のストラドがクリスティーズで四億円で落札されたんだよな。今は当時の半額になったって話だけど、それでも二億だろ。叩き売ったってひと財産だ」

二億——口にすればたった二語の言葉だが、わずか百万円の学費未納分に汲々《きゅうきゅう》としてきたボクにはその価値が皮膚感覚で実感できる。いや、もっと単純にボクの愛器チチリアティ百挺分と言えば金額がずしりと圧し掛かる。当時二百万だったチチリアティを手に入れるのにお母さんがどれだけ苦労したか。自分の物は何一つ買い求めず、決して裕福ではない生活から貯えた資金を全て吐き出し、それでも足りなかったから祖父に土下座までして漸く現金を工面した。まだ十七歳だったボクは、それを横で見ているしかなかった。

二億円というのは、そんな思いを百回しなければならない額なのだ。

財布の中身は誰も似たり寄ったりらしく、二億と聞いて他のメンバーも天を仰いだり俯いたり各々の形で感慨に耽《ふけ》っている。

「楽器って元々高価だからちょっと感覚麻痺してるきらいはあるけどさあ。やっぱり二億は桁外れよね。市内に家が数軒建つもの」

だが、すぐに友希が疑問を呈した。

「でもさ、ストラドなんて簡単に売買できる？　確かああいう名器って鑑定書がないと信憑《しんぴょう》性が疑われて売買が成立しないって聞いたけど」

「正式なルートじゃそうだろうけどさ。世の中には裏ルートってあるじゃん。そんな鑑定書なしでも換価致します、みたいな」

そんな噂はボクも聞いたことがある。何でも国際的な犯罪組織が世界中の名画や名器を闇のオークションにかけて資金源にしているとかいう、ハリウッド映画そこのけの話だ。

「だとしたら随分間の抜けた泥棒ね」と、部屋の隅から冷静な声が上がった。神尾舞子の声だった。

「何で間抜けなんだよ。あの密室からあんな大きさのチェロをまんまと盗み出したんだぜ。こそ泥どころかとんでもない大怪盗じゃね？」

「だからよ。保管室にはストラドのヴァイオリンもあったんでしょ？　しかも時価がチェロよりもはるかに高い」

「あ、ああ」

「たかだか四十センチ、六百グラムの高価なヴァイオリン。片や八十センチ、四キログラムの比較すれば安価なチェロ。売買目的ならどうして値打ちがあって扱いが楽なヴァイオリンを盗んでいかなかったのかしら？」

「じゃあ……定期公演を妨害するためじゃない？　名器の競演が定期公演の呼び物になってるんだから、楽器がなくなれば公演も開催の意味が半分がたなくなる」

「だったら盗み出すなんて手間かけるより、保管室で楽器を壊してしまえば済む話よね」

うっと呻《うめ》いて友希が言葉を呑み込んだ。

「じゃあよ。舞子はどう考えるんだよ」

「何も」

「何もって……」

「チェロが盗まれた理由も方法もどうだっていい。問題は予定通り公演が開催できるかどうかでしょ、差し当たって重要なのは」

「それは……大丈夫みたい」と、初音さんが遠慮がちに口を開いた。

「確かにストラディバリウスが呼び物になってはいたけれど、別に楽器の品評会じゃないから、チェロ一挺なくなったところで演奏会を中止する謂《いわ》れはないってグラン……学長が。だからわたしも自前のチェロで演奏することになったの」

「それは確かに……その通りだな。けど、それにしたって二億円だ。警察が大挙してやってくる。新聞記者も飛んでくる。えらい騒ぎになるのは目に見えてるが、そんな中で練習なんかできるもんかよ」

その時、教室のドアが開いてやっと須垣谷教授が姿を現した。

さて、と言って教授がスコアを開いた時、ソルフェージュが何より嫌いな雄大がさっそく水を向けた。

「先生、盗難事件はどうなったんですか?」

「うん? ああ、あれは……いや、これは授業や演奏には関係のない話だから大学に任せておけばよろしい」

「でも、定期公演を妨害する目的で盗んだ可能性もありますよね。もう警察には届けたんですか?」

「警察には通報していません」

この答えには全員が驚いた。

「殺傷事件ではないですから。あまり大学の構内を警官にうろうろされましてもね。盗難事件程度なら大学の自治機能で解決を図るべきです」

「で、でもストラドですよ。時価二億とかするんでしょ」

「金額の大小ではなく、あくまで大学自治権の問題です。ですから理事会は、警察に介入させる代わりに独自の調査委員会を発足させることを決定しました」

「調査委員会……って、つまり警察の代わりに犯人探しとかするんですか」

「犯人探しと言うよりは無事に楽器を取り戻すのが主目的ですが。ま、皆さんは安心して委員会の報告を待っていなさい。必ず事件は早晩解決するでしょう」

ややや尊大な物言いが鼻についたので、ボクは悪戯心で訊いてみた。

「その調査委員会は誰と誰がメンバーなんですか」

「各部長と学科長が主だったメンバーですが、実際に捜査する人間は一人だけです」

「それは？」

「かく言う、この私です」

これも尊大な口調と共に鼻の穴が開いていた。

「皆さんには秘密だったのですが、実は私の父親は愛知県警の副本部長でしてね。私も子供の頃から犯罪捜査についてはその薫陶を受けて育ちました。音楽の才能さえなければ間違いなく刑事になって市民の安全を守っていたことでしょう」

その場の空気が一瞬で白けた。気付いていないのは当の本人だけだ。音楽の才能だって？　てっきり愛想の良さとソツのなさで理事会の面々に気に入られたのだと思っていた。

空気を読むことにかけては人一倍、鼻持ちならないヤツを嫌うこと二倍以上の舞子が静かに挙手した。

「調査委員長。質問があります」

「いえ、委員長ではありませんが。何ですか、神尾さん」

「学生の本分でないのは承知していますが、気になって練習も手につかないのでお訊《き》きします。盗難に遭った楽器保管室は常に施錠されていた状態だったということですが、それなら犯人はどうやって室内に侵入して、どうやって出て行ったのですか?」

「それについては既に二、三の推論を持っています。しかしそれを立証しなければ」

「まず委員長の推理をお聞きしたいです」

委員長と呼ばれると隠そうとしても口元が綻《ほころ》んでいる。三十過ぎの学識者が二十歳そこその娘にまるで子供のように操られている。

「ふむ。諸君の不安がそれで解消するというのなら披露しても構わないでしょう。一つ目の推理は、犯人があらかじめ保管室の中に忍んでいたというものです。これには共犯者が必要です。まず共犯者が人の隠れるほどの楽器ケース、そう、例えばコントラバスのケースに実行犯を隠し入れたまま保管室に入ります。そこで実行犯はケースから出て部屋の死角、或いは楽器の陰に潜みます。共犯者は本物のコントラバスをケースに入れて退出、使用後には普通に返却しておきます。実行犯はストラディバリウスを抱いたまま部屋の中で夜を明かします。そして翌日はドアの死角に待機し、最初の入室者が紛失に気付いて警備員を呼んだその隙に部屋からそっと出る。昔々の探偵小説で使われた単純なトリックの応用です」

得意げな説明。それに対する舞子の反論はこの上なく冷徹でしかも辛辣《しんらつ》だった。

「四つ疑問点があります。一、楽器ケースはそれ自体も結構な重さです。その上、人間を中に入れて一人で楽々持ち運びできるものではありませんし、よろよろしていたら忽《たちま》ち警備員さんに不審がられます。共犯者はとんでもない怪力の持ち主なのでしょうか。二、柘植さんと警備員さんが驚いている隙にドアから出るということですが、室内にいたのが一人だけならともかく二人もいる目の前で、しかもチェロなんて巨大な楽器を担いだまま気付かれずに退出するのは至難の業です。そこにいた二人は瞬間的に盲目になってしまったのでしょうか。三、そして保管室からこっそり出て行ったとしても正面の監視ビデオの前は通らない訳にいきません。なのにビデオにはそうした人影は一切映っていなかったそうです。犯人は透明人間なのでしょうか。四、そもそもあの保管室にコントラバスどころかチェロより大きな楽器は初めから置いてありません」

立て板に水とはこのことだろう。不意打ちを食らった教授はしばらく口を半開きにしていたが、やがて強張った笑みを顔に貼り付けた。

「いや、今のはあくまでもファンタジーな推理でね。現実からやや乖離しているのは明白なのです。ただそういう可能性もあるということで……。本命は二つ目です。犯人は大学の戸締りが全て終わった後に校内に侵入し、制御盤の電源を落としたのです。そうすれば電子ロックは掛からないし、監視ビデオもストップします。後は合鍵を使ってドアを開け、仕事を済ましてから元通りにしておけば良い。つまり密室なんて最初からなかったのです」

「その推理にも疑問点があります。一、電子ロックの場合、鍵は警備会社の本社が管理していると聞きました。それなら合鍵を作れるのは自動的に警備会社の関係者ということになりますが、最初っから容疑者の範囲が限定されるような手段を犯人が採用するでしょうか。二、電源を落としてビデオを停めたのなら、未録画の部分がタイムコードから判明するはずですが、担当者からは異常なしと報告されていると聞きました。これは何故でしょう。やはりこの担当者も犯人の共犯、つまり警備会社ぐるみの犯行という解釈なのでしょうか」

お見事。ボクたちは心の中で快哉《かいさい》を叫んだ。自慢の推理を木っ端微塵に粉砕された教授こそいい面の皮で、出来の悪い生徒の珍解答よろしく周囲の失笑を浴びて立ち尽くしている。そして普段は彼女といがみ合うことが多いけど、こういう時には抜群のコンビネーションを見せる雄大がとどめの一撃を口にした。

「舞子さあ。それって疑問点と言うよりは問題点だよなあ」

教授の視線がその声の主にじろりと向けられた。弱者の刃は更なる弱者に向けられる。哀れ、その後に始まった授業では雄大が教授の餌食となった。

通常の課題曲以外にラフマニノフの協奏曲が加わったので当然のことながら練習時間が増えた。だがヴァイオリン・パートの譜読みは他のパートに比べて面倒で細かい。大抵は細かい音符を弾くことになるし協奏曲二番ともなると延々五十ページにもなる。その上パート部分なので弾けたとしても主題部分じゃないので少しも楽しくない。

終わったのは七時過ぎだった。金曜日でバイトも休みのため、ボクはいつもの通り松坂屋《まつざか》一階にあるケーキ屋で初音さんと待ち合わせをした。

時間に少し遅れてやってきた初音さんは疲労で表情を曇らせていた。

「初音さん、しんどそうだね」

「大丈夫。甘いもの口に入れたら回復する」

そして彼女の注文したのはブルーベリーのタルトとチーズケーキ。太るよ、というのは意味のない警告で、彼女は食べても太らない体質だ。きっと演奏時に消費するカロリーがその分大量なのだろう。そう言えば祖父である柘植彰良も大食漢と聞く割りには痩《や》せぎすだ。

「隔世遺伝よね、きっと」

そう評する初音さんはちょっと嬉しそうに笑う。彼女にとって柘植彰良との共通点は何であっても誇りなのだろう。

不意に思い出す。入学してしばらくした頃、彼女から最初に声を掛けてきた。その第一声は「へえ、アキラって読むんだ。わたしのグランパと同じ」だった。

「それにしても理事会の決定には驚いたね」

「何が？」

「警察を介入させずに大学側で処理するって話だよ。あのさ、あのストラドには保険かかってたんでしょ」

「そうらしいわね。何せ時価二億とかの代物だもの」

「でも、盗難届を出さないと保険て下りないんでしょ。警察に報《しら》せないってことは盗難届も出さない、つまり保険金も期待しないってことだよ。それって二億円をドブに捨てるようなもんじゃないか」

「ドブに捨てたくないから調査委員会作った訳でしょう」

「須垣谷が探偵役なんだよ？　それこそ正真正銘のドブじゃん」

「実利より名誉。状況から見て内部の犯行の可能性が大。警察沙汰《ざた》にして逮捕者を白日の下に晒《さら》すより、秘密裏のうちに解決したい……大方そんなとこね。でも、ちらっと聞いたんだけど、警察への通報を嫌ったのはグランパよりはむしろ理事会みたい。名誉の方も大学の、というよりグランパ本人のそれを慮《おもんぱか》ったようね」

「どういうこと？」

「これ内密ね。実はグランパの芸術院入りが内定してるの。正式発表は秋の予定だけどそれまでに妙なスキャンダルで影響が出ないとも限らないでしょ。理事会はそれを恐れているって訳」

成る程、それが二億をドブに捨てる代償か。

「大学の思惑は分かった。でもチェリストとしての初音さんはどうなのさ」

「わたし？」

「あのストラドに触ったんだろ。もう何度も弓を引いたんだろ。まさか、ただ単に楽器を代えただけとは言わないよね」

初音さんはこくりと頷いてみせた。

「あれは生き物だよ。この世に生まれてから三百年間ずっと自分に相応しい弾き手を探し求めている、意志を持った生き物だよ。その日の気分でころころ音を変え、拙い弾き手には冷笑を浴びせ、下賤《げせん》な弾き手には口も利かない。でもこちらが真摯《しんし》に向き合えば、そして楽器に秘められたポテンシャルを引き出そうと努力する演奏者には別次元の音楽を見せてくれる。ねえ、音楽の神様っていると思う？」

「思う」

「神様がイエス・キリストを遣わしたように、音楽の神様はストラドをこの世にもたらしたんだとボクは思う。ただの楽器じゃない。音楽に携わる者にとっては至高の宝物だよ。そんな宝物が今頃どこかで芸術を解さない無教養な悪党の玩具にされてるとしたら落ち着いていられる？」

「……意地の悪い訊き方するのね」

「ボクはあのポテンシャルを思い出しただけで落ち着かなくなる」

「うん。彼女、とても敏感だった」

「軽く弓を引いただけで……」

「そう、軽く引いただけで……」

「ワアァァァンンン！」

二人で揃って叫んだので、周りは何事が起きたのかと目を丸くした。ボクたちはお互いに唇に指を当てたままくすくす笑い合う。

「それにさ、ストラドを弾き始めてからボクの演奏が変わったんだよ。いや、変えさせられた」

「変え、させられた？」

「うん。この曲を表現するにはどのフレーズをどう弾くのか。前までは自分の耳と指先が全てだったけど、それ以前にヴァイオリンの声を聞けって言われたような気がする。あのストラドはまるで老練な教師みたいに演奏者を教育する」

「そうね、確かにあれはただの楽器じゃない。晶の言う通りよ。こうやって後ろから抱き締めると確かに体温を感じたもの。たった一週間弾いただけだったけど、あの感触が今でも肌に残っている。初めて音を聴いた時は全身に鳥肌が立った。でも、あれは天使の歌声を持った悪魔でもあるわ。とびきりの歌姫でとびきりの魔女。演奏家を生かしも殺しもする。チェリストの潜在能力を限界まで引き出すのと同時に限界もまざまざと見せつけてしまう。だから或る弾き手には希望と野心を、そして別の弾き手には絶望と諦めをもたらす」

「……同感」

「だからあれがなくなったと聞いて滅茶苦茶に悔しがる自分と、不思議にどこかで安心している自分がいるの。とっても複雑。この気持ち、晶になら分かるよね。さっき玩具って言ったでしょ。そう、まるで手に余る玩具を取り上げられた子供の気分」

「……同感」

善きにつけ悪しきにつけ、スペックの突出し過ぎたものは人々の不安を煽《あお》る。つまり平凡なボクたちは悲しいかな常識を超越したものを許容できないのだ。

「そう言えば初音さんも須垣谷から事情聴取されたって?」

「うん。前日に保管室に入室した人間全員に話を訊いたらしい」

「部屋に入っただけなら、それは人数多いだろ」

「ううん。元々警備員常駐で敷居の高い場所だからね。入室したのは稀少楽器を借りに来た選抜メンバーの五人だけ。みんなよく知ってる面子よ。友希ちゃん、舞子、雄大、晶、そしてわたし。借り入れも返却も今挙げた順番で大体十分おき。例によって誰も怪しい人影だとか兆候を見た者はなし」

「だろうねえ……まあ須垣谷が陣頭指揮とってたんじゃあ、事件は迷宮入り確実だね」

相槌《あいづち》を確かめようとすると、先に初音さんがボクの顔色を窺っていた。

「晶は誰を疑っているの」

「え」

「そ知らぬ顔をしていたけれど須垣谷教授はわたしを含めた入室者五人を疑ってるわ。間違いなくね。だってストラドに手を触れられる場所まで近づけたのはその五人だけなんだもの。そして誰でも自分は犯人じゃないことを知っている。すると残りは四人、その中の一人が犯人」

微笑んでいるけれど目だけは笑っていない。挑むようにボクの目を捉えて離さない。

大人のにらめっこ。ただし上手い逃げ方をボクは知っている。相手の目ではなく眉間を見る。こうすると相手からは正面を見ているようにしか見えない。

「犯人をその五人の中に限定するのはちょっと短絡的だな。まだそいつがどうやってストラドを盗み出したのかが分からないからね。だから逆に言えば、その方法さえ判明すれば自ずと犯人は分かると思う。ただ個人的な意見としてはね」

「うん」と、彼女は身を乗り出す。

「オケ仲間は誰も疑いたくない。これはコンマスとして正直な気持ち」

初音さんは一応納得したように頷いてみせた。

そして最後のひと啜りにティー・カップを取り上げた時だった。

彼女の指が滑り、カップがテーブルの上に落ちた。中身が残り少なかったのでそれほど悲惨な有様にはならなかったが、初音さんは珍しく舌打ちをした。

「見なさい。品があんまり立派なこと言うものだから指がびっくりしたじゃない」


翌日、ソルフェージュのためにレッスン室に入ると雄大の姿だけが見当たらなかった。こういう時は常に彼の行動を逐一監視している女性に訊くのが一番だ。

「雄大なら、さっき器楽科の教室で入間くんと話してたよ」と、友希は答えた。

雄大と入間——？　意外な組み合わせに一瞬首を傾《かし》げたが、このまま放ってもおけない。煩《わずら》わしいけどメンバーの招集もコンマスの仕事だ。ボクは一人で器楽科教室に向かった。

廊下まで来た時点で二人のいる教室はすぐに分かった。雄大の甲高い声が聞こえていたからだ。

「方法なんて知るかよ。だが絶対に何かの仕掛けで可能なんだ。だから方法は後回しで、先立つものは動機だ」

「で、アタシが犯人だって？　あーアッタマ悪い。二時間ドラマのおバカな刑事もそこまで低脳じゃないわ」

教室には警察の取調室よろしく、悠然と腰掛けた入間に雄大がいきり立っていた。

「おや、誰かと思えばコンマスさん。ごきげんよう」

「雄大、他所《よそ》の教室で何してんだよ」

「何って……」

「ちょうど良かった。コンマスさん、この、脳みそまで金管楽器で出来たような彼氏を引き取ってちょうだい。言いがかり付けるんなら、もっと論理的に付けて欲しいものよね」

「彼は何て？」

「ストラド紛失の方法はともかく、演奏会を邪魔する動機のある者はアタシだけだって」

「ああ、その通りさ。何せコンマス確実だったのを晶に横から奪われたんだ。ストラドを弾けなくなった。学長とも共演できなくなった。演奏会が中止になったら、誰よりもお前が喜ぶだろ」

口角泡を飛ばす雄大を入間は醒《さ》めた目で見上げる。それは徒労に終わるであろう説明をすっかり放棄した目だった。口元には『バカ』と大書してある。

「雄大。ここはボクに任せてレッスン室に戻ってくれ」

「だけど」

「コンマスの言うことなんだからさ。ここは従ってくれよ」

不承不承の態で雄大が立ち去ると、後には不貞腐《ふてくさ》れたような入間とボクが残された。ここは取り敢えずこちらが頭を下げておく場面だ。

「うちのメンバーが、迷惑をかけた。申し訳ない」

「別にいいわよ。迷惑になるほど気にも留めなかったから」

「足……もう大丈夫なのかい」

「足って……ああ、これね。おかげさまで大事には至らなかった。これだけは選考委員の皆さんに感謝しなきゃいけないかな」

入間は左の足首をついと差し出す。その部分は軽くテーピングされていた。

「落選理由を聞かされた時には頭に血が上ったけどね、今のアナタを見てたら結果オーライだと思えるわね。メンバーのスケジュールの把握やら雑用、それだけでも大変なのに、加えてあんな単細胞の世話に駆けずり回ってたら、そりゃあ治るものも治らないわ。ね、分かるでしょ」

入間はボクに顔を近づけてきた。

「だからアタシをコンマスから外してくれたことには感謝さえこそすれ、恨むことなんてこれっぽっちもないの。あのトランペット男の言う動機もね」

「それは……どうかな」口に出してから、しまったと思ったがもう止められなかった。

「君を積極的に疑うつもりは毛頭ないけど、雄大が言ったことには三分の理はある。コンマスを外れたことでストラドが弾けなくなったことも学長と共演できなくなったことも事実だ」

躍起になって反駁《はんばく》するだろうと身構えると、入間は予想に反して落胆したように肩を落とした。

「何だ、アンタもあの単細胞と同類？　いい加減にしてよ。確かにストラド弾けないのは悔しいけど、別にこの機会を逃したら一生弾けない訳じゃない。これからプロになって実績さえ積んでいけばストラドを所有しているどこかの財団が向こうから頭下げて、どうぞ使ってくれってやってくるわよ。学長との共演云々はこっちから出場を辞退したからでアタシの意思によるものよ。どっちにしてもアタシが根に持つようなネタじゃない」

ああ、そうか、とボクは目から鱗《うろこ》が落ちるような思いだった。

入間の説明は至極もっともで、既に高い評価を得、将来を半ば約束された彼にはボクらが欲するものにあまり価値は見出せないのだ。喩えは悪いがどんなに高級なドッグ・フードであろうが人間様の食指を動かすものではないように。

「特にね、学長との共演なんてこっちから願い下げしたいくらいだった。まあ、それはストラド使用の代償としか思ってなかったから」

その一言が回れ右しかけた足をその場に留めさせた。

「今のはちょっと聞き捨てならなかった。栢植学長との共演を嫌だって？　あの栢植彰良のピアノとの共演だぞ。世界中のオケがどれだけそれを渇望してるか知ってるだろ」

入間は鼻で笑った。

「そう思ってるのは日本人だけよ。クラシックだからって世界中の人間が骨董好きな訳じゃない。持ち主にはお宝でも他人から見ればただの骨董品て話は案外多いのよね。寄る年波で国内に閉じ籠もりっきり、年に一度の晴れ舞台が地方音大の学生オケなんて世界マーケットを視野に入れたオケやレコード会社にすれば隠居爺さんの趣味みたいなものよ」

「随分な言い方するじゃないか」

「学内でこんなこと口にするのは不敬罪に当たるのは承知してるけどね。偉人の実態なんて大抵は不敬ものよ。それに栢植彰良がクラシック界の重鎮扱いされているのは、その重厚かつ実直な人間性によるものだって学内でヨイショしてる教授がいるけど、これだって事情通にしてみればとんだお笑い草だし。あんな人格破綻者のバックでヴァイオリン弾こうなんて物好きもいいとこ」

「人格破綻者？　何だよ、それは一体」

思わず気色ばむと、入間は一瞬意外そうな顔をしてから「あ、そうか」と一人合点した。

「アナタ、いつも柘植初音と一緒だから知ってると思ったんだ。あの娘から父親の話、聞いたことある？」

三年近く付き合っているが、彼女の口からその話を聞いたことは全くなかった。向こうから話さないことはきっと話したくないことだと思ったから、こちらから聞こうともしなかった。

「だったら失礼しちゃったわ。アナタ事情通じゃなかったのね」

「悪かったね……。で、その事情ってのはどんな事情なんだよ」

「こういう言い方は嫌なんだけど……アタシの親がプロヴァイオリニストってのは知ってる？」

知ってるも何も、それがボクの持たざる君の武器の一つだ。

「その親からの伝聞なんだけどね。柘植彰良には良平《りょうへい》っていう一人息子がいて、この息子もピアニストだったの。同世代だったし、よく一緒にコンチェルトした演奏者仲間だったからこれはアタシの親に直接本人が喋ったことよ。それによると柘植良平は鬼っ子で、外見も似てなきゃピアノの才能も受け継いでなかった。ほら、柘植彰良って若い頃は結構なイケメンだったじゃない」

柘植彰良若き頃の写真はボクも何度も見た。音楽雑誌やレコードジャケットは言うに及ばず、個人的な写真も何枚か持っている。

「ところが当人は小柄で小太り、真ん丸顔でおまけに頭は絶壁、眉も唇も薄くて、鼻は低い。鬼っ子と言われても当然で、だからこそ本人は自分が柘植彰良の息子であることを証明するために小さい頃からピアニストを目指した。ただね……同じ屋根の下で天才と暮らすのって一種、理不尽なものなのよ」

入間は自身のことを顧《かえり》みているのか、少し憂いた表情を見せた。

「蛙《かえる》の子は蛙ってのは才能の世界じゃ必ずしも必然じゃない。むしろ天才の子であっても凡人の場合が多い。そして親が偉大なほど、その子供のプレッシャーは比例して大きい。三歳でトリルが弾けて当たり前。全国学生ピアノ・コンクールでの入賞は最低条件。何故ならあの柘植彰良の息子なのだから。じゃあ、その最低限の目標が達成できなかったらどうなる？　ご面相から鬼っ子は決まり文句。一番キツいのはまだ実力を発揮していないって評価。それがたとえ精一杯の実力であったとしてもね。どんなに足搔いても足搔いても、周囲からはちんたら走っているようにしか見えない。それが天才と凡人の差だってことを信じてくれない。それは、才能とは受け継がれるものだという期待と妄信が皆の中にあるから」

それはボクも同意できた。実際、音楽の世界に限っても親子二代で天才と称されている組み合わせは数えるほどしかいない。

「最初は良平の指も短かったらしいわね。一オクターブにも届かなかった。だから小学校に入る前から毎日指を抜かされたそうよ。柘植彰良が羽交い絞めにして無理に伸ばそうとしたの。本人は近所に響き渡るような悲鳴を上げた。でも、それでも止めてはくれなかった」

「………」

「才能は引き継がれるべきものと信じていたのは柘植彰良も同様で、全ては幼少からの教育で決まるというのが彼の持論だった。まあ確かに、音楽に秀でたヤツって十代の頃に才能を開花させるのが多いわよね。それはピアノやヴァイオリンの超絶技巧も指の関節がしなやかな子供のうちから慣れさせれば比較的簡単にできちゃうからなんだけど」

　これにもボクは同意できた。ピアノやヴァイオリンに神童が多いのは、小さい頃から練習してきたせいでもある。もちろん本人の才能が一番大きな要因ではあるけれど。

「スパルタって死語になった教育方針があるけど、柘植彰良が息子に施したのが正にそれだった。猫背で弾くと背中を竹刀で打つ。ミスタッチすると、その度に脇腹を抓《つね》る。息子は身体中に痣ができ、指先は腫《は》れた。爪も幾度となく割れた。終いには鍵盤を見ただけで吐いたそうよ。でも、それでも練習は続いた。睡魔に襲われながら譜読みした。押し潰されそうな不安を抱えながらコンクールのステージに立った。理由はただ一つ。自分にも才能が引き継がれていることを柘植彰良に認めて欲しかったから」

「馬鹿な。才能があろうがなかろうが実の息子じゃないか」

「柘植彰良という男は家庭の中にあってもピアニストだったのよ。当時、彰良の奥さんは他界していて、家にはお手伝いと二人の弟子、そして父子の五人が住んでいたんだけど、良平は一人息子でも忘れ形見でもなく、単に三番目の弟子だったってこと。息子に対する興味はピアニストとしての資質と可能性だけだった。そして決して篤実な人間でもなかった。名声に群がってくる女たちをつまみ食いするなんてしょっちゅうで、息子以上に歳の離れた女を孕《はら》ませて放ったらかしにしたこともあったみたい」

「……」

「それでも良平はピアノを弾き続けた。すると虚仮の一念で何度か国内コンクールで入賞を果たし一端のピアニストになることができた。都内の大きな楽団で定期演奏会にも出場するようになった。小規模ながらソロでリサイタルをしないかという申し込みも来るようになった」

「何だ、それなら」

「良かった訳じゃない。最悪はその後に待っていたのよ。どんなに努力した結果でも彼は柘植彰良の息子。普通の成功なんて誰も望んじゃいなかった。ショパン・コンクール優勝とかベルリン・フィルとの競演とか世界ツアーとか、そういう華々しい活躍でなければ世間は納得しなかった。まあ、ないものねだりよね。それから彼は至るところで陰口を叩かれ始めた。天才の出涸《でが》らし。劣性遺伝。極めつけはコンクールの入賞も楽団に入れたのも全部父親の七光りとまで言われた」

「……ひどいな」

「すると、良平は以前にもましてピアノにのめり込んでいった。睡眠時間も削り、意識のあるうちは鍵盤を叩き続けた。山ほどの専門書やスコアを漁《あさ》った。もう、その頃には良平にとっての音楽は敵でしかなかった。屈服させ蹂躙《じゅうりん》するための対象でしかなかった。そうして迎えた結末が……腱鞘炎《けんしょうえん》だった。その頃はまだスポーツ医学が発達してなくて完治は絶望的だと診断された。指が痛くて曲がらない。もう一オクターブを越えるような跳躍はできない。指を痛めたピアニストなんて映らなくなったテレビと一緒。引退するしかない。良平はその事実を柘植彰良に報告した。そしたら、あの男は何と答えたと思う？」

「……今までの苦労を労《ねぎら》ったんじゃないのか？」

「ああそうか。そのたった一言だけ。まるで蚊に刺された程度の反応だったんだってさ。その時、良平は全てを悟ったのよ。結局、自分は父親の要望には応えられなかった。ずいぶん前からあの男には見限られていた。だから、そんな人間の指が使い物にならなくなったところで何の痛痒《つうよう》も感じない。それにその頃、あの男の関心は別の直系親族……柘植初音に向けられていたから」

「関心って。孫なら関心を持つのは当然じゃないか」

「孫に対しての関心じゃないのよ。その小さな指がラフマニノフを弾けるのかどうか。要はそれだけ。で、幸か不幸か柘植彰良の才能を色濃く受け継いだのは初音の方だった。それがはっきりすると、柘植彰良は露骨に初音に肩入れした。教育方法はもちろん、姿勢、歩き方、箸《はし》の上げ下ろしにまで口を挟み出した。一方、良平に対しては空気みたいな扱いでね。そして良平はピアニストを引退すると同時に家を出ていった」

「どうしてまた。家族で独立する選択肢だってあるじゃないか」

「それは柘植彰良が許さなかったんだってさ。どうしても家を出ると言うなら初音は置いていけと言ったらしいわ。当時、初音はまだ三歳。父親はともかく母親は必要だった。だから結局、良平は一人で家を出た。いいえ、はっきり言っちゃえば明らかに追い出されたのよ」

「その後の良平は？」

「さあね。風の噂じゃどこか音楽関係の出版社に拾われたらしいけど。家にはすっかり姿を見せなくなったのは確かみたい。ね？　アタシの言ったこと理解したでしょ。柘植彰良は確かに不世出のピアニストよ。それは認める。でも血の通った人間には思えない。持ちうる愛情の全てをピアノに注ぎ尽くした人間の骸《むくろ》よ」

2

七月に入るとオケのパート練習が始まった。まだ各パートの音が決まっていないので、御大ピアノソロの参加はなく、ここでも橘講師が代理でピアノを弾く。代理と言えばピアノも同様で、柘植彰良の演奏は常に専用のスタインウェイと共にある。このスタインウェイは柘植彰良の体格、指の長さ、打鍵の強さに合わせた特注品で柘植モデルとも言われている。それこそ世界に一台きりの逸品で値段はつけようがない。従って柘植彰良本人しか鍵盤には触れられず、今日橘講師が代用しているのはヤマハのグランドピアノだ。

コンサート・マスターの役割はオケのまとめ役だが、協奏曲の場合はそれにピアノが加わる。まずオケ全体のハーモニーを揃えておき、次にピアノを迎えてアンサンブルを取る。だが柘植学長が主体となるこの協奏曲ではピアノの参加は本番一ヵ月前になるので、ピアノソロがどんな振る舞いを見せても即座に対応できるよう、前もってオケ部分は完璧に仕上げておかなくてはいけない。

ボクの一番の心配はそこにあった。あと二ヵ月でこのオケをまとめる？
ストラディバリウスの貸出中止は未だ解除されていなかった。あの楽器を奏でる愉しみも取り上げられたままで、そんな難題に立ち向かう気力はなかなか湧いてこない。

レッスン室に集まった総勢五十五名の演奏者たち。雄大や友希を含めて知った者も何人かいるが、大半は初めてだ。いや、顔はもちろん知っているけれど、彼らの音楽がどんな音をしているのかが分からない。四回生ともなれば基礎もできているのでとんでもない下手や前衛芸術家紛《まが》いもいないだろうが、代わりに個性や癖がついている。そういう突出した部分を丸めたり、他の音と融合させながらオケの色を醸し出していく――それがハーモニーなのだが、正体不明の彼らを目の前にして不安だけが募っていく。

もう一つの心配は選曲そのものにある。

ラフマニノフ〈ピアノ協奏曲第二番ハ短調〉。協奏曲作家ラフマニノフの名を一躍轟かせた屈指の名曲であり、ロシアロマン派を代表する一曲だ。繊細で美しいメロディで知られるが、ピアノソロ部分は言うまでもなく、オケパートでも高度な演奏技巧を要求する難曲でもある。だから全編に漲《みなぎ》る緊張感は曲調そのものから来るものにピアノソロを含めた演奏者全員の緊張が折り重なっている。

一八九三年、ボリショイ劇場で上演された歌劇〈アレコ〉によってラフマニノフは新進作曲家として華々しいデビューを飾る。だがその四年後、サンクトペテルブルグで初演された〈交響曲第一番〉は批評家たちから散々に酷評される。口さがない辛辣な言葉、作曲家自身の性格にまで言及した中傷めいた批判は精神的に未熟な若きラフマニノフをノイローゼに陥らせるには十分だった。鬱状態と精神衰弱、しかもその頃、恋人アンナ・ロディジェンスカヤとの関係が終わっていたことも手伝って、ラフマニノフはますます創作意欲を喪失させる。表情から一切の笑顔は消え、曲想は一向に浮かんでこなかった。歌劇団の指揮者も辞任してしまった。

すると心配した身内が知人を介し、トルストイに助言して貰うよう取り計らった。当時トルストイと言えばロシアを代表する大作家でラフマニノフも彼に畏敬の念を抱いていたため、絶望の淵から救い上げるには彼こそが適任と思われたのだ。しかし、この文豪との初会見は最悪の結果に終わる。ラフマニノフはトルストイの眼前で新しい歌曲〈運命〉を披露したのだが、聴き終わるとこの作家はラフマニノフの目を真っ直ぐに見ながらこう告げたと言う。「こんな音楽を誰が好きになると思うのかね?」

ラフマニノフの落ち込みは更に激しくなった。食欲は減退、肉体的にも危険な水域に近付いていた。そんな時、彼はニコライ・ダーリ医師と出逢《であ》う。当時のヨーロッパはフロイトの主要著作が出版を迎えていた時期で心理療法が流行っていたが、ダーリ医師も催眠療法によるノイローゼ治療を専門にロシアで開業していたのだ。ラフマニノフはダーリ医師の許に通い始め、催眠療法の甲斐あって漸く落ち着きと自信を取り戻す。こうして一九〇一年に書き上げられたのが〈ピアノ協奏曲第二番〉という訳だ。

この曲が大衆に受け入れられ絶賛されたのは、その旋律の美しさと壮大さもさることながら、曲全体に世紀末ロシアの空気が蔓延しているからだろう。不安と絶望の沈滞する第一楽章から革命の興奮と歓喜が爆発する第三楽章へ。それはまるで、その後に勃発《ぼっぱつ》するロシア革命を予言するかのような構成だ。

頃合いを見計らってボクは立ち上がった。

皆の視線が集中したのを肌で確認してから開放弦で最初の一音を出す。放たれた音に合わせてめいめいがチューニングを始める。ざわめく音のカオスが次第に音階を揃えていく。だが、その中にあって一音だけ不協和音が浮き上がっていた。雄大のトランペットだ。

そう言えば同じ科にいながら雄大とオケを組むのは初めてだった。ソロは聴いたことがある。やたらに元気な音だけどリズムは正確で、躍動と破綻の境界線を行くような演奏だった。雄大の個性が出ていてボクは好きだけど——このオケの音に馴染《なじ》むだろうか？

微かな不安が胸を掠《かす》めた時、このオケの指揮者が姿を現した。

ヴィルトゥオーソ科担任、江副《えぞえ》准教授。Tシャツにジャケットを羽織ったカジュアルな服装だが、その上に乗ったご面相が暑苦しい。手櫛《てぐし》で髪を梳《す》く仕草も見苦しい。学長にべったり腰巾着《こしぎんちゃく》の須垣谷教授も人望がないが、この江副准教授は更に嫌われている。

厳しい見方をするのは、多分ボクがこの教授を嫌っているせいだ。この学内において柘植学長を陰で老害と囁《ささや》く小狡《こずる》さ、本当は教授に昇進したくて堪らないのにそれを隠そうとして余計に露呈してしまう粗忽《そこつ》さ、そして何が気に入らないのか事ある毎《ごと》にボクに絡みついてくる執拗さ。ボクがコンクールに出場できないのも推薦会議でこいつがダメ出しをしているせいだと聞いた。そのボクがこの栄えあるオケでコンマスを務めているのだ。その指揮を任された准教授の胸中や如何に。

案の定、江副准教授はボクの方には見向きもせず、さっさと初音さんを先頭とするチェロ組の前に立った。

「自己紹介は……要らんな。私のことは当然知ってるだろうし、こっちも大体は顔を知ってる。まあ、中にはおやと思う顔もいるが、選ばれたからには変更もできまい。ベスト・メンバーと信じてこちらもベストを尽くそう」

嫌味と傲岸の絶妙なブレンド。これが初顔合わせの第一声なのだから恐れ入る。ボクの後ろで誰かが本人には届かないくらいの舌打ちをするのが聞こえた。

そ知らぬ顔で橘講師がピアノに向かう。

タクトが振り上げられると、俄かに空気が張り詰めた。橘講師の両手が鍵盤の上を覆う。そして放たれた和音。ロシア正教の鐘の音を模した、ゆっくりとした連打をクレッシェンドしながら続ける。だが申し訳ないけど、下諏訪美鈴が放った〈ラ・カンパネラ〉の鐘よりも貧弱で即物的な音だ。もっとも練習初っ端から、そんな音を出されても困るけれど。

鐘の音が終わりトゥッティの導入部に差し掛かった箇所で、早くもタクトが大きく横に流れた。

「駄目だ。もう一度」

再びピアノの連打。

身構えるヴァイオリン組。

陰鬱な導入部が頂点を迎えて主題が提示される。そしてやっとトゥッティが始まると――。

「ストップ。導入部からもう一度！」

今度はヴァイオリンから開始。だが、同じ箇所でタクトが譜面台を叩いた。

「おい、そこのトランペット！　お前だけ走ってどうする」

雄大が一瞬、苦虫を嚙《か》み潰す。不安は的中した。雄大のリズムがオケからはみ出してしまったのだ。

「ハーモニーの意味分かってるのかよ、馬鹿。ほら、もう一度いくぞ」

ぞんざいで粗野な言葉。それでハーモニーとやらが出来上がるのならこんなに楽なことはない。刑務所や収容所のオーケストラはさぞかし調和の取れた交響曲を奏でることだろう。

その後、江副の叱責《しっせき》は三度続き、四度目には金切り声に変わった。

「いい加減にしろ！　今度は笛までおかしくなった。こら、右のクラリネット。どこ見てんだ、お前だよ、こののろま」

名指しされた友希が眉を顰《ひそ》める。些細なミスの追及に三分が費やされた。決して魅力的とは言えない声を浴び続けてメンバー全員の表情がどんよりと曇った。ポーカーフェイスが身上の舞子までもが不機嫌さを隠そうともしない。

そして次はボクに矢が飛んできた。

「なあ、そこの第一ヴァイオリン。座る場所を間違えてやしないか？　それともコンマスの役目知っていて、尚そこに座ってるのかな？　オケまとめるはずのお前が先頭切って音外してどうするんだよお。この曲ぶっ壊すつもりか。そんな腕にストラディバリウスなんか元々猫に小判だ。

大体、何でお前がこの場にいるのか不思議で仕方なかったんだよ。一体オーディションでどんな手品を使った？　どんな催眠術で学長を騙くらかした？」

結局、二時間の練習時間で音を出せたのは半分程度で、残りの半分は江副の有難いご指摘に終始した。江副が去った後も、楽器を下ろしたメンバーの顔には疲労と嫌気が滲《にじ》んでいる。

「誰だよ。あんなヤツ指揮者に選んだの」

口火を切ったのはやはり雄大だった。

「これじゃあ、まとまるもんもまとまんねーぞ」

これに舞子が相手の顔も見ずに応えた。

「定期演奏会の指揮者はヴィルトゥオーソ科の担任の務め。それが長年の慣習になっているからよ。でも、それを言う前にあなたも少し落ち着いたら？　音が先走っていたのは事実だったし、最後までみんなとリズム合わなかったし」

「おい……ちょっと待てよ」

「少し黙ってろよ、雄大」と、隣にいた篠原《しのはら》が釘を刺した。

「何だと！」

友希が顔を背ける。また始まった、とその渋い顔が語っている。初音さんは初音さんで、ボクを心配そうに見ている。

大丈夫だよ、とボクは頷いてみせたけど――。

本当は全然大丈夫じゃなかった。何がハーモニーだ。このオケからは不協和音しか聞こえてこない。練習初日ということを差し引いても問題があり過ぎる。そして恐ろしいことにこのオケをまとめ、あの素晴らしい人格の指揮者と橋渡しをするのがボクの役目ときている！

ボクは皆に解散を告げてから重い足取りでレッスン室を出た。気分は最低だった。

だがその時、最低の気分を一掃するような怒声が飛んできた。

「この、裏切り者！」

「裏切りと言われてもねえ。最初から君に肩入れした覚えはないし」

「ここの講師なら、生徒であるあたしに味方するのが当然じゃないの！」

「うん、確かに君は生徒だ。だけど彼女も僕にとっては生徒でね。それに君には器楽科の教授が付きっきりで教えてくれた。学科長からはアドバイスも貰っていた。周囲のクラスメートからは応援もあった。でも、彼女は孤立無援だった」

「どうせ札束で横っ面張られたんでしょ。さあ、次はどんな弁解するつもり？」

「事実がどうであっても、君がそう信じ込んでいるのならどんな弁解も説明も無意味だろうね。ただ、一つだけ言えることもある」

「何よ」

「自分の不幸を他人のせいにするのはとても楽だけど、安楽というのは一種の足枷《あしかせ》だよ。人をその場に釘付けにする」

「訳の分からないこと言ってんじゃないわよ！」

興奮しきった声に固まっていると、いきなりドアを蹴破らんばかりの勢いで下諏訪美鈴が出てきた。

「何が、何が音楽は魂で奏でるものよ。そんな精神論、糞食《くそ》らえだ！」

プチ子・ヘミング撤回。これはもう立派なアマゾネスだ。

猛り狂ったアマゾネスはボクに気付きもしないで廊下の向こうに歩き去っていった。恐る恐る教室の中を覗くと、そこには何事もなかったかのようにスコアに見入る岬先生がいた。

「ああ、城戸さん。どうしました」

「先生こそ……大丈夫ですか？」

「うーん、やっぱり聞こえちゃうよね。あんな大声だと。だけど、あれでピアノ弾かせるだけなんてもったいないかな。声楽やらせても結構面白いと思うけど」

「何をあんなに怒ってたんですか」

「いや、彼女アサヒナ・ピアノコンクールで優勝を逃しちゃってね。きっと怒りの矛先をどこに向けていいのか分からないんだよ。でもまあ、あれで気が済むのならいいか」

「迷惑でしょうに」

「いいや、少しも。下諏訪さんの非難は大抵が的外れで、こちらには掠りもしない。だから実害はないよ」

そう言って岬先生が再び目を落としたのはラフマニノフ〈ピアノ協奏曲第二番〉だ。

「先生、どうしてその曲を」

「ラフマニノフは僕も好きだから、という回答では不満かな。でも本当なんだよ。実を言えば臨時講師の話を頂いた時、一も二もなく承諾したのはここの学長があのラフマニノフ弾きの柘植彰良だったからに他ならない。現代のピアニストであの人のラフマニノフを無視できる者はいないよ。もしも作曲者本人があの演奏を聴いたらきっとスタンディング・オベーションさえするんじゃないかな」

何の打算も見せず無邪気に賞賛を繰り返すその表情は、まるで一般ファンのそれだ。それを眺めているうちにボクは一計を案じた。

「岬先生。三日前、楽器保管室からチェロが盗まれた事件は」

「ああ。聞いているよ。須垣谷教授が調査委員会を立ち上げて頑張っているみたいだね」

「あれ、先生はどう思います？」

「どうって。うーん、調査委員会発足の経緯は知らないけど個人的には警察に任せるべきだと思うよ。何と言ってもストラディバリウスだ。ただの楽器じゃない。あれは文化遺産だ」

「事件のあらましは聞いていないんですか」

「ただの臨時講師だよ。理事会やら教授会には縁のない気楽な身分でね」

「じゃあ、ちょうど良かった。今から一緒に来て下さい」

「え。ちょ、ちょっと待って」

「いいから！　来て下さいって」

ボクは岬先生の腕を取ると、少し強引に椅子《いす》から立たせた。掌を強く握ったり乱暴に扱わないのは同じ演奏者としてせめてもの心遣いと思って欲しい。そう言えば岬先生自身も何か持っている時以外は、いつも腕を組むとかポケットに突っ込むとかして掌を庇《かば》っている。

「あのさ。どうして僕が同行するんだい？」

「生徒が困っている時、助言をするのは教育者の役目です」

「どうして君が困っている？」

「あのチェロを盗んだ犯人が、次にヴァイオリンを盗まないと誰が断言できます？」

半分は嘘だった。

ボクにはヴァイオリンを弾くこと以外にもう一つだけ取り得がある。それは人を見る目だ。どんなに賢《さか》しらに振る舞っても、どんなに愚鈍を装っても、不思議にボクはその人の知性が見えてしまう。だから今までの人生で大きな踏み外しがなかったのも自分の勘で正しいと信じた人に従ってきたからだった。その勘が今、岬先生を巻き込めと告げている。

一緒に行くからせめて手を放して欲しいと言われ、ボクは漸く解放してやった。

「見かけによらず強引だね。で、その盗難事件に何か問題でもあるのかい」

ボクは歩きながら知り得る限り事件の詳細を説明した。自分で目撃したものは少なく、大方は初音さんの証言の引き写しだったが、誇張も省略も類推もせずありのままを伝えた。

「へえ、完全密室！　それは不可解だな。ところで事件は三日前だったね。それから今日現在まで何人の人間が現場に足を踏み入れた？」

「須垣谷教授と警備会社の人だけだと思います。対象となる楽器は確か四、五挺くらいだけど、事件の後は貸し出し不許可になっているし」

「つまり、まだそれほど荒らされていない訳だ。警備体制に変更はあったかい」

「警備員さんの数が二人に増えました」

「それだけ？　ああ、一人は保管室の中に立っているんだね」

「いいえ、ドアの前に二人です。中に入ったままだと、今度同様の事件が起きた時その警備員さんに疑惑が掛かってしまうからって」

するとと岬先生は困った様子で頭を掻いた。

「うーん。まあ、何かしらアクシデントが発生したらチェック機能を倍加するというのは誰しも考え付く普通の対応なんだけど……」

「それじゃあ、駄目なんですか」

「何故、リンゴは木から落ちるのか」

「え」

「強い風が吹いたから。または枝が弱かったから。それも間違いじゃないけど、それらは従因に過ぎない。本当の理由はリンゴに重力があったからだ。これが主因。だから枝に添え木をしようが風防を立てようが落ちる時には落ちる。本質的な解決策にはなり得ない。この場合に有効なのはまさか重力を遮断することはできないから、リンゴが落ちることは当然として下にセーフティ・ネットを広げることだ。言わんとしていることは分かるよね」

ボクはしきりに頷いた。

保管庫に到着する。ドアを挟んで上背のある若い警備員さんが二人立っている。きっとあの初老の警備員さんは配置換えされたのだろう。岬先生が職員証を提示して、やっとカード・リーダーへの照合を許された。

「清掃はしていないみたいだね」

「ええ。教授がまだしばらくは現状保存しておけって。聞いた話だと一日中ここに籠もって色々調べていたみたいです」

「ははあ。既にホームズ氏の通った後か。それなら新たな証拠の発見は困難かな」

ボクは事件直後に披露された教授の推論と、それを粉砕した舞子の反論を再現してみせた。

「神尾さんて、あのオーボエの？　へえ、かなり論理的な人なんだねえ」

「と言うか教授の推理が穴だらけで。でも、確かに舞子のそこが苦手でみんなは近寄り難いみたいです」

「つくづくもったいないね。感情よりも論理を、お為ごかしよりは警句を発してくれる友人の方が貴重なのに。それにしても見れば見るほど完璧な密室だな、ここは。警備員さんが口にした金庫室というのは言い得て妙だ」

岬先生はしばらく天井や壁を見回していたが、やがて問題のチェロが置いてあった場所に移動した。胸ほどの高さの棚には、そこだけぽっかりと空白がある。その空白を見続けていると、自分の胸にも虚《うつ》ろが広がりそうな気がする。

「惜しむらくは室内に監視ビデオを備え付けなかったことです。もしも、それがあればこんな事件は起きなかったでしょう」

「それはどうかな。さっきのリンゴの話じゃないけど、どんなに警備を厚くしようが、どんなに防犯設備を揃えようが、それで安全という訳じゃない。盗もうという意思が存在する限り、その人間は知恵を絞って防犯体制の網をかいくぐろうとする」

岬先生は腰を落とし、リノリウムの床に視線を走らせる。

ボクははっとした。その目はまるで冷徹な化学者の目に一変している。普段の穏やかさなど毛の先ほどもない。

この人は一体、何者なのだろう——。

しばらくしてからだった。

先生の長い指が棚の真下からゆっくりと小さな欠片を摘み上げた。爪の先ほどの半透明な平たい欠片。非整形でほんのわずかに白く濁っている。

「棚の真下は死角になっているから教授も見落としてしまったんだね」

「それ、何です?」

だが岬先生はボクの質問には答えず、しばらくその欠片を凝視していた。そして小さく頷くと、欠片を大事そうにハンカチで包んだ。

「先生?」

返答もないまま、岬先生は行動を続ける。床を見ながらまず棚から平行方向に歩き、端まで行ってから三十センチほど横にずれて戻ってくる。これを五回ほど繰り返した後、今度は垂直方向にまた同じことをする。つまり正確に碁盤の目を描くように床を走査していく。

　そうしてある地点で立ち止まって背を伸ばした時、先生のハンカチの中には同様の欠片が更に二枚納められていた。ただし形も大きさもばらばらだ。

「事件の翌日、教授が披露したファンタジーな推論ね。神尾さんは一笑に付したみたいだけど、僕はなかなかに興味深く拝聴させて貰った」

「えぇっ。じゃあ、まさかあのトンデモな推理を鵜《う》呑みにするんですか」

「トンデモは言い過ぎだよ。コントラバスに人を隠し入れる。ドアの陰に潜んで発見者の死角に入る……。確かに昔そんなトリックの推理小説を読んだ気がする。教授は古今東西のミステリーに詳しいのかな」

「教授、昔は刑事さんになりたかったんだとか言ってました。何でもお父さんが愛知県警の副本部長をしているとか」

「へぇ！　……それはそれは。でも、結局は音楽の道を選択したのでしょう？」

「いえ、あの様子じゃ今でも未練たっぷりみたいですよ」

　そう答えると、岬先生は一瞬信じられないような顔をして考え込んだ。

「うーん……うん、そうだね。無論そういう志向もあって当然なのだろうなあ。いや有難う、危うく視野狭窄《きょうさく》に陥るところだった」

「あの、何のことですか」

「いや、ごめん。個人的なことなんだ……。さて、と。それじゃあ、もう退散するとしようか。あまり長居していたら警備員さんからあらぬ疑いをかけられるかも知れない」

「もう……いいんですか？」

「うん。もういいよ」

「だってまだ十分も調べてないのに。教授なんて半日閉じ籠もってたらしいですよ」

「とにかく犯罪捜査が好きなんだろうね。でも教授がそれだけ熱心に探し回った後なら、僕なんかが新発見できる確率は絶望的なくらいだ。ほら、このちっぽけな欠片がせいぜいでね」

「ひょっとして……何か分かったんですか」

するとは岬先生はたしなめるようにボクを一瞥した。

「せっかちだなあ。いきなり引っ張ってきたかと思えば、さあ調べろ何か分かったか。君は僕をえらく買い被《かぶ》り過ぎている」

そして踵を返してドアに向かった。

でもボクはその直前、先生の口元がふっと緩んだのを見逃さなかった。ボクはその口の形を何度か見たことがある。その口は真実を知りながら、「楽しみは最後まで取っておくものさ」とこちらを焦らす意地悪の形だ。

一体、今の数分で、そしてあの半透明の欠片から何を摑んだと言うのだろう？

言い知れぬ惧《おそ》れと期待で好奇心が爆発しそうになる。ボクは是が非でも訊き出そうと保管室を出た岬先生の後を追いかけた。

「せん」、と呼び止めようとした時、重なった別の声で掻き消された。

「岬先生！　こちらでしたか」

反対側からやってきたのは須垣谷教授だった。息せき切っているところを見ると、ずっと岬先生を探し回っていたらしい。

「先生、保管室に？」

「ああ、実は」

「いやいや、今はそんなこと後回し後回し。ちょっと聞いて頂きたい話があるのです」

「僕に？　しかし今は生徒さんの一人と」

「いやいやいやいや。こっちが最優先です、最重要案件です、大至急です。ああ、君。悪いが後にしてくれ。岬先生はたった今急用ができた」

言うが早いか教授は岬先生の腕をがっきと捕えて今来た廊下を引き返そうとする。慌てて岬先生はその場に踏みとどまる。

「待って下さい、教授。その話、長くなりそうですか」

「ええ。深刻かつ重要な内容ですから」

「困りましたね。もうすぐただでさえ少ない僕の講義時間なのですが」

「そんな……」ものはどうでもいい、と言おうとしたのだろうが、後の言葉は何とか呑み込んだようだ。「……に時間に忠実でなくとも。音楽学の講義でしたら、他に棚橋《たなはし》先生もいらっしゃるでしょうに」

「棚橋先生は本日お休みです。生憎《あいにく》とベンチには僕しか残っていません。そして現時点では四単元の遅れが生じていて、これを月内に解消しないと前期の履修状況が危うくなるから急いで欲しいと言われたのは教授、貴方です」

ううん、と教授が眉間に皺を寄せる。

「……講義まではあと何分？」

「長く見積もっても五分でしょう」

「仕方がない。では手短に済ませましょう。しかし、ここでは……」

教授は辺りを見回し、ずらりと並んだ教室を次々に覗いてみたが中には既に人がいて、内密の話ができる部屋は見つからない。ちらちらとボクに視線を移す。明らかにボクは邪魔者なのだろう。ふん。それなら意地でも退散なんかしてやるものか。

「教授、もうそろそろ」と岬先生が言い掛けると——何と教授は岬先生の腕を引いたまま目の前の男子トイレに飛び込んだではないか。

「もう行きなさい！」というのが捨て台詞だった。

チクショウ。確かに個室には違いない。ここでのこのこついて行ったらつまみ出されるに決まっている。

でも手段がない訳じゃない。ボクは使用者がいないことを祈りつつ、こっそりと隣の女子トイレに滑り込んだ。この校舎はレッスン室の防音対策が完璧な反面、他の部屋のそれはかなり手薄で、トイレでの会話も壁一枚隔てた隣側に洩れ聞こえてしまう。しかし、これは二階にある立派な職員用トイレしか使わない教授たちには知り得ない事実だ。

授業間近ということもあり女子トイレは無人だった。よし、ついてる！　こんな場所で聞き耳を立てているところを見られたら、それこそ変質者と言われても何の申し開きもできない。

　壁際に近付くとさっそく二人の会話が洩れてきた。

「そんなに急を要することなのですか」

「一大事と言っても過言ではありません。岬先生は我が大学と姉妹提携をしているイリノイ州立医科大学をご存じですか」

「ええ。名前だけは。確か現学長の就任直後、音楽療法の分野でここと共同研究をしたのが切っ掛けと聞いています」

「ええ、その通りです。ところが一昨日のことですが、そこの大学職員が大麻を盗んだ容疑で逮捕されました。施設内の薬局庫に保管されていたものを大量に持ち出し、ネットを通じて学外の第三者に売り飛ばしていたとのことです……。しかしそれにしても何故、大学に大麻なんて置いてあるのだろう？」

「アメリカの一部やカナダ、イスラエルなどでは医療目的で大麻、つまりマリファナを使用することが認められているんです。末期エイズ患者の食欲増進やガンの緩和ケアのために研究も盛んに行われていて、一般の大麻とは区別して医療大麻と呼ばれています」

「そう……でしたか」

「しかしイリノイ医大の不祥事が何故そんなに一大事なのですか。姉妹校といっても直接の関係はない訳でしょう」

「警察は本人の身柄を拘束すると大学及び自宅の家宅捜索を行い、同職員のパソコンから顧客名簿を入手しました。そして……そしてその名簿の中に我が愛知音大の関係者がいたらしいのですよ！」

ボクは危うく声を上げげそうになった。

「ここの関係者？　ということは氏名までは明らかになっていないのですね」

「顧客名簿と言っても氏名は暗号化されていたようです。ただ、その送付先の一つがここの住所だったようです」

「つまり何者かがメールで発注し、学内で受け取っていた可能性が強い」

「ええ、ええ」

「しかし米国発の郵便物は目立つのではありませんか。その宛先人の名前も同様に」

「いえ、イリノイ医大のみならず、外国人教授の招聘《しょうへい》や留学斡旋《あっせん》に関わる情報供与のため、エアメールは一日だけで数通到着します。パソコンのメールはもっと膨大です。そして現物として届く郵便物もいちいちチェックや記録もしていないのが現状です」

「では、受取人の確定も容易ではないということですね。お訊きしますが、あちらの大学と交流があるのは職員だけですか？」

「いえ……とにかく古くからの関係で、教職員のみならず学生同士個人的な交流も数多く存在するようです。メール通信だけに限ってもどのくらいの数だか見当もつきません」

「成る程。それにしても確実な入手方法を考えついたものですね。大学で使用する医療大麻なら純度は高いでしょうし供給も安定している。相手も同じ大学関係者だから密告される可能性も少ない。街の不良外国人から高値で購入するよりはずっと安全でしかも安価だ」

「供給が安定しているとは？」

「治療用として供されている量が一定なのですよ。大麻には鎮痛作用や沈静作用もあり、例えばアメリカでは慢性痛患者の一割近くが治療に大麻を使用しているのです。副作用が少なく、製造も他の薬剤に比べれば容易でしかも安価ですからね」

「しかし、そうは言っても麻薬には違いないのでしょう」

「倫理よりは実利を重視しているのでしょう。それに、未だ有効な治療薬が存在しない特定疾患や難病にも効果が認められているようですから、強《あなが》ち犯罪行為とも言い切れないのです。薬効成分のアラキドノイルグリセロールという物質は肥満治療にも有効とされています。肥満大国アメリカでは需要があって当然なのかも知れません」

「……何故、そんなにお詳しいのですか？」

「知人に特定疾患を患った者がいましてね。しかし教授。そんな話がどうして学校側に知らされたのですか？　警察庁経由で話があったとしても現在捜査中の事件について当の大学に伝えるとは考え難いのですが」

「学校側にはまだ知らされていません。これは、私が貴方だけにお話しする情報です」

　しばらく岬先生は黙っていた。

「何故私がそれを知っているのか、とは訊かないのですか？」

「きっと他人に尋ねられて教授が喜ばれるような理由ではないでしょうから」

「ええ、その通りです。もう誰かからお聞きかと思いますが、私の父親は愛知県警の副本部長を務めております。今回の件はお察しの通り警察庁経由で愛知県警に照会がありました。恐らく近々にでも県警、或《あ》るいは所轄の中《なか》警察署から捜査の手が入るでしょう。しかしその前に、可能ならば先に犯人を特定した上で自首を勧めろ。父はそう告げました。本来ならもちろん許される行為ではありませんが、学内における私の立場を慮ってのことです。今このタイミングで学内から逮捕者が出ればイメージ・ダウンは到底避けられない。そして警察関係者を身内に持つ私の立場も微妙なものになる。だが犯人が出頭して自首すれば影響も最小限に収まる」

このタイミング、というのは確かに頷ける話ではあった。今年に入ってから現役大学生による麻薬事件が連続しており、問題の起きた大学ではその収拾と解決策に四苦八苦しているのだ。東京、大阪、横浜、福岡――日頃から大学自治を謳《うた》い、警察権力の介入を煙たがっていた大学ほど事件発覚後の対応をこっぴどく非難された。すげ替えた首の数、各方面に下げた頭の数は百や二百ではきかないそうだ。少子化による生徒予備軍の減少と長期化する不景気を考えれば、不祥事の数はそのまま入学志望者に反比例する。だからこそどこの大学も生徒の不祥事には神経を尖らせているのだ。

「事情は分かりました。しかし、何故そんな機密事項を臨時講師の僕なんかにお教えになるのですか。もっと決定権のある、例えば学長に相談されるのが最良のような気がしますね」

「あ、いや。実は私もそう思ったのですが……不思議なことに父は貴方を指名してきたのです。お前の大学に岬洋介という男がいるはずだから彼に助力を請えと……。あのう。先生はどなたか警察関係者にお知り合いが？」

　ボクは興味津々で耳をそばだてたが、先生からの回答は遂に聞こえなかった。

「僕などがお力になれるかどうか自信がありません。少し時間を頂けませんか」

「え。あ、ああ。いいですとも。もちろん結構です。何しろ急な話ですからね。しかし、くれぐれも他の先生たちにはご内密に」

「承知しました。では教授、時間がそろそろ迫っていますからこれで……」

「おお、そうでしたそうでした。お引き止めをして申し訳ありませんでしたね。それではよろしくお願いします」

　いつの間にか、もうお願いしたことになっている。図々しいというか狡猾《こうかつ》というか、きっとこの人はこういう駆け引きを繰り返して今の地位を手に入れたのだろう。

　さて、聞くべきことは聞いた。後は出て行くタイミングだ――と思っていたら先手を取られた。

「出ておいで城戸くん。近くにいるんだろう？」

　ボクは悪戯を見つかった子供よろしく首を引っ込めて廊下に出た。岬先生は呆れ顔でそこに立っていた。

「どうして分かっちゃいました？」

「演奏家の耳をナメて貰っちゃ困る。足音だよ。君のは摺《す》り足に特徴があるから」

　まるで犬並みだなあ、と感心していると目の前で人差し指を立てられた。

「分かっていると思うけど他言無用だよ。こんなことみんなに知られたら」

「大騒ぎになりますからね」

「いや、そうじゃなくてね。ただでさえチェロの消失事件で動揺しているメンバーを更に不安がらせる結果になりかねないからだ」

「え？　そっちですか」

「そっちもこっちもない。今、君に大事なのはコンマスとしてあのオケをまとめ上げることであって、チェロがどんな風に消えたとか、誰が麻薬取引に手を染めたかなんてどうでもいい話だろう」

「でも、二つとも立派な犯罪ですよ」

すると、岬先生は急に困惑顔になった。まるでこちらが傷付く何かを言おうか言うまいか迷っているような表情だ。

「何が犯罪で何が犯罪でないのか。そしてそれは重いのか軽いのか。法律の条文はともかく、実際にそれを決めるのは簡単なことじゃないよ」

一体何を言おうとしているのか考え込んでいると、岬先生はふっと表情を和らげた。

「君には君の優先順位があるという意味だよ。定期演奏会以外に当然課題だってあるんでしょう？　今は何を貰っているんだい」

「えっ……と。チャイコフスキーのヴァイオリン協奏曲を」

「へえ、なかなかの大曲じゃないか。だったら尚更、警察捜査紛いに気を取られている暇はないはずだ。密室も大麻もしばらく忘れてヴァイオリンを弾き続けていなさい。それが君の仕事だ。

いいね」

「初音さんはマリファナってどう思う？」

レッスン後に立ち寄った喫茶店でボクはこう切り出した。岬先生から口外は禁じられていたけど一般論なら構わないだろうし、初音さんの意見を知りたい気持ちがあった。

「どうって何が？」

「ほら、最近大学生が麻薬所持で捕まっているじゃない。それに芸能人や歌手なんかは毎月のように新聞ネタになっているし。でも今日ある人から聞いたんだけど、マリファナってアメリカでは合法な訳でしょ？　場所によって犯罪になったりならなかったりする行為が本当に罪なのかと思ってさ。それに音楽とマリファナは昔から切っても切れない縁があるし。有名どころで言えばビートルズのメンバーたちも麻薬を愛飲していた時期があって『LUCY IN THE SKY WITH DIAMONDS』なんて頭文字を繋げればＬＳＤという意味だし」

「別に合衆国がマリファナを合法と認めている訳じゃないわ。ただ合法にしている州があるというだけで。でも、そうね……。善いとか悪いとかじゃなくて可哀相だと思う」

「可哀相？」

「麻薬を吸わなければ作曲できない。麻薬がなければ人と当たり前に付き合えない。ううん、麻薬でもタバコでもお酒でもそうだけど、それがなければ普通でいられないというのは一種の依存症よ。立派な病気だわ」

「病気だから善いも悪いもないって理屈だね」

「うん。それにわたし、麻薬が音楽的才能に及ぼす作用とかには懐疑的なの。多分吸っている本人もそうだと思う」

「本人が効能を信じている訳じゃない？」

「きっと不安なのよ。自分の才能に対して、それから世間からの評価に対して。不安で不安で堪らないから、それを誤魔化すために麻薬の力を借りる。束の間でいいから自分は全能だと信じていたい。音楽の天才だと思いたい。でもマリファナ吸って必ず傑作が書けるなんて妄想か錯覚だと思うし、そもそもクスリに頼らなきゃモノを創れないなんて普通以下じゃない。それに」

「それに？」

「モーツァルトやベートーヴェンはクスリがなくてもあんな曲を作ることができた」

それはその通りだろう。第一、そんな昔にマリファナやＬＳＤは存在していない。

「ねえ。音楽の神様がいるって言ったよね？」

「うん」

「それじゃあ、神様に近付くには何が必要だと思う？　信仰心と忠誠心よ。それさえあれば必ず神様はこちらを振り向いてくれる。神様との会話に秘術や秘薬を使うなんて結局は邪教、迷信の類でしかないのよ」

ボクはしばらくその言葉を反芻《はんすう》してから頷いてみせた。

「真っ当で古臭い意見はお気に召さない？」

「昔、お母さんの言ったことを思い出した」

「何て言ったの」

「目新しい食材はすぐに飽きられる」

「何なのよそれは」

「珍しい食材や耳新しい考え方は、しばらくは楽しんで貰える。だけど長い時を経て洗練されたものじゃないから、それなりのエグさや未熟さがあって長くは支持されない。結局は昔ながらの素材や年寄りの繰り言が重宝されたりする」

「至言ねえ。お爺ちゃん子だったわたしにはとっても頷ける話。ねえ、今まで改めて訊いたことなかったけどさ。晶のお母さんってどんな人だったの」

「うーん……」

母親との想い出。必ずしも他人が聞いて微笑ましい話ばかりじゃなかった。初音さんを他人扱いすることには戸惑いもあったが、それでも選別は必要だろう。ちょうど初音さんが父親の話を封印しているように。

思案した挙句、ボクは自分の掌を初音さんに差し出した。

「ほい」

「ほいって？」

「見ての通り角張って先太りになった不恰好な指だけどさ。この間、岬先生に言われたんだ。一生懸命練習している演奏者の綺麗な手だって」

「その通りよ。グランパも同じような手だもの」

「ボクのお母さんはこれに似ても似つかない綺麗な手でね。まるで人形みたいに細くて滑らかな指をしていた。美由紀《みゆき》という名前で学生の頃はボクと同様にヴァイオリンを弾いていた。プロを目指してもいた。ところがさ、東都フィルに入って間もなくボクを身籠ってしまった。父親の籍には入らなかったから、まあボクは私生児だよね。ボクを養っていかなきゃいけないからヴァイオリンを続けることはできなかった。それで楽団を辞め、実家の旅館に戻って仲居を始めた」

「……どこの旅館？」

「奥飛騨《おくひだ》のひなびた旅館さ。あんまりひなびたものだから最近ではすっかり左前になっちゃった。出戻ってからのお母さんは旅館業に専念した。老舗旅館じゃないから人手も足りない、経営も安定している訳じゃない。いくら実家の娘だといってもお嬢さん扱いされる訳でもない。朝から晩まで働き通しさ。ボクの記憶にあるのは厨房《ちゅうぼう》で、客室で、フロアで甲斐甲斐しく動き回るお母さんだ。食事はいつも一人で、寝る時も一人だった。お母さんはボクの寝た後に布団に入り、ボクの目覚める前に出て行った。でも唯一、一緒になれる時間があった。それが何だか分かる？」

「ヴァイオリンの稽古《けいこ》？」

「ご名答。仕事のちょっとした合間にボクの練習に付き合ってくれたんだ。自分が果たせなかった夢を子供に託す……。よくある話と思うだろうけどヴァイオリンを強制された覚えはないんだよ。三歳だったかな。十六分の一の分数ヴァイオリンを買ってくれてさ。初めて弓を引いたら弾けちゃったらしいんだよ。それからはお祭しの通り玩具代わりで、来る日も来る日も練習三昧《ざんまい》」

「ああ。それはわたしも全く同じだったなあ。お人形遊びより先に鍵盤叩いてたからね」

「音楽家を親に持つ子供は、みんな似たような育ち方してるのかな。そのうち学校に通い始めたけど、ボクは時間の節約、お母さんは生活費の節約に明け暮れる毎日」

話しながらボクはその頃のことを思い浮かべていた。一日の中でほんの限られた間だったけど、お母さんをただ一人の聴衆にした音楽の時間は至福のひと時だった。ボクが弓を引いている時だけは、旅館の仕事に忙殺される日々も私生児と詰《なじ》られる毎日もやり過ごすことができた。

「練習の時間だけ、ボクはお母さんを独占できた。だから、その時間だけがボクら母子に共有できた時間だった」

初音さんは視線を落としていた。きっと自分と良平氏のことを顧みているのだろう。

「だけど何度も交換が必要な分数ヴァイオリンだからね。いくら実家に身を寄せているといっても母子家庭の経済力で高価な楽器を買い続けるのは相当な負担で、楽器を買い換える度に他の学用品はしばらく買えなくなった。私生児を抱えた身の上で分不相応な楽器を買っていれば肩身も狭くなる。結局、働き過ぎの無理がたたって早くに死んじゃったしね。今でもお母さんには済まなかったと思うよ」

「そんなこと、ない」

初音さんは俯いたまま、そう洩らした。

「晶のお母さん、それでも幸せだったと思う」

「嫌になるくらい現実的な話なんだけどね。おカネがないってのは立派に不幸なんだよ」

「そんなこと知ってる。でもね、親子が結びついていられるだけで立派に幸福なのよ。わたしの父親なんて……」

続きを待ってみたけれど、遂にその後の言葉が初音さんの口から出ることはなかった。やはり、入間が教えてくれた柘植家の内情は当たらずとも遠からずなのだろう。

「結びつきが足枷になる時もあるんだ」

そう告げると、初音さんは裏切られたような顔をして黙り込んだ。

3

七月後半に入ってもオケは一向にまとまる気配を見せなかった。

ボクがコンマスに不慣れな点もあるが、それ以前にメンバー間の調和が全くと言っていいほど取れていない。理由の一つは各々の力量に差があり過ぎることだ。例えばチェロにしても初音さんの技量が突出していて他の五人がおいてきぼりになっている。トランペットでは相変わらず雄大が皆の足を引っ張っていて周囲から冷たい視線を浴びている。

二つ目の理由は指揮者である江副准教授の言動だ。何が気に食わないのか、ともかく生徒は押さえ込めば言うことを聞くと思っているらしく口を開けば叱責と嫌味と罵倒が延々と続く。貶《おとし》められて気持ちのいいはずもなく、その気分はそのまま演奏に反映した。もっとも、これは後になって舞子が解説してくれたのだが、元より反学長派の江副は学長のピアノ協奏曲が成功裏に終わるのは面白くない。できれば指揮者である自分の与《あずか》り知らぬ部分で失敗してくれれば願ったり叶ったりなのだそうだ。一方この准教授は前座ともいえるヴィルトゥオーソ科の発表会に余念がなく、参加の決まったメンバーにはそれこそ痒いところに手が届くような指導をしている。つまり、定期演奏会の場で自分の指導力を誇示せんがために学長の選抜によるオケには肩入れしない、という裏事情だ。姑息《こそく》さもここまでくればいっそ清々しい。

そして三つ目にオケ全体に漂う形容し難い不信感がある。ストラディバリウスのチェロ盗難事件は箝口《かんこう》令が敷かれたにも拘《かか》わらず、今やメンバーのほとんどがその詳細を知っていた。そして大抵の者が導き出した結論が「犯人は大学関係者」というものだった。動機が金銭目的か定期公演の妨害かはさておき、いずれにしても犯人は自分の隣に座っている人間かも知れず、疑心暗鬼と気味悪さが織り成す不快感は演奏の指を鈍らせるには十分だった。

「ストオオオップ！」

その日、二十二回目の叱責はボクに向かって飛んできた。

「おい、コンマス。今、思いっきり外したのは何かの音楽的演出かね。それともこの協奏曲についての新解釈かね」

「すみません……」

「そんなんでよくコンマス務まるよなあ。お前を選んだ学長以下選考委員は素晴らしい慧眼《けいがん》の持ち主だよ。二週間も真横でタクトを振っている俺にすら全く感知できない才能を、たったの十分かそこらで見抜いちまうんだからな。ああ大したものだ大したものだ！」

そう言い捨てると、江副は無言のままレッスン室を出て行ってしまった。無論、こうした退場の仕方でボクに皆の非難が集中することは計算済みなのだろう。その目論見は半分達成された。

「どうしたの」と、初音さんは囁くように訊ねた。「らしくないミスよ」

「へえ。じゃあ、第一楽章のラストで出遅れた初音さんのミスはどんな部類だい」

「……突っかかるのね」

「ゴメン。失言。今の忘れて」

「何かあったの」

「何かあったの、じゃねーよ」

横から割り込んできたのは雄大だった。

「お嬢さんにはこのギスギスした雰囲気、分かんね？　みんなハリセンボンみたいな状態で隣のヤツに触れんばかりの距離にいるんだ。こいつが犯人なのかもって気になって演奏に集中なんかできるかよ」

この時ほど、この単細胞の首を締めてやりたいと思ったことはなかった。

言葉は形のない曖昧なものを実体化させてしまう。皆が共通して抱える不安は口にした途端に増幅するのだ。

怖れた通り、メンバーの何人かが傷口に触れられたような顔で雄大を睨んだ。

そして同じトランペットの篠原が先鋒を切った。

「お前が言うなよな、雄大」

「何でだよ」

「犯人の目的が演奏会の中止なら、お前が容疑者の最右翼だってことさ。確かにこれだけ下手だったら演奏会に出るのは嫌だろうさ」

「んだとお」

「お、図星をさされて熱くなったか」

「ずいぶんと言ってくれるじゃねーか」

「そりゃそうさ。こっちは隣でとてつもなく独創的なフレーズ聞かされて頭が割れそうなんだ。少しくらいガス抜きさせて貰わなきゃ、やってらんねえ」

篠原が毒づくと、雄大が歩み寄ってその襟首を摑み上げた。こういう時の仲裁もコンマスの役目なのだろうな、とボクは内心溜息を吐きながら二人の間に割って入る。

「二人ともやめなよ。頼むからそういう熱血は高校生までにしてくれ」

「引っ込んでろ！」

いきなり飛んできた雄大の左肘がボクの頰にヒットした。無防備だったボクは堪らず後方に吹っ飛んだ。

それを見て叫んだのは初音さん、ではなくて友希だった。女の悲鳴を聞いてしまえば揉め事を収拾しなければならない、という行動原理は働いたようで数人の男が二人を止めに入った。涙目に霞《かす》む視界の中で、それでも睨み合う二人の姿が映る。女性陣は遠巻きにそれを見守り、楽器を抱えたままおろおろと右往左往する者もいた。

ガス抜きという台詞は確かに的を射ていた。皆、雄大のキャラクターは承知しているから、普段ならあの程度のやり取りで摑み合いなど起こるはずがない。それなのにあっさり火が点いてしまったのは、行き場のない皆の猜疑心《さいぎしん》が破裂寸前にまで圧縮されたからだ。

尚もきな臭い空気が燻《くすぶ》り続ける中、熾《おこ》り火に水をかけるような声がした。

「いい加減にして欲しいわね、全く。小学生レベルの論理で何言い争ってんだか」

「お、おい待てよ、舞子。いくら何でも小学生レベルって」

篠原が抗議しようとするが、舞子は彼に見向きもしない。

「あんたたち二人とも可能性だけ考えてるからよ。可能性だけなら一パーセントだって可能性じゃない。でも、実際一パーセントなんて無視して然るべき数値でしょ」

「そ、それはまあ」

「犯罪だって一種の経済活動よ。危険を冒すという投資、犯罪を成功させるという利益。そう考えればたかがいち音大の定期公演を中止させるために時価二億円のストラドを盗み出すなんてローリターン・ハイリスクもいいとこ。よって動機としては可能性はあるけれど実際問題としては無視すべき事項なのよ」

思わず納得せざるを得ない論理展開に拍手でも送ってやろうかと考えている最中、席を外していたメンバーの一人が慌てふためいた様子で戻って来た。

「おい、まただ！」

「何が」

「今度は学長のピアノがやられた」

学長専用のスタインウェイ製コンサートグランドピアノ、通称柘植モデルは大ホールのステージ裏にある準備室に保管されている。

ボクと初音さんが現場に駆けつけた時には既に先客がいた。理事会役員と須垣谷教授を始めとした教員たち、そして警備会社の面々が雁首《がんくび》を揃えて立ち尽くしている。そして、その輪から少し離れた場所に岬先生がいた。

「やあ、さっそく来たね。ちょうど良かった」

「ちょうど？」

「学長はお出でにならない。愛用のピアノが無残な姿に変わっているのを見るに忍びないとのことだ。だからお孫さんの初音さんが報告してあげた方がいいだろう」

「ピアノ、どうなったんですか」

「破壊された」

ぎょっとしてボクは初音さんと輪の中に割り込む。まさかあんな頑丈な物を――。

え？

予想に反してピアノは原形を留めている。

いや――違う。

屋根が全開になっていて中は水浸しだった。筐体の下からもぽたぽたと水が滴り落ちている。

つまり溢れんばかりの水を浴びた証拠だ。床の水溜りの中に空の二リットル入りペットボトルが二本転がっている。

「これは破壊だよ」と、岬先生は繰り返した。その声には抑揚がなかったけれど静かな怒りが聞き取れた。ボクはペットボトルを取り上げたが、岬先生の視線を浴びて慌てて元に戻した。

「十の七乗の繰り返しに耐え得る鉄骨。総張弦力二十トンのピアノ線。その一・五倍の強度を誇るフレーム。およそピアノほど堅牢な楽器はない。だからその構造を知らない者がピアノを破壊しようとすれば、高所から落下させるとか建設機械で潰すとかダイナマイトで爆破することくらいしか思いつかない。ただしこの楽器にも弱点がある。それが水分だ。水を吸った鍵盤の木材部分は膨張し、隣の鍵盤と接触して動かなくなる。ハンマーのフェルトは元々が圧縮材だからこれも水を吸って毬藻《まりも》のようになる」

そう。だからピアノに湿気は大敵であり、メンテナンスには常時乾燥剤を用いている。この部屋も保管室と同様に温度と湿度は自動制御されているはずだ。

岬先生の口にした言葉は的を射ていた。ぱんぱんに膨れ上がった鍵盤、役立たずになったハンマー。もう、このピアノは死んでいる。全体を構成する約八千個の部品のうち、ほとんどは交換しなければならないだろうが、それはもう修理と呼べるレベルではない。

これはれっきとした破壊なのだ。

横で話を聞いていた教授の一人が申し訳なさそうに口を開く。

「いくら値打ち物と言っても、それは学長が演奏するという前提があってこその話だ。柘植彰良の指と一体になった時、初めて価値を生み出すピアノだ。打鍵も寸法も学長に合わせてある。そんなピアノを学長以外の誰が欲しがると思う？」

「しかも」と。これは警備員の弁解。「保管室にあるような楽器と違い、こんな巨大な代物を盗もうなどという輩《やから》がいるとは思えんかったから警備も手薄だった。監視ビデオも設置されとらんし、それに……その、鍵が……」

後を引き継ぐように須垣谷教授が口を差し挟む。

「今回に限って施錠も十分ではなかった。ここの鍵は管理部と学長が保管しているのですが、昨日は学長も何度も出入りされたため、いちいち施錠はされなかったようです。従って不可抗力とでも申しましょうか、誰を責める訳にもいきません」

いや、それははっきり学長の責任だろう。ただ被害に遭ったのが学長自身の所有物なので責任問題が発生しないだけだ。

「気になることがあります」

この中にあって場違いなほど冷静な声に皆が振り返った。岬先生だった。

「犯人が誰であれ、こうして事件が連続して発生しました。二つの事件が同一人物によるものかは分かりませんが、その手口は明らかに荒っぽくなっています。それでも尚、皆さんは警察の介入を拒むおつもりですか？」

「岬先生、それは」

「前の事件から鑑みても内部の者の犯行である可能性は高い。それは衆目の一致するところでしょう。グランドピアノという楽器の弱点を知悉《ちしつ》し、大掛かりな道具は何一つ使用せず、ただ水浸しにする。これほど簡便で効果的な破壊方法はないし、思い付くのはやはり音楽関係者でしょう。そう仮定した場合、その人物が至宝とも言える楽器を完膚なきまでに破壊した訳です。音楽を生活の糧にしようと、音楽を生涯の伴侶と心に決めた者が演奏者の分身である楽器を破壊したのです。その行為に一体どれほどの覚悟を必要としたのか、同じ音楽家である皆さんには容易に想像がつくでしょう。犯人の行動がこれで終わる保証は何もありません。それでもまだ大学の自治に固執するおつもりですか？」

「し、しかし理事会の決定事項で学長の承認もあることですから」

「僕は警察にそれほど親近感を抱いている者ではありません。しかし、やはり日本の警察は優秀だと思います。それに今回の事件が警察不介入を逆手に取ったものだという解釈も十分成り立つでしょうね」

岬先生の言説は真っ当過ぎるほど真っ当に聞こえた。それは恐らく理事や教授たちも同様だったのだろう。彼らはまた小さな輪を作り、声を潜めて何事かを相談し始めた。

すると岬先生は既に死に体となったピアノに近寄り、鍵盤に指を落とした。力を加えても鍵盤はびくともしない。指は平らに伸び、やがて八十八鍵全てを慈しむかのように静かに滑り始めた。

好奇でも憎悪でもなく、その端整な顔にはただ無念さが刻まれている。

それを見た時、この人は本当にピアノを愛しているのだと痛感した。それが例え他人のピアノであっても、聴衆の心を揺さぶる音楽を奏でた楽器に敬愛の念を抱かずにはいられないのだ。

ボクと初音さんは打ちのめされたようにその光景を見つめていた。同じ音楽の世界に住まう者同士なのに、善後策にあたふたする教授連と楽器の残骸に頭を垂れる岬先生は全く別の人種に見えた。

そしてその翌日、理事会の出した結論は「現状のまま学内での調査を続行する」だった。死傷者が出た訳でもなく、事態が深刻化した訳でもない、というのがその理由だ。ピアノの所有者である柘植学長本人が被害届の提出に消極的だったという事情もある。

だが、後日になって理事会はその判断が大きな誤りであったのを思い知ることになる。

III

Acciaccato delirante

アッチャッカート　デリランテ

〜激しく嵐のように〜

1

「コンマス、ちょっといい?」

廊下でボクを呼び止めたのは神尾舞子だった。

「話したいことがあるの」

「……内密?」

「じゃないから、ここでいい」

そう言って舞子は一番近くのレッスン室に入った。終了直後の学生がスコアとクラリネットを抱えて退出するところだった。

「で、話したいことって?」

「あのオケ、どうするつもりなの」

「どうするって」

「今のままじゃ本番までにまとまらない。それどころか下手したら空中分解よ」

思わず開き直りそうになる。そんなことは分かっている。一体誰に向かって話しているんだと思う。あの人格破綻者の指揮者とてんでばらばらのオケを橋渡ししろなんて無理難題を課せられて、毎日胃に穴が開くような思いをしているコンマスだぞ。

「ボクにどうしろって言うのさ」

「せめて犯人の目星つけて吊るし上げなさいよ」

「はあ？　ちょっと待って。それ、どういう論理の飛躍」

「とぼけないでよ。一連の事件の目的が薄々判明しつつある。だからこそメンバーに落ち着きがなくなっている。それくらい承知しているでしょ」

ボクはわざと答えずにいた。まだこの問題でメンバーと改めて議論したことはなかったので、他人の意見を聞くいい機会だと思ったのだ。

「犯人の目的は演奏会の妨害よ」

「ちょ、ちょっと待てよ。つい先日、そんな動機は無視していいレベルだと断言したのは舞子じゃないか！」

「あの時点ではね。チェロ盗難の単独事件なら金銭目的という線も有り得るけど、学長のピアノを破損させたのなら共通する動機はそれしかない」

「どうして共通させるのさ。別々の人間が別々の事件を起こした可能性だってある」

「皆無ではないけれど無視していいレベルよ。いい？　チェロの盗難事件で学内の警備体制は強化、警備員は再犯防止に過敏になって、教職員も自警団紛いを結成して校内廻《まわ》りをしている。こんな厳戒態勢の中で最初の事件と無関係な第三者が別の事件を起こすなんてナンセンス。リスクが大き過ぎるわ。それよりは最初の事件の犯人が同一の動機の下に犯行を再開させたという解釈の方がずっと自然よ」

ボクはまじまじと舞子を見た。いつもながらの理路整然とした言説。この語りを嫌う者もいるけれど、理屈よりも感情が優先しがちなメンバーの中では成る程貴重な存在で、ボクは好感を抱いている。

「でも、それなら少なくともオーディションに選ばれたメンバーは除外できる。自分の晴れの舞台になる演奏会を妨害したって一文の得にもならない」

「それも残念ながら却下。いくら当日にプロオケのスカウトが目を光らせていたとしても五十五人全員にお呼びが掛かる訳じゃない。せいぜいいいところ二、三人。最悪でゼロ。当然最初っから諦めている連中もいる。そしてその集団からしてみれば、わずかでもプロになれる可能性のある人間は嫉妬とやっかみの対象。どうせ自分に成功の目がないのなら、そいつも道連れにしてやれ。蛇足を加えるなら、柘植モデルのある場所は大学の人間なら皆知っている。学長が施錠もせずに準備室を出たのが午後三時。ホールの閉館が午後七時。それまでの四時間、警備員も監視カメラもない現場には誰でも侵入することができた」

前言微修正。この語りを嫌う者がいるのは当然だ。理屈では頷けても感情的に納得できないことは確かに存在する。

「あのさ、舞子。ボクだって五十四人みんなを知ってる訳じゃないけど、そんなにオケ仲間って信用できないか？　舞子が彼らをそんなに信用できないのなら、そりゃあオケがまとまらないのも当然だよ」

「わたしは一度だってオケ仲間を信用したことなんてないわ。信頼はしたことあるけど」

「……ごめん。分かるように説明してくれ」

「信用と信頼は似て非なるものよ。信用はその人の性格に関することで、信頼は能力に対すること。みんなの演奏技術にはそんなに文句はない。そこそこ安心してアンサンブルできる。けれど性格は別。音楽性が豊かだからといって清廉潔白とは限らないし、逆に堅実な人柄だとしても演奏に十全の信頼を置けるとは限らない。仕事で優先するのは信頼よ。信用じゃない」

その時、ボクに言い返せる言葉は一つしか思い浮かばなかった。

「じゃあ、雄大は？」

冷徹を装っていた舞子の目がぱっと見開いた。

「現状、オケの足を一番引っ張っているのは雄大だ。だったら今の理屈からすると雄大が最有力候補だよ。言い出しっぺだ。舞子が雄大の犯行だと理論づけしてみなよ。あいつの性格は信用してないんだろ？」

「……何でそっちに話振るのよ」

「ボクが訊いているんだよ。雄大を信用してるのか、それともしてないのか」

「答える義務はないわ」

「いいよ、答えなくても。見てたら分かるから」

「何のことよ。わたしは別に」

「見てたら丸分かりなんだけどね。舞子、自分じゃ鉄仮面だと思ってるだろうけど、実際は顔にラブレター貼り付けて歩いているようなものだから。その辺は友希といい勝負だよ。まあ、さすがにあれほど分かり易いのも珍しいけど」

しばらくの間、舞子はボクの顔を睨みつけていたが、溜息一つ吐いて緊張を解いた。

「コンマスの立場から言わせて貰えればオケ仲間は信頼もしたいし信用もしたい。犯人探しは平穏を取り戻すには一番有効な手段かも知れないけど、ボクや舞子の出る幕じゃない。探偵役には誰か別の人間の方が適役だよ。少なくとも他人を感情抜きで観察できる人間じゃないとね。今のところはこんな回答でいいかな」

「有意義な討論だったわ。新発見もあったし」

「何が？」

「見かけによらず、結構嫌な性格なのね」

「あれ。オケ仲間は能力重視じゃなかったのか」

「……最初の言葉、あれ撤回。やっぱり内密の話にしておいてくれる」

「いいよ。ボクはこう見えてジュラルミンの口と言われてるから」

「ふうん。そんなに固いんだ」

「ううん。すごく軽いんだ」

舞子は鼻を一つ鳴らして出て行った。


舞子には虚勢を張ったものの、彼女の指摘は嫌になるくらい至極もっともで、二つの事件を起こした犯人が演奏会を妨害したいのは容易に想像がつく。しかも、その目的は達成されつつある。もはやスタインウェイ製柘植モデルは修復不可能となり、業者によって処分された。さすがに柘植学長が泣き崩れるなどという光景は見られなかったが、やはり長年のパートナーの非業な最期には胸が潰された様子で、残骸が搬出される時などはまるで肉親を火葬場に送り出すような表情だったと言う。もちろん稀代のピアニストが愛器を失っただけで演奏不能になることはなく、スタインウェイ社は保管していたデータを基に柘植モデルの二台目を製作すると即座に回答を寄越したらしい。それに十月の演奏会に間に合わなくても別のピアノで演奏すればいいだけの話だ。弘法は筆を選ばない。

問題は楽器の喪失よりも柘植学長の落胆が大きいことだった。大学に籍を置いている何者かが演奏会の中止を企み、そのためなら楽器の盗難も破損も厭《いと》わない事実。それは齢七十を超える教育者の意欲を減退させるには十分過ぎる材料だった。

そしてオケのメンバーに与えた影響もまた大きかった。それぞれの演奏技術に対しての不満に加え、自分以外は誰しもが容疑者という不信感が目に見える形でオケを蝕んだ。一人がミスすると、もうそれだけで犯人を見るような目で睨《ね》めつける。おちおちミスタッチもできず、レッスン室には異様なほどの緊張感が張り巡らされた。そして、そんな中での練習は平常よりも倍近い疲労をもたらした。

誰か一人を吊るし上げろというのは乱暴極まりない意見だが、舞子の示唆した通り一番有効な解決策でもある。だけど、そんなことができるのなら苦労しない。ボクは警察でもなければ裁判官でもない。ただの迷える音大生だ。

大学が終わってからバイト先に直行、いつもの慌しい時間をやり過ごしながら頭の中では事件とオケのことが渦を巻いていた。

トラブルはそんな最中に起こった。

夜八時、店内がほぼ満席状態の時にその二人連れが入ってきた。二人は最初から尋常ならざる様子だった。共に年齢は三十前後、袖口から刺青《いれずみ》がちらりと覗く開襟シャツの上にあまり利口には見えない頭を載せている。要は一見してチンピラと分かる風体だ。路地裏にネズミがいるように、繁華街にはヤクザが棲《す》んでいる。この店は繁華街の中にあるため、こういう男たちも時折やってくる。だが、腕に刺青があろうが頭に草履《ぞうり》を載せていようが客であることに変わりはない。どんな風体であろうとも普通の客と同様に接客しろというのがバイト当初からの教育だ。

「ヒレカツ定食二人分。それからビールの大二つ。早よせえよ」

三白眼をした男がにやにや笑いながら注文した。もう一人の五分刈りの男は黙りこくって天井の辺りを眺めているだけだ。とてもこれから食事を楽しもうという雰囲気ではない。こういう時はとにかく待たせず間違えず、注文を手早くこなす以外にない。急いで調理場にそういう客の注文であることを伝える。

注文を受けてきっかり五分後、ボクは両手に皿を載せて二人の許に直行した。

「お待たせしました」

そう言って皿を差し出した時だった。

いきなり三白眼の男の手がボクの肘を突き上げた。皿は支えをなくし、中の料理は味噌ダレごと男の胸元にぶち撒けられた。

「おおおっ」と三白眼は驚いたように叫ぶ。ただし口元は笑ったままだ。

「派手にやってくれたな、兄ちゃん」

「でも、今のは先にそっちが手を」

「あああん？」と、五分刈りが下唇を突き出した。

「こおの野郎。手前ェの失敗、客になすりつけようってのか」

　三白眼のシャツは味噌ダレをたっぷり浴びて斑《まだら》模様になっている。顔の方は見ず、その模様を凝視する。胃が縮むような感覚と同時に、まるで絵に描いたような展開にもう一人の自分が呆れ返っている。

「申し訳ございません」

「申し訳ございませんじゃございませんよおっ」

　響き渡るような怒声で、店内の空気が一瞬のうちに凍りついた。

「こいつはよ、ヴァレンチノのオートクチュールだ。それをまあ、よくも味噌漬けにしてくれたもんだ。洗濯なんかじゃ落ちねえぞ、こんなもん」

　ヴァレンチノのオートクチュール？　どう見ても量販店で二着千円の安物じゃないか。

「一体どうしてくれるつもりだ。ええ？」

「弁償するだけじゃ済まねえぞ。こいつの心には一張羅の服を汚されたっていう染みが深あく深あく残ってんだからな」

暴力にも暴言にも無縁ではなかったけれど、暴力に慣れている訳でもない。ただ、ひたすら鬱陶しいだけだった。

「本当に申し訳ありませんでした」

思っていることとは逆の言葉がするすると口から出てくる。その代わり心の中がどんどん空虚になっていく。そんな言葉が相手の胸に届くはずもなく、それ以前に相手は聞く耳を持っていない。

「心が込もってないだろ！」

五分刈りがテーブルの上にあった調味料類と品書きの束を手の平で勢いよく払い除《の》けた。調味料の小瓶が隣席に飛んで、割れる。

「弁償と迷惑料、足して二十万。それで帳消しにしてやる」

決まりきった台詞。それもそのはず、最初から男たちは陳腐なシナリオを棒読みしているのだ。

問題はこちらにシナリオが用意されていないことだった。

だが、そこにアドリブが入った。

「どうしましたかね、お客さん」

調理場からゆっくりとした足取りでやってきたのは親爺さんだった。

「店主か。見ろよ、この有様。お前んところの従業員のせいでえらい目に遭わされた」

「これはこれは大変なご迷惑を。承知しました。では、お代は頂かなくても結構です」

「はあ？」三白眼は大袈裟に顔を傾げてみせた。

「笑わせんじゃねえぞ、このクソ親爺。まさかカネふんだくろうって算段かよ」

「まあ、ここは飲食店ですから。料理をお出ししたお客さんからお代を頂くのは当然かと」

「じゃあ、その飲食店続けたかったらこの落とし前つけろ。二十、いや三十万だ」

するど親爺さんは営業スマイルを貼り付けたまま、

「笑わせんじゃねえぞ、このくそだわけ。食い逃げの上にゼニせびるつもりか」と言った。

「く、食い逃げ？」

「料理作らせておいてゼニ払わんのやったら口に入れようが入れるまいが食い逃げや。その辺のファストフードと一緒にすんなよ。手前ェが今ぶち撒けたヒレカツ定食はなあ、肉の一切れ米の一粒に至るまで、美味《おい》しいもん食べて欲しいちゅう何人もの想いが込められた結晶や。それをあたら台無しにしよってからに。代金は勘弁してやるからとっとと出て行きゃあ」

「客に向かってなんて口利きやがる」

「手前ェらなんざ客なもんか。最近、ここらの飲食店渡り歩いて因縁吹っかけとる二人組のチンピラてお前らのことやろ。中署に風俗店潰されて組のシノギがキツうなって、なんでも三下は三度の飯にも事欠く有様らしいな」

いつもの人懐っこい顔がチンピラよりも凶悪なそれに変わっていた。

「商工会に苦情が殺到して被害届も出とる。おい、そこの五分刈り。最前から天井見回して防犯カメラないの確かめてからゴロまいたやろ。たわけ。お前らのためにカメラは目立たんように隠しただけや。今さっき通報したから、もうすぐ中署の強面の兄ちゃんがやってくるぞ」

二人組はぎょっとして顔を見合わせた。本当かブラフか。懸命に親爺さんの顔色を窺っているが、方々に余分な肉を付けた顔面はそれだけでふてぶてしく見える。

「さあ、すぐに出て行くか。それとも中署の兄ちゃんを待つか」

三白眼はわずかに顔を紅潮させたまま、ひとしきり親爺さんを睨みつけていたが、やがてついと踵を返して出口に向かった。

「覚えてやがれ」

二人の姿が消えると、親爺さんは手の平を返したように表情を一変させ四方のお客さんに頭を下げ始めた。

「お騒がせした上、女性の方には恐い思いまでさせてしまいました。誠に申し訳ございません。つきましては何も形のあることはできませんが、せめて皆さんにお好きなお飲み物をサービスさせて頂けませんでしょうか」

拍手と歓声が起きたのは言うまでもない。

だが、それでトラブルが終わった訳ではなかった。


予定の九時を過ぎて店を出た。今夜の風は乾いていて、どこかの花壇からナツツバキの匂いを運んでくる。見上げれば満月が煌々《こうこう》と下界を照らしている。

慌てていたので大学にスコアを忘れてきてしまった。今からでも取りに行けるだろうか——そんなことを考えていると、いきなり肩を後ろに引っ張られた。

え——。

拉致《らち》されるというのはこんな感じなのだろうか。何が起きたのか判然としないままボクは裏筋の小さな公園に連れ込まれ、舗道の上に叩きつけられた。

頭上にあの二人組の顔があった。

「さっきはえらく世話になったな」

「ボクは、何もしていない」

「そりゃあそうだ。だが連帯責任てヤツがある。お前バイトだろ。だったら店の親爺は親同然だ。親の不始末は子供が取らなきゃな」

三白眼はせせら笑いながら右足を繰り出した。爪先がボクの鳩尾に入った。

腹に激痛が走り、一瞬息が止まる。すると次に五分刈りが脇腹を蹴った。ボクは砂まみれになった舗道の上を転げ回った。

「どうして……ボクを……」

「スジ違いって言うんだろ。ところがそうじゃないんだ。おい」

五分刈りが僕を羽交い絞めにして立たせる。

「ああいうタイプの親爺はな、自分よりも身内の傷を痛がる。懲らしめるのなら本人よりも身内をいたぶった方が効果的なんだよ」

「へえ……少し感心した」

「何がだ」

「頭悪そうだけど観察力はなかなかじゃない」

すぐに平手が飛んできた。

「言った通り、親子だからへらず口もそっくりだ。ただな、こういう仕事してると観察力もそうだが、人間を見る目ってのができてくる」

今度は逆の頬を張られた。

「人間てのは、どいつもこいつも例外なく痛みに弱い。屈辱を味わってでも暴力から逃げようとする。いくらカネ持っていようが肩書きが偉かろうが関係ない。暴力だけがこの世で一番強い」

三白眼が再び鳩尾に膝を入れた。ついさっき食べたものが全部押し出され、ボクは前のめりに膝を屈する。自分自身の吐瀉《としゃ》物でジーパンの膝から下が汚物まみれになった。途端に汚物と消化液の饐《す》えた臭いが鼻を突いた。

「俺たちは暴力を売り物にしている。恐がられて何ぼの商売だ。だから、あんな風に虚仮にされたまんまじゃ、この先この界隈で商売を続けていけねえ。店にいた客全員もそうだが、あの親爺にはたっぷり学習して貰う必要がある。俺たちに逆らったら碌な目に遭わねえってな。お前に恨みはねえが、そういう理由で痛い目を見て貰う」

「ボクはたかがバイトの一人だ」

「そのたかがバイトの一人を見る目がな、いかにも心配そうだった。その時分かったんだよ、あいつのアキレス腱はお前だって」

「アキレス腱」

「踵の特にひ弱な部分。せっかくだから教えといてやる。喧嘩でも交渉でも、まず相手の弱い所から突いていく。それが鉄則だ」

五分刈りが今度は踵を振り上げた。ボクは咄嗟に身体を転がして直撃を避けたが、そのことが一層火に油を注ぐ結果になった。

二人組はもう何も言わずに蹴り始めた。雨あられのように二人の足蹴りが身体中に降り注ぐ。爪先の鋭痛と踵による鈍痛が交互に襲ってくる。蹴られる度に腹の中身を戻していたが、もう空えずきしか出てこなくなっていた。

やむことのない激痛に意識が薄らいでいく中、ボクは三白眼の言葉を反芻していた。

暴力は最強だ――二人の男から足蹴にされていると、その言葉は真実としか思えなくなってくる。この嵐をやり過ごすためならどれだけでも卑屈になれる。カネで解決するのなら今すぐ全財産を差し出しても構わないとさえ思う。

だが、ボクにはカネよりも大事なものがあった。

弓を持つ右手、そして弦を押さえる左手。

交わした約束を果たすために最低限必要なもの。

指先だけは守らなくては――ボクは両腕を腹で包み隠すようにして丸くなった。こうすれば腹を防御しているように見えると思ったからだ。

だが、三白眼の観察力は想像以上だった。

「おやあ。何を後生大事に守っているのかな？」

爪先でごろりと仰向けに引っ繰り返される。

「ほう。腕、か。おい、押さえてろ」

「やめろ！　……っ……」

身を捩《よじ》って抵抗してみたが、抗う力はもう残っていなかった。

「ずいぶん華奢《きゃしゃ》な身体つきだがスポーツ選手か？　よほど大事な腕らしいが……っと」

五分刈りが袈裟《けさ》固めのようにして上半身を押さえ、三白眼が右手首を捉える。

「さっき言ったよな。喧嘩でも何でも、まず相手の弱い所を突けって。どうやらお前の弱みはこの両腕だ。さあ、この腕どうして欲しい。骨を折るか？　筋を切るか？」

「や、やめろ……」

「命令できる立場かよ」

「やめて……下さい。お願いですから」

「ふん。お願いときた。そんなにこの腕が大事かよ」

「はい……」

「ふふん。まあ、俺も根っからの鬼じゃない。じゃあ選択の余地を与えてやろうじゃないか」

「選択……」

「よく見りゃ可愛い顔してるじゃないか。その顔ふためと見られないくらいボコにされるか、腕一本使い物にならなくされるか、どちらかを選べ」

躊躇《ためら》いはあったが、迷いはしなかった。

「……顔」

「よし。おい、しっかり押さえてろよ」

するとと、三白眼は予想に反して右手首を花壇のブロックの上に置いた。

「や、約束が違う」

「約束した覚えはねえな。これがお前にとって一番の痛手なら、あの親爺にとっても一番の痛手になるはずだからな」

「や、やめて！」

「そういう女みたいな悲鳴聞くとよ、尚更暴力は愉しくなるんだ。ほれ、キツいのがくるぞ」

五分刈りがボクの口を封じる。もうわずかな身動きもできない。

三白眼の足がゆっくりと振り上げられる。

「せーのっ」

予想される痛みを堪えるよう、反射的に目を閉じたその時だった。

「はい。ちょっと失礼します」

とんでもなく場違いな声に目蓋を開くと、真正面にとんでもない人の顔があった。

「な、な、何じゃあ、お前は！」

「名を隠すほどの者じゃないけど、あなたには名乗りたくないな」

「晶！」

岬先生の背後には何の冗談か初音さんの姿まであった。先生の腕が三白眼の掲げた足をくいと捻ると、その身体は大きくバランスを崩して地面に倒れた。五分刈りはと見ると、これもいつの間にいたのか親爺さんから逆に羽交い絞めされている。

戒めから解放されたボクを初音さんが背後から受け止めてくれた。最初に浮かんだのは、やっぱり女の子の身体は柔らかいな、という妙な感慨だった。

すぐに立ち上がった三白眼が懐から何かを取り出したが、一瞬早く岬先生がその肘を捕えた。

「放せ、このクソ野郎！」

「だったら、先にその物騒なモノを放して下さい」

不思議な光景だった。喧嘩慣れしているはずの三白眼が渾身の力で振り解こうとしても、華奢な岬先生の戒めから抜け出すことができないでいる。手首を軽く握っているだけにしか見えないのに。

「畜生、こいつの助っ人かよ。よ、四人がかりってのはあんまり卑怯《ひきょう》じゃねえか！」

「一人は戦闘不能、もう一人は看護役。実質二対二。先に二対一だったのはそちら」

「おうよ。卑怯で良けりゃ、すぐ新手が加勢にくるぞ」

親爺さんが五分刈りを片手で小突いていた。元々、肉太りでがっしりしており、いつも重量級の食材を抱えているので腕力は人並み以上なのを、ボクはやっと思い出した。

「と、いうことでこのまま立ち去れば無傷でいられる。まだ彼に未練があるというのならお巡りさんが個室でゆっくり話を聞いてくれる。今度はそっちが選択する番だよ」

「ふ、ふざけやがって！　畜生、放せったら」

岬先生は捕えた右手を三白眼の背中に回し、くいと捻り上げた。

「痛てててて」

悲鳴と共に刃物が地面に落ちた。

「見たところ出血はないようだけど、この状況なら暴行罪として立件も十分可能だな。刑法二〇八条、法定刑は二年以下の懲役、若しくは三十万円以下の罰金又は拘留若しくは科料」

三白眼はぎょっとして岬先生を凝視した。

「お前……一体、何者だ？」

「さっき言わなかったかな？　あなたに名乗るつもりはない。ただお巡りさんに知り合いは多いけどね。不本意ながら」

岬先生が捕縛を緩めると、三白眼は手をぶらりと下げて後ずさった。

「……このままで済むと思うなよ」

「うん、このままで済むとは思っていない。これだけのことをしたら、さすがに商工会も黙っちゃいないだろうからね。警察力を頼るのは好きじゃないけど、僕がどうこう言う前に地元が必ず動き出す。一軒一軒は非暴力無抵抗の平和的な店主さんだろうけど、従業員やお客さんに被害が及ぶとなったら本気で潰しにかかる。何十年も店を守ってきた商売人の本気をナメちゃいけない。商工会でも老舗のお店はあなたと同類のお兄さんを沢山知っているしね」

ああ、とボクは合点した。商工会の中には大相撲名古屋場所を仕切る業者もおり、当然業者絡みで日本最大の広域暴力団とも繋がりがあるはずなのだ。

二人組も同様に合点したのだろう。口々に悪態を吐きながら、それでもすごすごと裏通りの奥へと姿を消していった。

「晶ぁ」

男たちの姿が消えたことに安心したのか、初音さんが思い出したようにボクを背中から抱き締めてくれた。

「無事で良かったぁ！」

「あ、ありがとう。それにしてもどうして初音さんが？」

「晶、ラフマのスコアを教室に忘れたでしょ。気付いて返そうとしたけどケータイが全然繋がらなくって」

「ああ、ごめん。電源切れてたんだ」

「どうせバイト先から移動した頃だと思って追っかけてきたの。そしたらちょうど向こうから晶がやってきたのが見えたけど、あの二人組に引っ張り込まれたものだから」

「どうして岬先生が来てくれたんですか？」

「わたしが連絡したの。あんな風体の人たちだったから加勢が要ると思って」

「運が良かった。今日は講義の課題で資料集めがあったから、この時間まで大学に残っていたんだよ。そこに柘植さんからの緊急連絡があったものだから僕も急いでやってきた。相手は二人だと聞いていたから、彼女が知っていたバイト先の親爺さんにも助っ人をお願いしてね」

「いやあ、話聞いて頭に血が上った上った。出掛けに包丁握り締めてたんだが、それは凶器なんたら罪だからって先生に止められてさあ」

　止められなかったら、どうするつもりだったんだろう。

「お蔭で助かりました……それにしても先生凄く強いんですね。呆気にとられちゃいました。少林寺でもやってたんですか」

「ううん。子供の頃から格闘の相手は専らピアノだよ」

「でも、先生はまるで赤子の手を捻るようにしてたじゃないですか」

「ああ、あれは急所を押さえていただけだよ」

「急所？」

「うん。人間の身体にはね、どんなに鍛えても強化できない部位が何箇所かあって、そこさえ押さえてしまえば筋肉の動きを制御されてどんな屈強な男も身動きできなくなってしまう。さっきの場合だと上腕三角筋の下にある窪《くぼ》みだね。ピアノを弾くのも筋肉の一連の動きだから、どうしたら打鍵を強くできるか、どうしたら疲労度を少なくできるか、それを長年考えていたらこんな応用も利くようになった。それだけだよ」

　この人の授業を本気で受講したくなった。

「しかし、さっきの選択は感動したよ。顔より腕を守ろうとしたのは、さすがにヴァイオリニストを目指すだけあるなあ」

「……約束、だったんです。だから腕だけは死んでも守ろうと思って」

「約束？」

「必ずヴァイオリニストになるって……母親と」

親爺さんが何か問い質そうと口を開きかけたが、岬先生の手がやんわりとそれを制した。先生は瞳の奥からボクを見ている。とても静かで理性的な瞳だ。四つしか年が違わないのに、どうしてこの人はこんなに迷いのない目をしていられるのだろう。

まるで言葉のない催眠術にかけられたように、ボクは過去を語り始めた。自分が私生児であること、母親との二人三脚、母親の死亡、そしてオーディションを受けたそもそもの理由――。

「ボクには言わなかったけど、お母さんもヴァイオリンに未練があったんです。ボクさえ身籠らなければヴァイオリンを続けて、別の人生が拓けていたのかも知れない。あんな田舎で身をすり減らす代わりに、華やかなスポット・ライトを浴びる人生があったかも知れない」

そうだ。子供心に済まないという気持ちが確かにあった。だから同い年の子と碌に遊びもせず、来る日も来る日も弓を引いていた。音楽だけが親子を繋ぐ絆《きずな》のような気がしていた。

「看取ることはできたんです。その時、お母さんは、好きな人生を歩いていいよって言ってくれました。それを聞いたら余計に喜ぶ顔が見たくなって……」

初音さんは目を伏せると、ボクの手をきつく握ってくれた。結びつきが足枷になると言ったボクの真意を今になって理解してくれたのかも知れない。

言い訳がましいけど、就活に本腰を入れられなかったのもこの約束があったからだ。約束を思えば、どうしても音楽関係以外の職業は選び辛かった。

自然に言葉が洩れた。

「やっと苦労して音大に入ったと思ったら、周りは天才ばかりでオーケストラに入団するなんて夢のまた夢。それでなくても実力も名前もないヴァイオリン弾きには音楽で食べていく途《みち》がない。ねえ岬先生。ヴァイオリン弾きたいというだけで生きてちゃいけないのかな？　ボクや他のメンバーが望んでいることって、そんなに贅沢《ぜいたく》なことなのかな？」

口にしてから猛烈に後悔した。ボクはやっぱり浅薄な人間だ。まるで自分が責められているかのように初音さんが俯いているけれど、今の言葉は負け犬の遠吠えでしかない。

すると、それまで黙って聞いていた岬先生が徐に口を開いた。

「音楽に限らず、何か天賦の才能を必要とする職業を思い浮かべた時、一般の人にはあるバイアスがかかる。人が職業を選ぶのではなく職業が人を選んでしまうような場合、あまりの可能性の低さにどうしても疑問を抱いてしまう。本当にこの人間は選ばれているのだろうか。ひょっとしたら本人も周囲も大きな勘違いをしているんじゃないか、とね」

ボクと初音さんはめいめいに頷き、親爺さんは下を向いた。

「そしてまた逆に、たまたま自身が才能に恵まれた人間であった場合、自分が成功していようがしていまいが、どうしても我が子に自分を投影してしまう。この子にも自分の才能が受け継がれているのじゃないか。いや、ひょっとしたら自分以上の天才を秘めているんじゃないか、とね。音楽、絵画、学問、スポーツ、みんなそうだ」

これにも二人は深く頷く。

「でも、いくら親が関与したところで本人の生き方は本人のものだ。親の願望や執念とはいずれ距離を置くようになり、そこで自分が本当に望む進路は何かという自問が生まれ、これが周囲との確執になっていく。僕は音楽の分野しか知らないけど、これは多かれ少なかれどこの家庭にも起こることでね」

「岬先生も、ですか」

「僕の場合、母親はピアノを心底愛していたけれど、父親は音楽に何の関心もなかった。母親は一時ピアニストでもあったけど父親は司法畑の人間で、この二人がどういう経緯で夫婦になったのかは僕も知らないけれど、とにかく父親は最後までピアノに対する彼女の気持ちを理解することができず、僕の進路について二人の意見はことごとく対立した」

最後、ということは先生のお母さんはもう亡くなったのだろうか。それは恐くて訊けなかった。

「決定的だったのは母親にとってのピアノが単に趣味や教養の範疇《はんちゅう》ではなかったことだ。実を言えば僕の母親はロシア人男性と日本人女性とのハーフでね。今では、そんな子供珍しくも何ともないけれど」

それを聞いて合点のいったことがある。先生の瞳の色だ。碧がかった鳶色――日本人離れした色の出自は先生がクォーターという理由からだった。

「ところが、実際その頃の田舎には偏見や人種差別が色濃く残っていて、そういう子供は就職先も限定されていた。もっとあからさまに言ってしまえば瞳の色や血統に関係なく門戸を開いていたのは芸能の社会くらいだった。それで母親は音楽の世界を選んだ。いや選ばざるを得なかった。社会でも家庭でも女性の権利が蔑《ないがし》ろにされ、音楽でしか自分を表現できないという事情もあったと思う。好都合だったのは、ピアノは西洋音楽だったから外国人講師や外国人演奏者がかえって重宝がられたことだけど、これも考えようによっては狭い世界だったということだ。そして狭い世界の住人はどうしても視野狭窄になりがちで、それは司法の世界に身を置いていた父親も同じだった。二人が理解し合えないのも当然だったのかも知れない」

この話にもただ頷くしかない。特殊な技能や才能を必要とする分野、専門性の重視される世界が閉鎖的になるのは世の習いだ。

「ピアノの世界でしか生きられなかった彼女は、しかし結婚と同時にその世界と離別しなければならなかった。そういう背景があったから、生まれてきた子供に鍵盤を触れさせたのも言わば業のようなものだった。ところが、この子供というのがまた何かの悪戯でえらくピアノを気に入ってしまってねえ」

「何だか……ボクとよく似てるんですね」

「言ったでしょう。どこの家庭も似たり寄ったりだって。まあ僕の場合は幸いにも母親の願望と自分の希望が合致したから良かったんだけれどね。だけど父親の願望には沿えなかったから大喧嘩の末に家を出ちゃった」

「不安は、なかったんですか。一人で家を飛び出したりして」

「不安は今でもあるよ」

ほんの少しだけ声の調子が落ちた。

「誰が何を保証してくれる訳でもない。いつまでピアノを弾いていられるかも分からない。そもそも自分の才能なんて誤解と買い被りの積み重ねに過ぎないのかも知れない」

「どうやって折り合いをつけるんですか？」

　初音さんが身を乗り出して訊いてきた。

「どうしたら先生みたいに迷いを吹っ切れるんですか？　教えて下さい」

「それもまた買い被りだなあ。僕もそんなに偉そうに言えた義理じゃないよ。さっき言った通り毎日不安だらけなんだからね。ただ、こうしてみたいというものはあるけれど」

「それは何ですか」

「うーん。僕みたいな若輩者が語るには本当に早過ぎるのだけれどね。一つには選んだ者の責任があると思う」

「責任？」

「こうしている毎日はさ、実は取捨選択の連続なんだよね。何時に起きるのか。何を食べるのか。何をして過ごすのか。そして何を目指すのか。その幾つもの選択の集積が現在に繋がっている。そして大抵の人間は不器用で、何かを選択したらそれ以外のものを捨てなければならないようになっている。その捨て去ったものに責任を果たすためには選んだものを大事にするしかない」

「でも、もしそれが選択ミスだったら？」

「選択が間違っていたかどうかの判断は本人次第じゃないかな。それにね、僕は別に運命論者じゃないけれど、芸術にしろスポーツにしろ、その世界で生きていくべき人間はどんな道を辿《たど》っても最終的にはその世界から迎え入れられるものだと思う。もちろん、その世界から手を差し伸べられた時、その期待に応えられる用意はしておかないといけないのだけれど」

それってガチガチの運命論じゃないだろうか——でも、選ばれる人間はいずれ選ばれる、という言葉は不思議に腑に落ちた。初音さんの顔を窺うと、彼女も神妙な顔をしている。岬先生は相変わらずいつもの柔和な笑みを浮かべるだけだった。

「なあ、城戸っちゃんよ」

不意に親爺さんがボクを覗き込んだ。

「提案なんやけど、もしも練習時間が欲しいんやったらバイトしばらく休んでも構わんよ」

「クビ……ですか？」

「アホかあ！　しばらく言うたやないか。そやけど城戸っちゃんの想いを知ろうとせず、あんなこと言ったのはわしが未熟やった。悪かった」

「親爺さん、そんな」

「何にでもな、勝負どきってのがある。そん時には脇目もふらんと真っ直ぐ突っ走る。そやないと勝てもせんし第一後悔が残る。あの時どうして専念せんかったんやろう。もうちょい努力と時間があったら成功したかも知れんのにってな。その後悔はな、一生残る」

「………」

「もちろん最低限の生活費は必要やから、その時は自分の都合で来てくれりゃいい。その定期公演が終わった段階で正常勤務に戻ってくれ。しっかしひでえ親爺だろ。城戸っちゃんの想いを知った上で、まだ未練たらしいんだからよ」

ボクは何も返す言葉がなく、ただ頭を下げた。

とにかく疲れ果てていた。蹴られた箇所がじんじんと痺れている。

ああいう警告をすればまず再来はしないだろう――先生の言葉と携帯電話の番号を聞くと、安心感が睡魔を連れてやってきた。

2

七月後半になって陽射しは熱さを増したが、選抜メンバーの練習風景は寒い限りだった。

理由はメンバーの就職活動にある。メンバー中二十一人、つまり半数近くが会社訪問や面接のために練習を休んでいるのだ。これから大学は夏休みに入るが、その前に何とか内定の一つは取っておきたいという心理だろう。もっとも噂話によると、学生の気持ちとは裏腹に求人側の認識では既に終盤を迎えていて、今から秋にかけては落穂拾いのようなものだと言う。では、落穂にもなれない者はどうしろと言うのだろう。

皮肉なことに最近になって漸くオケの音が安定してきた。雄大のトランペットも周囲に馴染み、さてこれからという段になっての大量欠席は歯痒くて仕方がなかった。

だが一方、そんな人員不足の状態を愉しむ人間もいた。指揮者の江副准教授だった。

「ほう、総勢二十四人のオーケストラか。お前らピアノ協奏曲を弦楽四重奏と間違えてやしないか?」

「あの、先生。今日来ているのは三十四人なんですけど……」

「残りの十人は一人前に数えるほどの力量かね？」

「……」

「しかしまあ、五十五人のフルメンバーでも目立つようなミスがこんな人数だと晒し者同然になる。それでも俺の前で演奏するんだから、その勇気は誉めてやらないとな」

そして練習が始まったが、それは心労と肉体疲労をただ重ねるだけの二時間だった。

例えば第一楽章、主部の最初にオケがトゥッティを歌い上げる箇所。

「駄目だ。ロシア的な性格が出ていない。そこはもっと粘っこく！」

例えば展開部の最高潮。

「違う。そこは革命の瞬間だ。どかーん！　と劇的に転調させろ」

そして例えば終局部分。

「馬鹿。重苦しくし過ぎだ。ピアノの調性と合っていない。映画音楽じゃないぞ」

指摘はするものの感覚的なものに終始し、具体的な指示はないので、演奏する方はまごつくばかりだ。しかもその都度、雄大のトランペットを俎上《そじょう》に乗せるため、次第に雄大の顔色が変わってきた。

そして、二十五回目のストップが掛かった時、遂に雄大がキレてぼそりと呟いた。

「いい加減にしてくれねえかな。言ってる意味分かんねえし、全然前に進まねえ……」

それは隣の者にしか聞こえないほどの小声だったが、江副は聞き逃さなかった。

「おい、いい加減にしろだと。ふざけるな！　それはこっちの台詞だ。科の講義でも忙殺されているのに、たかが一回の演奏会で何故こうまで拘束されてると思う。全部お前らのためじゃないか。いいか、こっちは好意で指揮者引き受けてるんだぞ。それを忘れて勝手なことばかり言いやがって。しかも就活で半分も欠席？　何様だと思ってる？　まあいい。ご苦労なこった。今頃あくせくしたところでもう座る席はないってのにな。お前たちみたいな半端者を雇ってくれる会社なんか今更あるものかね！」

吐き捨てるようにそう言うと、江副は譜面台のスコアもそのままに指揮台から降りた。

「コンマス。どうやらオケの面々は俺のタクトがお気に召さないらしい。皆の指揮者に対する忠誠心と演奏技術が合格点に達するまで、オケは君に託す」

江副はそれだけ言い残して皆に背を向けた。

ボクは慌ててその眼前に回り込んだ。自分の口が何を告げようとしているのかも分からなかった。

「戻って下さい、先生」

「戻る理由はない。あのオケは君に託すと言ったばかりだ」

「ボクにそんな度量はありません」

「俺もそれは同感だがね。しかし選考委員会が君を任命したんだからな。相談事なら彼らにすれば良い。オケの統一が図れず、指揮者とのコミュニケーションも取れません、どうしたらいいでしょうか、とね」

「それは先生の……」

「俺にはヴィルトゥオーソ科の発表準備という仕事もある。このオケの指揮者だけに専念もできない」

「……最初からそのつもりだったんですね」

「ん？　何だと」

「オケを掻き回すだけ掻き回してから頼りないコンマスに放り投げる。本番までもう三ヵ月もない。新しい指揮者やコンマスを立てても時間がないから、オケは自然壊滅……それを狙っていたんですね」

「前々から思っていたが随分失敬なヤツだな、君は」

ボクの意に反して、江副はさほど気にする風もなくボクの横をすり抜ける。

「挑発したつもりだろうが、魂胆見え見えで付き合う気にもならん。他人を動かすつもりならもっと効果的な言葉を選ぶべきだな」

「生憎とボクは貴方ほど狡猾にはなれそうもない。なりたくもない」

「結構な処世術だな。だが賛同する者はおらんぞ。チェロの盗難事件に続いて学長専用ピアノの破損。誰だか知らんが、そいつの目的は明らかに演奏会の妨害だ。このまま公演を続行しようとすればまたぞろ何らかの手段に訴えてくるかも知れん。盗難、破損……手段は徐々にエスカレートしている。次はオケの関係者に直接危害が及ぶ可能性もある。そんな危なっかしい火中の栗、誰が拾うものか」

反論の余地もなく黙り込んでいると、江副は唇の端に優越感を漂わせて立ち去っていった。

「江副、どうしたぁ？」

レッスン室に戻ると、さっそく雄大が訊いてきた。上手く逃げられたことを伝えると、雄大はその辺に唾でも吐きかねない表情で江副を罵倒し始めた。

「ったくよお。大体あいつ最初っからオケまとめるつもりなかったんだよな。細っかい箇所で意味もなく反復させるし、日替わりで特定の奏者いたぶったり、挙句の果てに俺はラフマニノフのロマンチシズムが泥臭くて嫌いだとか言い出す始末だ」

聞いて呆れた。ロシアロマン派を代表するラフマニノフの音楽がロマンチシズムに溢れているのは当然のことで、そのメロディの親しみ易さからハリウッド映画で多く使用されたために極めて通俗的と評価された時期もあったが、現代でそんなことを表明するのは素人なら無知だし、専門家なら偏見と言われてもしようがない。

「あいつ、自分から指揮者放棄したんだよな？　正解だよ。これで誰か代役立てて貰えれば御の字だ」

「それがさ。なかなかそう上手くはいかなくって」

ボクは先刻江副から言われたことをそのまま説明した。

「うーん。だけどよ、それって単なる勘繰りじゃねーの？　教授やら講師やら全員が全員、江副と同意見とは限らんだろ」

「多分、全員がそうよ」

舞子が平然として言った。

「火中の栗というのは確かにその通りね。犯人が次に何かしでかすとしたら人間相手というのも頷ける話だし」

「それにしたって俺たちのせいじゃないし」

「少なくとも指揮者のご機嫌損ねたのは雄大よ」

「おい、待てよ。そんなら俺のせいだって言うのかよ」

「指揮者不在になった責任の一端はあると言ったの。だから早急に指揮者の代役探して来なさい。それはあなたの仕事よ」

「ちょっと待った」

今度は友希が立ち上がった。

「黙って聞いてたら何よ偉そうに。舞子だって見てたでしょう？　あいつ雄大がキレるのを計算した上でネチネチいたぶってたのよ」

「向こうの企みが分かっていたのなら尚更挑発に乗るべきじゃないわね。子供じゃあるまいし」

「ふ。俺ぁ子供かよ」

「髭生えていようがタバコ喫《す》っていようが、自分のしでかしたことに責任とれないようなのはみんな子供よ」

「ああら大層なこと言ってくれるわねえ。じゃあ好きなオトコに告らないなんてのはもっとお子ちゃまよねえ。それとも少女趣味って言うのかしら？」

舞子がゆっくりと友希の方に向き直ると、それだけで辺りは剣呑《けんのん》な雰囲気に変わった。ボクは視線で雄大の救援を求めたけど、この男は自分が揉め事の種になったことにも気付かず、唖然として二人の女を眺めている。

全く、この極楽トンボは――。

「わお、こりゃあ珍しい組み合わせだな」

「ヒョオ！　キャット・ファイト、キャット・ファイト」

最悪だった。普段なら仲裁に入ったり争い事を鎮めようとする連中までが、やり場のない鬱屈のはけ口を求めて囃し立てている。

次に初音さんの様子を窺ってみたが、彼女は諦め顔で首を横に振るばかりだ。もう、思い当たる助っ人は誰もいない。

皆の視線が集中する中、舞子が静かに立ち上がる。

とにかく止めなきゃいけない。

ボクは急いで舞子の行く手を阻もうとしたが――彼女は目の前でくるりと背を向け、出口に向かって歩き出した。

「ま、舞子？」

「挑発に乗るのは子供だと言ったでしょ。じゃあコンマス。指揮者の件は麻倉くんとよろしく」

いつもの沈着な態度にボクはほっと胸を撫で下ろした。雄大たちが子供かどうかはさておき、少なくとも舞子には自制心がある。

その途端、どっと肩に負担がきた。山積みになった課題を眺めるように後ろのメンバーに振り返る。

問題は舞子並みの自制心を持った人間が他に見当たらないことだった。舞子が立ち去った後も、その場に沈殿した不安と焦燥は消滅することもなく、メンバーたちは眉間に困惑と疲労を滲ませていた。

こんな状態で何がハーモニーかとも思う。

だけど、もう立ち止まってはいられない。振り返るなんてもってのほかだ。定期公演まであと二ヵ月を切った。もう時間がない。

ボクは肩にのしかかった重圧を振り払うように声を張り上げた。

「さあさあ、練習続行！」

3

夏休みに入ったが、講義はないものの練習時間が増えたため寛《くつろ》ぐ時間が少ないのは相変わらずだった。

指揮者不在のオケ練習で神経をすり減らし、メンバーのスケジュール調整では体力を消耗させ、部屋に帰るとベッドに倒れ込んで朝まで泥のように眠る毎日が続いた。そのせいで数日間はニュース番組すら見ず、世間で何が騒がれているのかボクは知る由もなかった。

だがこの時、ボクの頭の遥か上空では雲が不穏な動きを見せ、天気予報は連日その情報を電波に流していたのだ。

八月十五日頃から日本海沿岸に停滞していた前線は数日南北振動を繰り返していたが、二十日から二十一日にかけて台風十号が強い勢力を保ちながら南大東島《みなみだいとう》の南南東をゆっくりと北西に進むと、その温湿気流が流れ込んだために活動が急に活発になった。そして発達した雨雲は日本列島に大雨をもたらそうとしていた。また気象庁が特に言及したのは、前線の停滞期間が長期に及んで雨雲が桁外れに重くなっていること、そしてその雨雲が三重県南部から愛知県西部に次々と流れ込んでいることだった。

そういう事実をボクは全く知らずにいた。


「城戸っちゃん。もう今日は帰りい」

親爺さんが声を掛けてくれたのは六時を少し回った頃だった。

「え。でも、まだこんな時間ですよ」

「何や、テレビの予報聞いとらなんだか。台風が名古屋直撃するんやぞ。下手したら電車止まるかも知れんて会社勤めの人が早めに仕事切り上げとる」

ああ、それで今日はお客の入りが少ないのかと納得したのが半分、逆にたかが台風の接近で何を過敏に反応しているのか不思議に思ったのが半分だった。

「ボクだけ、ですか?」

「うん。見ての通り今日はお客さんも少ないし、他の子はみんな市内やけど城戸っちゃんは西枇杷島やからな。台風接近したらまず名鉄が止まる」

それはボクにも覚えがあった。去年の今頃も台風が接近した時、ＪＲ、名鉄、近鉄、市営地下鉄のうちで最初に運転を見合わせたのはやはり名鉄だったのだ。

「じゃあ、お言葉に甘えて」

店を出た時、外はもう土砂降りだった。折り畳みの傘ではほとんど役に立たず、シャツは肩先から見る間にずぶ濡れになった。

親爺さんの言った通り、地下鉄は仕事を早く切り上げた会社帰りの乗客でごった返し、名古屋駅も人混みで溢れていた。

ただこの時点でもボク自身に危機感は全くなかった。寧《むし》ろ台風の接近をお祭りの到来のように楽しんでいた部分さえあった。災害というのは一種の非日常なので日常の憂さを忘れさせてしまうところがある。

西枇杷島駅に到着しても雨の勢いは一向に衰える様子がなく、アパートに着く前にシャツどころかジーンズの膝下までがたっぷりと水を吸って重くなった。

八月の雨は生暖かくて肌に纏わり付く。ボクは部屋に入るとすぐにバスルームに飛び込み、強めのシャワーで汗もろともに洗い流した。水圧を強くすればするほど、ここ数ヵ月に起きた不愉快だったり煩わしかった出来事も一緒に流れていくような気がして、随分長い時間、浴び続けていた。

携帯電話のコール音に気が付いたのはちょうどその時だった。

シャワーの音に紛れていたのでいつから鳴っていたのか見当もつかない。ただボクの携帯電話の番号を知っているのはごく限られた人間だけだ。

一体、誰からだろう？

ボクはすぐに着替えてリビングに出た。テーブルの上に置いた携帯電話がランプを青く点滅させながらまだ鳴り続けている。受信先の表示を確かめる間もなかった。

「もしもし？」

『岬です。今どこにいますか？』

「ああ、先生。どこって、自分の部屋ですよ」

『まだそこに？　君はテレビのニュースを見ていないんですか』

「あの、さっき帰ってきたばっかりで」

『今すぐアパートから出て近くの避難所に行きなさい。市内全域とその周辺に大雨洪水警報と避難勧告が出されている』


アパートを出て愕然とした。

バケツを引っ繰り返したような、という表現があるけれど、それどころじゃなかった。

ドラム缶を引っ繰り返したような雨だった。

一時間も経たないうちに雨はその勢いを一変させていた。雨が降る、のではなく落ちている。

地面を叩くと言うよりは穿《うが》っている。この時刻はまだ多少明るいはずなのに、灰色のカーテンが視界を遮断して数メートル先の景色をすっぽりと覆い隠している。雨音があまりに大きく、クルマの走行音さえ掻き消している。それは既に雨の音ではない。文字通り、大量の土砂が流れ落ちる轟音だ。

降り注ぐ雨が、痛い。

まるで水で出来た槍だった。一定の勢いさえあれば水は氷よりも硬くなる。以前テレビで見た、放水車の水が老朽化したコンクリートを破砕する映像が甦る。

道路に出て更に驚いた。

川だ。見渡す限り道路が冠水している。まだ深さは十センチほどだが、濁った水が全てのアスファルトを覆っている。履いていたのがスニーカーだったので一瞬躊躇《ちゅうちょ》したが、まさか避難場所までサンダル履きで行く訳にもいかない。靴中に水が入るのを覚悟してボクは川の中に一歩を踏み出した。

指定された避難場所はアパート一階の掲示板で確認していた。ここから商店街を抜け、高台に向かって十五分ほど歩いた場所にある中学校の体育館だ。

ただし普通の状態での十五分が、この状況下でどれだけ延長するのかは見当もつかない。

傘は差さずにレインコートを羽織っていた。この雨足の中での傘は邪魔になりこそすれ、本来の役目を果たすことは到底不可能だった。ただレインコートを着た理由は別にもあったが、そっちの方は失念していた。雨が直接身体を叩く。まるで滝に打たれるような衝撃に恐怖心が俄かに頭をもたげる。

目の前のマンホールから音を立てて水が噴き出している。地下からだけではない。建物の雨樋《あまどい》や側溝から道路の低い部分に向かって水が集まり、その流れをますます強めている。気を抜くとその流れに足を取られそうになる。

時折クルマが通るが、水の抵抗と道路が見えないせいで徐行運転になっている。それでも真横を通り過ぎると、もはや波としか呼べないような飛沫《しぶき》が頭上まで撥ねた。コートの下に荷物を抱えているのでフードから露出した顔は濡れるに任せている。

荷物？

そう言えば着のみ着のままで部屋を飛び出したはずなのに——。

濁流に足を取られながら、それでも商店街まで辿り着いた。全ての店舗にはシャッターが下り、その前にはうず高く土嚢《どのう》が積まれている。一瞥しただけなら見事に浸水を防いでいるように見えるが、進む度に嵩《かさ》を増している水量を考慮すれば、積み上げられた土嚢が濁流の中に没するのも時間の問題と思えた。

「急いでぇ！　中学校は向こうやあっ」

交差点の角で黄色の雨合羽を着たお巡りさんが声を張り上げている。が、悲しいかな雨音と濁流に掻き消されて遠くまでは届かない。それを知っているのか、お巡りさんは両手で避難先の方角を指し続けている。

すれ違う際、有難うと声を掛けた。この騒音の中で彼の耳に届いたかどうかは分からないけれど、それでも言わずにはいられなかった。

考えてみれば皮肉な話だ。ほんの数十分前に浴びていた水滴は安堵をもたらしたのに、今浴びている水滴は焦燥を呼び起こしている。

交差点を曲がると前方は緩やかな勾配《こうばい》になっている。坂を上っていけば当然水嵩も低くなり、足場も楽になる――。そう考えると急に身が軽くなった。

ところがその瞬間、背後から耳障りな音が聞こえた。

ぐわばあっ。

ぐわばあっ。

この土砂降りの中でも耳に届く、間歇《かんけつ》的で太い水音。

後ろを振り返ると、道路は十メートル先の堤防で行き止まりになっている。耳障りな音はそこが発生源だった。

そしてとんでもない光景を目にした。

堤防から時折、波が溢れ出ていた。音の正体はそれだった。

恐ろしいことに溢れ出た波は街灯の上に降り注いでいる。

堤防の高さは二階建ての家屋よりも上にあるというのに。

もしも、この堤防が決壊したら――。

背中にざわざわと悪寒が走り、それを振り切るようにボクは目の前の坂を駆け出した。

やっとの思いで体育館に到着すると、入り口ですぐにタオルとナイロン袋を渡された。屋根の下に逃れ、乾いたタオルで顔を拭くと漸く人心地がついた。ナイロン袋には濡れたレインコートとスニーカーを入れておく。

住所や名前を確認されるかと思ったが、そんな手続きは一切なしで館内に誘導された。

体育館の中は人でごった返していた。これが体育着の中学生たちなら普通の光景だが、右往左往しているのは普段着の住人なのでかなり違和感がある。中にはパジャマ姿の人までいた。

元から空調設備はないのだろう、いくら広くてもこれだけの人間が詰め込まれていると人いきれで蒸し暑い。それに加えて人数分の体臭が渾然となってくらくらしそうになる。

今晩はこの蒸し暑さと体臭の中で一夜を明かすことになるのか——その想像だけでぞっとしていると、人混みの中からボクを呼ぶ声がした。

「ああ、良かった。ちゃんと辿り着いたね」

「み、岬先生?」

突然現れた岬先生はボクの姿を見るなり破顔した。

「どうしてここに?　先生のマンション、栄でしょう」

「堀川に友人宅があってね。そこに用事があってぼやぼやしていたら避難勧告。で、ここに来てみたら君の姿が見えないものだからね。それにしてもやっぱり音楽家だね。こんな時でも、と言うかこんな時だからこそ楽器は手放さない」

え?

岬先生が嬉しそうに指差したものを見ると、ボクの右手はヴァイオリン・ケースをしっかりと抱えていた。

　唖然とした。

　一体いつの間に——でも、それで今までのことが頷けた。レインコートを選んだのは片手で楽器を抱えていたからだし、道中お腹の辺りに異物感を覚えたのはケースを守っていたからだ。

「全然気が付かなかった……」

「咄嗟のことでよほど慌てていたんだろう。そんな時、人間は無意識に普段から手に馴染んだ物を持ち出すらしいからね。演奏家にはよくある話だけど、僕の場合は楽器を持ち運べないから羨ましくてしようがない」

　急いでケースから相棒を取り出す。ケースは完全防水になっているけれど避難途中で結構乱暴に扱ったかも知れない。

　弦は緩んでいないか、駒の位置は移動していないか、魂柱はずれていないか——。良かった！　どこにも異状はない。

　ポケットを探ってみる。入っていたのは部屋の鍵だけで財布も携帯電話もない。アパートに置き去りにしたのだ。

　頭ではなく、この指がおカネや社会との絆よりも楽器を優先した。急に愛しさが込み上げてきて、ボクはごく自然にヴァイオリンを構えた。

　右手の指に融け込むスティックの感触。

　左手の四本指が記憶しているＥからＧの線。

この手は、そしてこの指は札束やテン・キーよりもヴァイオリンに馴染んでいる。いや、目には見えない強い絆で結ばれている。

そして首を傾げ、顎と頬で楽器の温もりを味わっている時だった。

「だからよおっ、自治会長に迷惑はかけねえって言っとるやろ！」

館内の中央辺りから男の怒号が飛んできた。

「いや、畑中《はたなか》さんの気持ちは分かるけどさ。いったん避難所に入れた人間をまた家に帰すなんてできないよ。私の身にもなってくれ」

「こんな所でじりじり待っとるより店ぇ戻ってとにかく一階の商品を上げときたい、たったそんだけや。なあ、頼むわ」

「言いたかないが私だって商売人だ。畑中さんと一緒だ。いや、ここにいる商店街の者はみんな同じことを思ってる。そのみんながじっと我慢してるんだから」

「あんたんとこは床屋だからまだマシやがな、うちゃあ米屋なんやぞ。分かってんのかよ」

「何で床屋が米屋よりマシなのさ」

その会話の周囲が何事かと沈黙し、剣呑な空気が拡散していく。

「会長さん。悪りぃがわしも中座させて貰いたい。いや、必ず戻ってくるからさ」

「魚新さん！　あんたまでが何を言い出す。自治会の役員さんがそんなことしてたら」

「ここにいる連中はよお。十年前のことがまだ忘れられないんだよ」

「皆さん、町の河川課の者です！　現在避難勧告が出されており、堤防から百メートル付近は大変危険な状況で避難所からの移動は禁止されています。その場に待機して下さい」

「役所はすっこんでろ！」

気性の荒そうな商店主が若い男性の胸倉を掴み上げ、それを止めようとした数人と揉み合いになった。その合間にも自治会長さんに詰め寄る者、更にそれを宥める者が入り乱れて収拾がつかない。

館内のあちこちから赤ん坊や幼児の泣き声が溢れ出した。泣き止まない声に焦れて母親が怒る。その声を浴びて更に泣き声が高くなる。

男たちも顔を突き合わせて何事かを話し合っているが、騒然とした中での会話は自然大声になる。あちらこちら場所の確保で小競り合いも出てきたようだ。小学生たちは何が楽しいのか、人混みをすり抜けるようにして走り回っている。

もう無茶苦茶だ。

このままでは乱闘が始まる——。

その時だった。

突然、前方からばあん！　と耳をつんざくような衝撃音が轟いた。

一瞬、怒号も泣き声も囁きすらも止まった。

音のした方向はステージの上だった。そこに倒れたホワイト・ボードと老人の姿があった。

「すまんねえ、皆さん。ちょいと粗相をしてしまった。驚かせて申し訳なかった」

好々爺《こうこうや》とした人物だった。しかし声には張りがあり、マイクを使わずともその声は館内中に響いた。

「しかし、皆さんの立ち振る舞いもこの年寄りの心臓には毒だ。もうちいっと静かにして貰えると大変有難いんやが」

「先代さん。わしら商店主は」

「畑中さん、気持ちは分かるがな。今あんたが飛び出して行ったら、我も我もと大勢が続くよ。その中の何人かが水に呑み込まれたら、あんたは平気でおられるかね。そういう人たちを呼び戻そうと捜索に行った者が二次災害に遭うた時、あんたはのほほんとしていられるかね」

「………」

「店も商品もそりゃあ大事さ。そやけど一番大事なものは、ここにこうしてもう集まっとる。それをわざわざ散らすのは得策ではないよ」

「分かっとるさ……そんなこたぁ分かっとるさ！　畜生……」

米屋の店主は搾り出すようにそう言うと、ゆっくり肩を落とした。

「何でまたあんな思いせんとあかんのよ？　この地区の人間が何か世間様に顔向けできないことしたって言うのかよ」

「災いは人を選ばんよ」

「それにしたってあんまりや。なあ先代、わしは十年前のこと、一度だって忘れたことない。忘れられることやない。それは先代も同じやろう」

壇上の老人は険しい顔で頷いた。

十年前、という言葉でボクの記憶が甦った。当時まだ小学生だったが、あのブラウン管越しの映像はそうそう忘却できるものではない。

二〇〇〇年九月十一日、未曾有《みぞう》の集中豪雨が名古屋とその周辺地域を襲った。世に言う東海豪雨だ。その日一日で二ヵ月分の降水量となり、堤防の決壊、崖崩れ、土石流による甚大な被害を出した。中でも印象的だったのは天白区やこの西枇杷島町の浸水被害で、建物の二階部分までがすっぽりと泥水の中に沈み、交通標識の表示部分だけが顔を覗かせている姿はひどく異様だった。西枇杷島駅などは完全に水没し、水面からは駅舎の屋根が浮いているだけのまるで終末を思わせるような光景だった。被害総額も二千億円を優に超え、しばらくは都市災害の象徴のように扱われたらしい。

「あの日もこんな風に雨がざんざか降る中を、すし詰めみたいに横になっとった。絶えることのない雨音に店がどうなったかと想像すると、恐さと辛さで一睡もできんかった。そやけど本当の最悪はその後やった」

米屋の店主はしばらく言葉を途切らせた。

「二日で雨が収まり、四日で水も引いた。予想通り商品は全部水浸し、二階まで家財道具含めて全滅やった。どこの家の者も死んだ魚のような目をして、使い物にならなくなった家財道具や電化製品を急ごしらえの処分場に放棄した。それは財産だったり家族の思い出が詰まったりした物で、捨てる時にはみんな涙浮かべとった。家の中は床も壁も泥だらけゴミだらけ、ブタ小屋の方がまだ綺麗なくらいや。襖《ふすま》も畳も布団も役に立たたん。全部、処分場行き。この地区にはいささか広過ぎた公園はたったの半日でゴミで溢れ返った。路上のクルマは泥一色、新車だろうが中古だろうがこれも全部廃車。まあ、こちらはしばらく放置しておいたら抜け目のない業者があらかた引き取っていきよったが」

館内はしんと静まり返っていた。十年はそれほど遠い過去ではない。同じ体験をして店主の話に身につまされる者も多いのだろう。

「雨が上がった後は嫌味なくらいに晴れ間が続いた。九月のまだきつい陽射しで気温はすぐに跳ね上がった。そんで運の悪いことにうちは米屋だった。水を吸った米が膨張して袋を突き破った。そこに真夏日や。米はあっという間に腐り始めた。それはもう目が痛くなるほどの悪臭や。ところが処理場は満杯、回収車の巡回も覚束《おぼつか》ず、腐った米を捨てる場所もなかった。すると、その悪臭で誰も店の前を通らんようになった。文字通りの鼻つまみ者や。米屋なんてそんなに儲《もう》かる商売じゃない。それでも三代続けて人様のためにと頑張った挙句が鼻つまみ？　それからは情けなさと悔しさで一睡もできんかった……。先代さん。あの時みたいな思いをもう一度味わえ、と言われるんですか？」

「嫌な思い出なら俺にもあるぞ。ま、ここに集まっている者は多かれ少なかれそうなんだが」

今度は別の男が口を開いた。

「水が引くのと前後して市内は三日目でようよう元に戻り始めたが、ここだけはライフラインの復旧に一週間かかった。水道、ガス、電気の使えない江戸時代の生活だ。顔は洗えない、風呂には入られない、トイレは流せない、洗濯もできない。夕方を過ぎれば街灯もない真っ暗闇、情報網も遮断。ただ、ここで生活するだけだったら不便だ不便だと愚痴言ってりゃあ良かった。皆も同じ境遇だから諦めもついた。それがな、いったん外に出ると一変するんだ。鉄道も三日目には復旧したから、買出しで市内に行くだろ。で、電車に乗ってると他の乗客が俺を避けるんだよ。理由は分かってる。三日も風呂に入らない、冷房の効かない部屋で汗だくになって生活していたらそんな臭いもするさ。でも無性に腹が立った。同じ災害に遭っていながら、どうして自分たちだけがホームレスみたいな扱いを受けなきゃならん？　さっき先代が災いは人を選ばんと言ったが、じゃあ何故それが俺たちなんだ？　とどめは帰りの電車だ。窓から見る街の夜景はそりゃあ綺麗だった。街灯の灯り、コンビニの照明、道行くクルマのライト……以前なら気にも留めなかったが、人間の作り出した光も、これはこれで美しいなんて感激したんだ。ところがな、その煌々とした光の世界で、この地区だけが真っ暗だった。まるでブラック・ホールみたいに黒くて大きな穴を開けてるんだ。ぞおっとしたよ。そして、今からあの穴の中に帰るのかと思うと足が竦《すく》んじまった。じ、自分の家に戻るのがあんなに嫌になるなんてよ……」

最後の言葉は聞き取れなかった。

皆が沈黙している。どこからか鼻をすする音が洩れる。

ところが静寂は長続きしなかった。

体育館の屋根が急に盛大な音を立て始めた。液体ではなく、それこそ土砂をまともに浴びるような破壊的な音だ。

「……何て降り方しやがる……」

屋根が破けるかと思った。しかもその尋常ならざる降雨はいささかも勢いを和らげることなく、狂ったように屋根を襲い続ける。風も俄かに強くなった。耳をそばだてれば、四方の壁からみしみしと軋む音も聞こえる。

避難所と言っても核シェルターではない。高台にあったとしても雨の被害から免れられるものではない。自然の猛威の前では人間の建造物などどれも無力だ。まるで肉食獣の意思を持った風雨が体育館ごと呑み込もうとしている。ここに集ったボクたちは獰猛《どうもう》な牙襲来を待つだけの矮小《わいしょう》な存在だ。

「恐いよぉ……」

「ママァッ！」

館内のあちこちから怯えた声が上がる。正直、羨ましいと思う。声が嗄《か》れるまで泣き叫び、それで一時でも恐怖や不安を忘れられるのならボクだってそうしたい気分だった。

「先代さん。やっぱりわしは戻る」

「俺も」

再び男たちの間で小競り合いが再開しようとしていた。母親たちは悲嘆に暮れ、子供たちは安心を求めて一向に泣き止まなかった。

心細さにヴァイオリンを抱いていると、不意に岬先生が覗き込んできた。

「それはそうと課題曲、進んでいるかい？」

はあ？　と思わず語尾上げで訊き返した。この人は何だってこんな時にこんなことを――。

「チャイコフスキーのヴァイオリン協奏曲だったよね。暗譜は当然として、もう三楽章までは弾き込んでいるのかな」

「あの、とりあえずは」

「とりあえず、じゃなくてさ。例えば試験官が僕だとして目の前で弾けるかい」

「……弾けます」

「オーケー。じゃあ行くよ、生徒さん」

訝しむボクに先生はステージを指した。

よくある光景でステージ脇にはグランドピアノが鎮座している。

「僕がオケ伴を務める。二人でここにいる皆さんに協奏曲を披露しようじゃないか」

「まさか音楽で皆の気持ちを鎮めようなんて思ってるんですか？」

「ああ、そうだよ」

「冗談……ですよね」

「とんでもない。真面目も真面目、大真面目さ。あの曲はスタンダードだから皆の耳にもすっと馴染むだろうしね」

「先生、それは無理です。立派な心がけだと思うし尊敬もするけれど、そんな美談は現実には絶対通用しません」

「僕たちが楽器を鳴らすことが特に美談だとは思えないけど」

「空気読めないんですか！　こんな騒然とした中でヴァイオリン弾いたって誰も聴いたりしませ

ん。かえって邪魔者扱いされるだけです。戦争とか天災とか、自分の命や生活が風前の灯だって時に人は音楽なんて必要としません」

「うん。僕もそう思う」

「だったら！」

「でも、全ての人が皆そうなのだろうか？」

岬先生の目が不意に優しくなった。

「確かに大抵の人は危急存亡の刻にのんびり音楽なんて聴かないだろう。一曲のワルツよりも一片のパンを望むだろう。一曲のセレナーデよりも柔らかなベッドを望むだろう。しかしそれでも、中には心の平穏を求めてピアノの旋律を渇望する人がいるかも知れない」

「それは……でも……」

「科学や医学が人間を襲う理不尽と闘うために存在するのと同じように、音楽もまた人の心に巣食う怯懦《きょうだ》や非情を滅ぼすためにある。確かにたかが指先一本で全ての人に安らぎを与えようなんて傲慢以外の何物でもない。でも、たった一人でも音楽を必要とする人がいるのなら、そして自分に奏でる才能があるのなら奏でるべきだと僕は思う。それに音楽を奏でる才能は神様からの贈り物だからね。人と自分を幸せにするように使いたいじゃないか」

岬先生の目がボクを射抜く。穏やかだけれど、決して逸らすことを許さない目。逸らせばそれだけで自分が不誠実に思えてしまう目。

ボクの返事も待たずに先生はステージに向かって歩き出した。ボクは仕方なくその後を追う。

あの目を見て分かった。たとえボクが尻込みしても、この人はたった一人でそこに向かうだろう。

怒号と悲嘆と泣き声が飛び交う中、岬先生は器用に人の間を縫うようにして進む。ボクは離れないように付いて行くだけだ。そして先生がステージに上がると、やっと何人かがそれに気付いた。罵《のの》り合いの声が消え、徐々に不審な視線が集まり出す。不穏に満ちていた雰囲気が一転、好奇に変わる。

「分かっていると思うけど、この曲は最初の一音が肝心だからね。語りかけるように、しかしその一音で引きずり込むような強い音」

ボクは小さく頷いた。

チャイコフスキーの〈ヴァイオリン協奏曲　ニ長調〉は或る意味で不運の名曲だ。一八七八年、チャイコフスキーはラロの〈スペイン交響曲〉から深い感銘を受けてこの曲を書き上げた。自信作だったので当時のヴァイオリン第一人者レオポルド・アウワーの元に持参するが、この名演奏家はこの曲を演奏不能と切って捨てる。三年後、名手アドルフ・ブロツキーによって初演されたが、指揮者もオーケストラもお座なりの演奏だったために聴衆からの反応は鈍く、批評家からも酷評されてしまったのだ。そして、しばらくの間この曲は不遇な扱いを受けることになる。

ケースからチチリアティを取り出す。ここしばらくはストラディバリウスを弾くこともあったけど、それでも長年のパートナーは身体の一部のように肌にしっくりと馴染む。

一方、岬先生は初見のグランドピアノだ。自分の愛器を持ち運びできないピアニストは、行き当たりばったりのピアノであっても最高の音を引き出さなくてはならない。しかもこの聴衆は音楽を望んで集っている訳ではない。

「おい、あんたら。そこで何する気だ？」

「こんな時にチャラチャラ楽器鳴らしてんじゃねえぞ！」

あちらこちらから罵声が飛び始めた。その度にボクは身を竦ませるが、岬先生は平然と椅子の高さを調整している。

「いつでもいいよ」

そしてもう一度、ボクの目を見た。

はっとした。

ピアノに座った岬先生はもう別人だった。揺るぎない自信、百万の敵を目の前にして一歩も退かない不敵さ。二ヵ月前のコンサートで目にした勇姿が今またそこにあった。

ボクは見えない手で背中を押されるように最初の弓を引いた。

第一楽章。アレグロ・モデラート、ニ長調四分の四拍子。意味ありげに語りかける序奏主題をたゆたうように奏でる。ヴァイオリンの独奏が続くモデラート・アッサイのソナタ主部だ。まだステージ下からは野卑な声が聞こえている。その声に負けないようにボクは音量を上げていく。するとと、その音量と共に興奮が高まっていく。

そして岬先生の伴奏が始まった途端、ボクの耳は驚愕した。緩やかに現れる第一主題——その音の多彩さといったらどうだろう！　本来、この協奏曲の楽器構成はフルート2、オーボエ2、クラリネット2、ファゴット2、ホルン4、トランペット2、ティンパニ、そして弦五部だが、そのピアノは八種の管弦楽器と対等の音を、いや、ひょっとしたらそれらを凌駕しかねない音を奏でている。ちらと横目で見ると、岬先生の指は鍵盤の上を機械のように高速で刻んでいる。音が多く聞こえるのはそのせいかとも錯覚する。

ピアノの音と共に野次が止んだ。伴奏なんてとんでもない話だった。下手をすれば独奏ヴァイオリンが食われてしまう。

主題がロンド風に変調する。ヴァイオリンは切れ間なく旋律を繰り返す。甘い思い出を回想させる旋律。華やかに、伸びやかに、歌うように。

次第に伴奏が高まる。ヴァイオリンとの掛け合いだ。ピアノはヴァイオリンを下から支えるように決して前に出ようとしないが、それでも岬先生のピアノは静かに上向していく。圧迫感がボクの指に力を与える。

ロンドは上向し続け、いったん下向になってからまた上向する。第二主題の提示だ。叙情的でどこか懐かしい旋律。ピアノが合いの手を入れながら追いかける。まるで実際に後ろから追いかけられているように心拍数が上がる。

今までレッスンで何度もオケ伴と演奏してきたけど、こんなピアノは初めてだった。控え目に伴走しているが背中にぴたりと張り付いて独奏者をぴりぴりと緊張させる。前を走っているのはボクのはずなのに、ペースを掌握しているのは岬先生なのだ。しかしそれでも――それでもそれは心地よい緊張だった。指が奮えている。共振する鎖骨が官能を呼び覚まされようとしている。

ふっと伴奏が途絶えて、ヴァイオリンの独奏がまた始まる。ここからはなだらかな上向を続けていく。一人で弓を引いていると、館内の空気の張り詰め具合がはっきりと肌に伝わってくる。もうどこからも話し声は聞こえない。この緊張は悔しいけれどヴァイオリンではなく、岬先生のピアノが招いたものだ。ボクの独奏でそれを解く訳にはいかない。負けるものか。ボクは全神経を耳と指先に集中させる。

そして静かにピアノが入り、軽快な掛け合いを続けてから、やがてヴァイオリンと共に第一主題を高らかに歌う。

展開部だ。誰もが耳にしたことのある有名なメロディ。オケなら最強奏の部分でトランペットの高音、ティンパニの低音を同時に奏でながら、ピアノは勇壮な旋律を空間に炸裂させる。

ボクの中で一気に鼓動が跳ね上がった。

ヴァイオリンとピアノ、ボクと岬先生が一体となる。闘志が身体中に漲る。倒れても倒れても、また立ち上がる不屈の精神を呼び起こす。

当初、この旋律に横溢する民族色を嫌う批評家も多かった。しかし、初演を弾いたブロツキーはそんな酷評にもめげず機会ある度にこの曲を演奏し、次第に聴衆にもその真価が理解されるようになったのだ。

岬先生のピアノが続く。いったん、音量が落ちて不安感を煽るピアニッシモがステージの床を這《は》う。ただ不安だけではなく、その不安に立ち向かおうとする動機も提示していく。

伴奏が続いた後のヴァイオリン・ソロ。第一主題を幾たびも変奏しながら軽やかに旋回する。忙《せわ》しないリズムを反復しながら、直前のピアノが提示した不安もちらちらと覗かせる。

再現部に入って主題が反復される。ここを先途と岬先生の腕が一際高く上がった。

歓喜が爆発する。

心が開放される。

その瞬間、屋根を激しく叩いていた雨音も耳から消え失せた。

自分の奏でるヴァイオリンの音とピアノの音が身体の中で共鳴する。ボク自身が楽器の一部になり、共振する身体を前後左右に揺らして音を拡散させる。

もう聴衆の反応は気にならなかった。

外の嵐も気にならなかった。

嵐はここにある。ボクと岬先生の間に渦を巻き、二人の心を席捲《せっけん》している。そして、内なるものと闘えと叫んでいる。災害への恐怖もブーイングを受ける不安も闘争心に変えて闘えと説いている。

ピアノによる三度のマーチに応えるヴァイオリン──。

ファンファーレが治まると、再びヴァイオリンの独奏になる。興奮冷めやらぬうちに展開は更に華麗になっていく。ただし繊細に、か細く、薄氷の上を滑るように。デタシェとスタッカートを駆使して、とにかく音を途切らせない。弦楽器特有の高い音だけど突き刺す音ではいけない。指と肘を使ってヴィブラートをかけ、高さに華やかな表情をつける。

切れそうで切れない旋律を繋いでいく。歯切れよく、跳ねるように歌い続ける。細いけれども強靭な音が館内をぐるぐると巡る。それはさながら闘いながら彷徨う者の歌だ。

徐々に音域を広げていき、一挺のヴァイオリンで掛け合いをするような演奏をする。まだやっと第一楽章の半分だと言うのに、早くも腕が重くなってくる。それでも演奏を止めるつもりなど露ほども起こらなかった。この音楽がどこに向かいどう終結するのか、それを見届けるまでは弓を放す気にはなれなかった。

第二主題が再現され、ヴァイオリンを引き継ぐようにピアノがそろりと入り込む。何て絶妙な入り方だろう！　ソロの作り上げたメロディを崩すことなく、フルートの優しい音色を模して第一主題を反復させる。途端に周囲には田園風景がうっすらと広がる。ヴァイオリンはそれを受け継ぐと再び躍動的になり、ここから少しずつ速度を増していく。

俄かに弓の振幅が大きくなる。速度はますます上がっていく。

そしてボクは疾走を開始した。

小刻みに上向しながら終局に向かって弓を疾《はし》らせる。

駆け巡る音、弾け続けるリズム。

ピアノが不意に立ち上がって背後から迫ってくる。岬先生も全力で走り始めたのだ。

息を止める。

動悸が早まる。

追い立てられるようにして更に速く弾く。それでも華やかさは決して手放さない。

体力と運動能力の限界に挑戦するようなボウイング。それに呼応してピアノは八楽器を総動員した極彩色の音をうねらせる。岬先生は上半身を躍らせ、猛烈な速さで鍵盤を刻んでいる。演奏と言うよりはピアノとの格闘だ。ヴァイオリンとピアノが絡まりながら天上に向かって突き進む。全曲のエンディングのような怒濤のラスト――。

そして最後の小節をヴァイオリンとピアノが力強く打ち込んで、十七分の長い第一楽章が終わった。

一瞬の静寂の後、まるで密閉式のヘッドホンを外したように屋根を襲う土砂降りの音が耳に流れ込んだ。不思議な感覚だった。演奏中は少しも耳に入ってこなかったのに。

それにしても今の演奏は何だったのだろう。疲れているのに爽快だ。腕が痺れているのに快感だ。こんなに伴奏と一体になれたことはなかったし、こんなにハーモニーが心に響いたこともなかった。とにかく皆と音を合わせることに汲々としていた過去が嘘のように思える。

気が付くと額が汗で濡れていた。心臓の高鳴りも消えない。それでも束の間弓を下ろしていると呼吸の乱れが治まってきた。

覚悟していたブーイングはまだ起きないが、もうそんなことはどうでもいい。今は次の楽章に集中するだけだ。

横目で岬先生を見て、また驚いた。あれだけ激しい演奏をした直後だというのにいかにも涼しげな顔をしている。ライトを浴びた額にも汗らしいものは光らない。一体、この華奢な肉体にどれほどの演奏能力が秘められているのだろう。それとも、この程度はプロとして当然なのだろうか。

次だ、と先生が目で合図を送る。ボクは慌ててヴァイオリンを顎に挟む。

第二楽章。カンツォネッタ・アンダンテ、ト短調四分の三拍子。

最初はピアノの序奏から始まる。まるで牧場の朝を思わせる静かな導入部がひとしきり続いた後、ヴァイオリンが入る。愁いに満ちた悲しげなメロディ——これが第一主題だ。この曲の書かれた当時、この箇所はわざわざ弱音器を付けて柔らかく演奏された。つまりそれだけ極細な旋律を求められているということだ。

だが、ピアニッシモのように極めて小さく弾く場合でも実際に小さい音を出す訳ではない。ではどうするかと言うと、小さい音で弾いているようなニュアンスを出すのだ。そうしなければオケの音に埋没してしまうし、第一遠くにいる聴衆の耳まで届かない。ただし、聴き手にピアニッシモを感じさせる奏法は、大きな音を出す時よりも一層筋肉や体力、そして精神力を必要とする。紡ぎ出す旋律は穏やかだけれど、右手上腕の筋と左手四本指の筋が酷使に耐えかねて引き攣《つ》りそうになる。

中間部は変ホ長調に転調する。ここで第二主題が登場する。この主題は第一主題よりも起伏に富んでいて曲に変化をもたらす。これは聴き手を包み込んで優しく慰撫するメロディだ。

ここにいる全員の胸に安堵が下りるように——ボクは知り得るありったけのテクニックを使って音を紡ぐ。ここからしばらくは独奏ヴァイオリンが続き、岬先生の補助は望めない。正念場の一つだ。ピアニッシモの呪縛から解き放たれた両腕が喜び勇んで律動する。

どれだけ頑張っても一介の音大生が表現できる音楽なんてたかが知れている。先生が言った通り指先だけで人に安らぎを与えるなんて傲慢以外の何物でもない。そんなことは百も承知している。だけどボクは知ってしまったのだ。災害に見舞われた人たちの悲運と苦痛を。自分の職業と家に嫌悪を抱かざるを得なくなった哀しみを。もしも、その痛みの何分の一かでも和らげることができるのなら、その他大勢のブーイングが何ほどのものだと言うのだろう。わずか数分の腕の酷使が何だと言うのだろう。

フォルテシモで弾きたいと切実に思った。ボクの願いが体育館の隅にいる人まで届くように、もっともっと音を大きくしたいと思った。

やがて第一主題が回帰する。残してきたものや失ったものへの未練と情念を描きながら、旋律は悲しみの淵に落ちていく。再びピアニッシモで旋律を繋ぎ、か細い音で哀切を表現する。f字孔から放たれた音がボクの身体を震わせた後、宙空に幽《かそけ》く消えていく。

そしてヴァイオリンが沈黙すると、その哀しみを引き継いで切れ間なくピアノが現れる。ヴァイオリンと同様のピアニッシモから始まったけれど、岬先生のピアニッシモはただの微弱音ではない。打鍵の一つ一つに芯がある。小さな音のはずなのに不思議な重量感があるのだ。

ピアニストであれヴァイオリニストであれ、ソリストと呼ばれる演奏家は特別な奏法を会得している。先刻ボクが駆使したようなテクニックもその一つだが、今岬先生が見せているのはテクニック以外のもの――音楽の異質さだ。同じピアノを同じように弾いているのに出てくる音色に雲泥の差があるのは、その奏者に特異性があるからだ。個性よりももっと独特の異質さ――それが奏者のオリジナリティとなり、音色そのものとなる。

伴奏ピアノの弱音は逆に聴き手の耳を注意深くさせる。ところが弱いのはニュアンスだけで実際は十分な音量を持っているのでフォルテシモと同等の主張をする。第一主題を継続しながら、やがて旋律はゆっくりと曲調を変えていく。困難や苦悩に挫かれながらも立ち上がる勇気を提示する。

そして、いきなりダン！　とピアノが吼《ほ》えた瞬間に第三楽章が始まった。

アレグロ・ヴィヴァーチッシモ、ニ長調四分の二拍子。ソナタの要素を加えたロンド形式。

いきなりピアノが踊り出す。力強い躍動感のリズムは後から出現する第一主題の断片だ。第二楽章で沈静していた心が弾かれたように飛び上がる。

すぐに独奏ヴァイオリンで後を引き継ぐ。最初はもったいつけたように緩やかに、そして徐々に速度を上げていく。急激にではなく、例えば径の大きな螺旋《らせん》階段を昇るように弾いていく。これは第一主題で弾けるための助走だ。決して気負ってはいけないし、中だるみさせてもいけない。楽器と自分の中にあるエネルギーを限界まで蓄積していく作業だ。

時折、岬先生のピアノが応援するように旋律を下支えする。真下にセーフティ・ネットを張られたような安心を得て、ボクは思う存分弓を引く。

弓を懸命に動かしながら思う。飛翔するための助走はどこにでも見出せる。穿った見方をすれば現在のボクがそうだ。彼方《かなた》に臨む目的地。それに比べて自分の足はなんて遅いのだろう。立ちはだかる壁に対して何て無力なのだろう。でも、だからこそ走る。助走しながら力を蓄え、ジャンプまでの距離とタイミングを計る。少しでも遠く、高く飛ぶために。

五三小節目でピアノ（弱音）から第一主題に入る。この主題はロシアの民族舞曲トレパックに模した強靭なリズムで、古の批評家たちが嫌悪した民族色が一番表出している部分だ。

高く、軽やかに、伸びやかに――。

ロシア舞曲独特の激しいリズムをボウイングで表現するためには高速度のパッセージが必要になるが、ここで左手にばかり意識が集中すると、焦る気持ちが更に左手を急がせてあっという間に破綻してしまう。だから冷静にテンポを取れる右手の動きに左手を同調させて暴走を食い止める。気持ちは冷静に、しかし心は勇壮さを増していくリズムと共に熱く躍らせる。

やがて少しだけテンポを落として、曲をイ長調に転じる。第二主題――これもやはりロシア舞曲のリズムを持ち、少しずつリズムを詰めながら緊迫の度合いを増していく。

最初は堂々とした振る舞いを見せているが、次第に加速し始め、また疾り出す。ピアノが途中から加わり、ヴァイオリンと絡みながら音を重ねていく。

それは何とも形容し難い官能的な体験だった。ボクの作り出す音が相手の中に入り、相手の紡ぎ出した音がボクの中に入る。

心の交換。そして魂の交歓。

ハーモニーが異なる性質同士の融合であることが実感できる。今この瞬間、ボクは岬先生の一部になっている。そして音楽にはその人の全てが顕《あらわ》れる。人生観、性格、価値観、心の色、魂の形――だからボクは先生の思慮深さも、優しさも、激しさも、そして孤独さも理解できた。

ヴァイオリンがいったん途切れてピアノの独奏が始まる。快活さを失わないまま柔和にメロディが流れていく。ああ、それにしてもどうしてこんなに多彩な音が出せるのだろう。これはもうオケ伴じゃない。凝縮された一団のオーケストラだ。ピアノが楽器の王様であることは認めるにしても、至近距離で聴いているとあまりの音の多さと華麗さに眩暈を起こしそうになる。

すぐにまたヴァイオリンを加える。第一主題を再現しながらしばらくはピアノとのランデヴーが続く。何度も上向を繰り返しながら急峻な坂を駆け上がる。たった一台と一挺の楽器の併走。それでもボクに恐いものなど何もなかった。真横にこのピアノさえいてくれれば、どんな大曲でもどこのホールでも演奏できる自信がある。

走る。

走る。

走る。

そして再びピアノ独奏になる。ここでもう一度テンポが落ち、旋律はゆるやかな牧歌的な表情を見せる。やがてボクがそのまま旋律を引き継ぎ、今度はソロで第二主題を再現する。

低地に落ちたメロディ。しかし、それはたちまち上向し始める。上向と下向を繰り返しているようだが結局はこの坂の頂上を目指しているのだ。

徐々にパッセージを速くして第一主題の断片を弾き出す。それを切っ掛けに曲調を当初の舞曲風に立ち帰って第一主題を三現させる。ここから先、ヴァイオリンにもピアノにも独奏部分はない。共に全力の限り頂点に向かって突き進むだけだ。

ピアノがダン！　と号砲を鳴らす。それを合図にボクも駆け出す。主題を反復させながらより強く、より歯切れ良く弓を引く。その横でピアノが八色の音色で雄大さを形作る。両腕の疲労はもう限界に近い。それでもあと二分で全曲が終わる。早く終わって欲しい気持ちと、まだ終わって欲しくない気持ちが相対する。二つの気持ちを両腕に宿らせてボクは大きく息を吸い込んだ。

二つの楽器が一つになり、行く手を阻むものを薙《な》ぎ倒して疾走する。

欺瞞《ぎまん》を叩け。

怠惰を潰せ。

不安を蹴散らせ。

怯懦を吹っ飛ばせ。

優雅さをかなぐり捨てて腕ごとヴァイオリンを振り回す。

岬先生も両手を炸裂させるように動かしながら昇り詰めようとしている。

またもや、あの甘美な一体感がボクを包む。でも、今度は甘美なだけではない。

首を振った瞬間に汗が飛び散ったようだが、不思議に暑さは感じない。ただ無闇に胸の中が熱い。二つの楽器から底知れぬエネルギーを得て心の温度が急上昇している。

邪魔者はもうどこにもいない。

音楽の魂が頂点を目指す。

恐れるものは何もない。

ヴァイオリンとピアノが声を掛け合い、絡まりながらフィナーレに向かう。

息を止める。

鼓動が旋律と同調する。

宙を突く弓。

崩れる鍵盤。

切り裂く音。

破壊するリズム。

そして熱狂の渦の中で、二つの楽器は激しいピリオドを打った。

瞬間、意識が四散して頭の中が真っ白になった。

その途端、またも土砂降りの轟音がボクの前方を取り巻いた。

え――？

前方から？

やっと気付いた。

それは雨の音ではなく拍手と歓声だった。

ボクは呆けたように体育館を見渡した。視界に入る全ての人々が懸命に手を叩いていた。みんな立ち上がって、中には口笛まで吹いている人までいた。

「学生さん」と、いきなり右手を強く摑まれた。皆から先代さんと呼ばれていた老人だった。

「ありがとうと言わせておくれ。あんたたちは凄いものを聴かせてくれた。わしは生演奏なんて初めてやったけど……いやあ、クラシックはええねえ」

「おお、そいつは同感！　俺もヴァイオリン生で聴くのは初めてだが、こんなにいいもんだとは思わんかった。それに何か勇気出た」

「ああ、俺もだ」

「俺も」

「あの、先代さん」と、米屋の店主が遠慮がちに口を開いた。

「さっきは、その……辛抱足らんですいませんでした。わし、もう少しここで様子見とりますわ」

「おお、そうかい」

「何や二人の曲聴いとったら、急に落ち着きました。こんな雨ン中外に飛び出すなんざ勇気でも何でもありゃせん。ただの不安の裏返しや」

「なあ学生さん。あんた、プロ目指すんか」

「えっ。い、いや、あのう……こういうのは門がなかなか狭くて」

「なれ」

「え？」

「あんたならなれる。プロでやっていける。見ろ。ここにいる連中、みんなあんたたちの演奏に勇気を貰ったんだ。音楽ってのは心を動かすもんやろ。人の心をここまで動かせる者がプロになれんはずがあるか」

　返答に困って思わず岬先生に助けを求めると、当の本人は頬杖を突いてこちらを見ていた。まるで事の成り行きを愉しむかのように穏やかに笑っている。

「皆さん、すみません。気が利かなくって。この人は演奏し始めると完全に自分の世界に入ってしまうもので、今も多分ぼうっとしているのだと思います。ほら、第一楽章の終わりに皆さんから盛大な拍手を頂いたこと覚えてないでしょう？」

ああ、そうか。あの急に聞こえてきた土砂降りの音も拍手だったのだ。

ふと腕の痺れに気が付く。ぶらりと下げた手はもちろんヴァイオリンを握ったままだが、ひどく重くて首の高さまで上がらない。腋《わき》からの汗がつつつと肘まで伝い落ちる。立っているのも億劫《おっくう》に感じる。汗を掻いた額から急速に熱が逃げる。だが、胸の中にはまだ熾り火が赫々《あかあか》と燃え続けている。

全力で演奏したという自負はあった。だけど、この拍手喝采がボクだけの名誉であるはずもない。全ては隣の超絶ピアノのアシストがあったからこその演奏だった。

でも、それでも。それでも——。

「ともあれ皆さん。演奏家にとって一番の報酬は批評家の絶賛でも勲章でもありません。さあ、この未来のヴァイオリニストに今一度温かい拍手をお願いします」

岬先生の誘導で再び大きな拍手が起こる。

外は相変わらずの暴風雨だ。屋根や壁を叩く雨音も先刻のままだ。でも体育館の中には劇的な変化があった。不安や焦燥はもう感じられない。もちろん一人一人の胸の裡には残滓《ざんし》があるだろうけれど、それを圧倒してしまうものが今ここにある。

熾り火が飛散したかのように胸が熱くなって——。

あれ？

おかしいな。
どうしてボクは泣いているんだろう。

4

その後あわや破堤寸前まで大雨をもたらした前線だったが、深夜を過ぎる頃には急速に速度を上げて日本海側に抜けていった。早期の避難勧告が功を奏し、その被害も床下浸水三百戸、床上浸水二十戸、崖崩れ等による怪我人は五人、死者ゼロと最小限に収まり、避難住民が危惧したような東海豪雨の再来には至らずに済んだ。アパートも一階部分が水に浸かったようだが、二階のボクの部屋までは浸水せず何とか事なきを得た。市当局は日頃からの防災体制が都市災害を未然に防いだと胸を張り、市民もやれやれといったところだったが、ボクとしては体育館での即席コンサートの印象が強烈過ぎて、災害回避の有難みも実感はいま一つだった。

夏休みも終わり、授業と共に練習が再開した。相も変わらず江副准教授は姿を見せないため、練習はボクが旗振り役を務めるしかない。

「ごめん。第二ヴァイオリン遅れた。三小節目からもう一度」

「フルート。そこはピアノじゃなくてピアニッシモ！」

「オーボエ。揃ってない。やり直し」

「トランペット早い！」

「第一ヴァイオリン。そこはもっとヴィブラート効かせて」

「チェロ！　音が抜けたよ」

「おーい。コンマスぅ」と、雄大が手を挙げた。

「何」

「ちょい休憩。十分でいいから」

「いや。だけど」

「お前の一生懸命はよおく分かった。オッケィ。だけど再開一日目でもうぶっ通し二時間。今日はまだリハビリ期間。無理したら潰れる」

「まあ……いいよ」

　承諾するとメンバーたちが一斉に息を吐いた。

「それにしても晶。どーゆー風の吹き回しだい」

「何がさ」

「えらく粘着質になったね、お前。いや、悪いとは言わんけどさ。夏休み中、何かあった？」

「じゃあ前はどうだったたって？」

「もっとさ、淡白っつうか泰然っつうか、そもそもストラド使用禁止になってからは何となく覇気が抜けてたような気がしたんだけど」

「指揮者がいないからしようがないじゃない。ボクが面倒なことしなきゃ」

「面倒、には見えないよなあ。何か目が生き生きしてるぞ」

「気のせい、気のせい。ボクはコンマス本来の仕事をしてるだけだよ」

　ボクは手を大きく振って誤魔化すと、スコアに目を落とした。

　と、その時、目の前に座っていた初音さんの様子がおかしいことに気が付いた。眉間に皺を寄せて左手の甲を右手で押さえている。

「初音さん？」

「ううん。何でもない」

「何でもないって――チェリストが命の次に大事な手を顰《しか》めっ面で押さえていて、何でもないはずがないじゃない。見せなよ」

　ボクは有無を言わせず、その左手を取った。初音さんは顔中で抗議したけど知らん顔をした。

「痛むの？」

「……痛くなんてない」

「本当に？」

　次の言葉は消え入るようだった。

「痛いどころか感覚がないの……」

　ぎょっとしたボクの耳にだけ聞こえるように言葉が続く。

「最後のトゥッティの時から変だったの。弦を押さえていても感触が薄くて、感覚がどんどん麻酔をかけられたみたいに消えていったの。今は少し回復したけど」

「練習前、どこかにぶつけなかった？」

「ううん。晶も知ってるでしょ。私、必要のない時以外は注意して手をポケットに突っ込んでいるもの。今日一日どこにも当ててない」

「ボクの手、握ってみて」

白い指に力が入る。しかし、それは赤ん坊ほどの握力しかなかった。

「もっときつく」

それでもやっと三歳児の力だ。ボクはこの人の本来の握力を体で覚えているから、それがよく分かる。

そっと周囲を見回す。みんな、思い思いに休憩を取っていてボクたちには誰も興味を持っていない——いや、一人だけこちらを見つめる目があった。

神尾舞子だった。彼女は注視していることを隠そうともせず、視線をこちらに定めていた。一瞬慌てたが、よくよく考えて逆に安心した。彼女に見られたのは不幸中の幸いだ。少なくともこんな光景を誰彼構わず吹聴する人間じゃない。

「今すぐ病院に行っといで」

「でも」

「あのさ。初音さんともあろうものが陳腐な言い訳しないでよね。チェロ一挺なくたってオケは崩れやしない。でも指一本足らなかったらチェロは弾けない」

「……」

「これはコンマスからの命令。みんなには上手いこと言っておくから。ほら、早く」

「……分かった」

不承不承に頷いてから初音さんは席を立った。その後ろ姿を見送ってから、ボクは舞子の方に振り返って手刀で頭を下げた。舞子は何の感情も面に出さないまま、ついと視線を逸らせたが、それが彼女なりの了解の合図だった。

急に具合が悪くなったので大事を取って帰らせた——と説明すると、皆は何の疑いもなくそれを信じた。定期演奏会まであと一ヵ月しかない。下手をすれば代役が必要になるかも知れない、という考えが頭を過ぎったが、まだその時は初音さんの症状がそれほど重篤なものだとは想像もしていなかった。

そして彼女が神経外科のドアを叩いたその同じ日、爆弾が予想もしない方向から飛んできた。

大学の公式サイトに柘植学長の殺人予告が舞い込んだのだ。

Ⅳ

Con calore deciso

コン・カローレ　デチーゾ

〜情熱をこめて決然と〜

1

『大学関係者に告げる。秋の定期演奏会が予定通り開催されれば、白い鍵盤は柘植彰良の血で赤く染まるだろう』

愛知音大公式サイトには教職員のブログがあり、その定期演奏会について書かれた記事のコメントに件《くだん》のメッセージが貼られていた。タイトルは犯行予告、名前はUnknown。一連の事件は学校関係者しか与り知らぬことであり、また妙な仮名を名乗らない分、そのメッセージには説得力があった。ブログのコメントにはメールアドレスが不要であるため、発信先を追うこともできない。もちろん専門家に任せればそれも判明するだろうが素人には無理な相談だ。

学内は蜂の巣を突ついたような騒ぎになった。当然それは選抜メンバーにも及び、翌日レッスン室に入るとその話でもちきりだった。

「おう、晶。例のブログ見たかよ」

「見たよ。犯行予告のコメントが載った部分は急いで削除したみたいだけど、もうコピーが出回ってる」

「削除ねえ。慌てふためく気持ちは分かるけど何せネットの情報だ。手遅れもいいとこさ。今頃は色んな所に知れ渡ってら……で、知ってるか。ついさっき理事会の緊急会議が始まったらしい」

ボクは知らない、と答えた。

「でも、ちょっと慌て過ぎの感もあるよね」と、友希が呟いた。

「今時、中学校の裏サイトだって死ねだの殺すだの脅迫文なんて珍しくないのに。ただのイタズラの可能性だってある訳でしょ」

友希らしい言い分だと思った。

だけど友希を知る者ならそれが本音ではないことも知っている。友希は大学全体を覆っている、この不穏な空気が嫌で堪らないのだ。それで無理にでも理屈をつけて払拭しようとしている。

しかし、この場には無理な理屈が嫌で堪らない者もいた。

「イタズラかどうかはともかく、一連の事件とリンクしているのは確かよ。残念だけど」

舞子は顔色ひとつ変えずにそう言い放った。

「あら。それはどういう意味かしらね」

「犯人の目的が演奏会の妨害だとしたら、この脅迫は見事にその役割を果たしているから。だったら実行したのが前の事件の犯人と同一人物でなくても、また本気でもイタズラでもどの道結果は同じよ。現に理事会は泡食って対応に大わらわじゃない」

「それは……そうかも知れないけど」

「こいつはね、凄く頭の切れるヤツなのよ。キレてる、じゃなくてね。みんな、こいつの心理戦にまんまと嵌《は》まっている」

「心理戦？」

「例えば、この脅迫文がストラドの盗難より前に行われたとしたらどう？　きっと誰もがイタズラと決め付けて本気にはしなかったはずだわ。だけど実際は楽器の盗難、楽器の破損と順を追って内容はエスカレートしている。三度目は多分演奏者自身への直接危害。そういう空気を醸成した上での犯行予告なら効果満点よね」

「けどよ、理屈は確かにその通りなんだが、それだけで犯人の目的が演奏会の妨害と決め付けていいのかよ」

「三つの事件に共通する動機とすればそれ以外には考えられない。それとも、雄大には他の意見がある？」

逆襲に遭って雄大が口をぱくぱくしていると、ドアを開けて珍しい人物が姿を現した。

「あれ、須垣谷センセ。どうして……」

こんな所へ、という言葉は慌てて呑み込んだようだった。とは言え、雄大が口にしかけたことは至極もっともでヴィルトゥオーソ科の学科長である須垣谷教授は江副准教授と同様、自身の科の発表準備に忙しく今までこのオケを訪ねたことなど一度もなかったのだ。

「皆さんにお伝えしなければならないことがあります」

これまたこの人には珍しく沈痛な面持ちだったが、それを面白がる者は一人もいないようだった。誰もが次に出てくる言葉を予想していたからだ。

「残念ながら理事会は来たる秋の定期演奏会を中止せざるを得ないとの決定を……」

「待てよ！　センセ」

雄大が相手の言葉を遮った。

「たかがイタズラの脅迫文で演奏会の中止って、意気地なさ過ぎじゃね？　さっきも話してたんだけど犯人の心理戦とかにド嵌まりじゃないか」

雄大が先刻の舞子との会話を反復すると、須垣谷教授はたちまち渋面になった。

「公式サイトに侵入されたのは痛恨でした。これでコトは学内だけの話では済まなくなりました。昨日、中警察署から照会がありましたから」

つまり、教授の父親を通じて——ということだろう。警察の方でも麻薬密売の一件から大学の動向を探っていたから、当然サイトにも目を光らせていたに違いない。

「確かに大学の恒例行事、しかも最大最重要のイベントが愉快犯の仕業で取り止めになるなど屈辱以外の何物でもありません」

「屈辱だと思うのなら決行すればいいじゃないですか。このままじゃ犯人の思うツボです」

今度は友希が口を挟んだ。

「しかし脅迫は学長に向けられています。いち行事と学長のお命とどちらが大事なのか論ずるまでもない。柘植学長は本学の学長である以前に日本が世界に誇る至宝なのです。それに脅迫文の文面をご存じですか。白い鍵盤は学長の血で赤く染まるだろう……これを読む限り犯人は当日、学長の演奏時に何らかの手段に訴えるようです。ある方は爆弾を仕掛けるのではないかとの可能性を示唆しました。もしもその場合、同じステージに立っている貴方たちにも被害が及ぶ可能性が高い」

ぐっと友希は言葉を詰まらせた。

「こんなことを貴方たち学生に話すのは滅多にないのですが、場合が場合なので申し上げましょう。私たち教授会一同も准教授並びに講師の方々も煎《せん》じ詰めれば大学の職員というだけに過ぎません。綺麗ごとを言うつもりはない。所詮は皆ただの人間ですからお互いに反目もあれば椅子盗りゲームのようなものも存在します。理事会を目の上のたんこぶのように考えている者もいます。しかし、たった一つだけ共通項があります。それは全員がピアニスト柘植彰良を尊敬し、お慕いしているということです」

ボクは思わず教授の顔を見つめ直した。

「貴方たちはまだ若いから実感が湧かないかも知れないが、私たち世代の音楽家にとって柘植彰良という名前は特別なものです。今でこそ世界で活躍する日本人演奏家は珍しいものではないが、その時分まだまだクラシックは西洋の音楽であり日本という国は文化的にも極東でしかなかった。ところがその状況に風穴を開け、国際コンクールで華々しい成果を上げ、日本人のクラシックが世界に通用すると立証したのが柘植彰良その人だった。外国人演奏家のレコードを擦り切れるまで聴き、憧れながらそれでも心のどこかで歯嚙《はが》みしていた若い音楽家には彼が英雄に見えたものです。その英雄をみすみす危険に晒すような真似を私たちができると思いますか」

思いがけない人からの真摯な言葉に、しばらく皆は水を打ったように静まりかえっていた。

それでも、やはり雄大が我慢しきれないといった様子で口を開いた。

「分かったよ。センセたちの気持ちってのはさ。でも、そんなら俺たちはどうなる。定期演奏会は実質的には名前を借りたプロオケのオーディションだ。音楽業界に就職したけりゃ、この演奏会で実力を見せる必要があるし、だからこそ俺たちだって課題抱えながら練習してきた。それが中止になるんだったら、この責任は誰が取ってくれるって言うんだ？　学長の身を案じてる一方、俺たちのことは一顧だにしてないじゃないか」

「しかし学長に危険が」

「ここは大学だろ！　俺たちの就職口フイにしていい理屈はないぞ」

「賛成」と、友希が手を挙げた。

「俺も」

「あたしも」

同調して何人かが声を上げる。ボクはちらりと舞子を盗み見たが、彼女は沈黙を守ったままでいる。理由は明白だ。今、手を挙げている連中は教授の理屈に対して感情で反応している。理屈には理屈で対抗するのが身上の舞子にしてみれば反論するだけの材料が不足しているのだろう。

コンマスとしてどうすれば良いのか迷っているうちにも、教授とメンバーとの間に生じた亀裂はますます深くなっていく。

「どうせ理事会の面々が学長を説得したんだろ。だったら俺たちにも学長を説得させる機会を寄越せよ。でなきゃ不公平だ」

「そう！」

「異議なし！」

何が異議なしだ——両者の間に立つ格好でおろおろする一方、冷静な自分がその強引な理屈を嗤《わら》っていた。同じ説得でも教授たちは学長の身の安全を考えており、一方メンバーたちは自分の都合しか考えていない。客観的に見てどちらが通用する理屈かは誰に訊いても分かる。だけれど沸騰し始めた頭で考え付く理屈なんて大抵は子供のそれだ。

「しかし理事会は既に」

「俺たちの将来が理事会で決まっちまうなんておかしいだろうよ！　いいよ。今から俺一人でも学長に掛け合ってくるから」

「おう、雄大。そんなら俺たちも一緒に行くぞ。他についてくるヤツはいないか」

「君たちちょっと待ちたまえ」

「待ってどうにかなるものなら待つけど、そうじゃないんだろ」

「あたしたち全員の声を聞けば、きっと学長も分かってくれるはずよ」

人間は感情の動物である——。何処《どこ》かで見聞きした言葉をボクはその場で再認識した。外見は思慮深そうに見えても、いくら年を経ても自分の声に興奮してしまう人間は確実に存在し、そういう人間が集団心理に取り込まれた時に理性は駆逐される。ちょうどあの日、体育館に詰め込まれた人々が焦燥のあまり危険地帯に飛び出そうとした時のように。

まだまだ若造でしかないボクにも断言できる教訓が一つだけある。理性を失くした行動は碌でもない結果しか生み出さないという経験則だ。

みんなを止めろ。

ボクの中で命令する者がいた。

だけど一体どうやって？

どんな弁舌でこの集団を止めろって言うんだ？

藁《わら》にも縋る思いでもう一度舞子を見たが、彼女は諦め顔で首を横に振るだけだ。

一触即発――。

そして教授が唇を真一文字にし、雄大の手がその身体に触れようとしたその時だった。

「あのう」

ひどく間延びした声が響いた。

皆がいきなり頭から水を被ったような顔で声の主を探すと、教授の背後からその人が現れた。

「岬先生……」

「すみません。外まで聞こえてしまったもので。教授、実は一つ提案があるのですが」

「何ですか、選りにも選ってこんな場合に」

「ラフマニノフを学長以外の人間が弾く、という選択肢はどうですか」

「え」

教授以下、詰め寄っていたメンバーたちも揃って口を開けた。

「脅迫文を注意深く読むと、学長がピアノの前に立てば血が流れる、というニュアンスになっています。そして理事会は学長の身を心配していらっしゃる。それなら学長以外の人間であれば問題ないのではないですか？」

「た、確かにそれはそうですが……しかし学長のピアノが聴けるというのが定期演奏会の売りになっているのに」

「しかし、それは公式に定められたものでもないでしょう」

「それもそうですが……しかし前々回の事件でまだ名器の使用許可も下りず、その上学長のピアノが聴けないとなると一体そんな演奏会に人を呼べるものかどうか」

「演奏会が収益を計算した催事ならそうでしょうが建前上は単なる学園祭です。それに元々は学生たちの日頃の成果を発表するための舞台でしょう――と、そんな建前であれば教授会や理事会を説得できると思うのですが」

おお、とメンバーの中から静かな歓声が上がった。

「ここにいるメンバーが学長の選んだ学生たちであることはもう誰もが事前に承知しています。そして、ピアノ・ソロがあの柘植彰良でないのなら余計にオケの実力が浮き彫りになります。僕がスカウトする立場なら、その方が都合いいですね。既にお墨付きを貰ったコンテスタントの実力を夾雑物《きょうざつ》抜きで吟味できる訳ですから」

「うーん」

「しかし演奏会が中止になればここにいる選抜メンバーのみならず、器楽科とヴィルトゥオーソ科の演奏者たちも今までの苦労が水の泡になる。大学への不信感も募るでしょう。そうなれば当然、父兄協力会にも何らかの影響が及ぶでしょうね」

「う、うーん」

須垣谷教授は腕を組んで考え込んだが、その時点で頑なな態度はどこかに消えていた。そしてまた雄大たちの牙も折れていた。

「確かに一考する価値のある提案だとは思います。しかしですよ。仮に理事会がその提案を承諾したとして、一体誰が学長の代わりにあんな大曲を弾くというのですか。あっ、まさか岬先生。貴方自身が代役を？」

「いいえ」

岬先生は微笑みながらそれを否定した。

「学長の代役というのは、それはそれで身に余る光栄なのですが、残念ながら僕は指揮者を務めることになりましたからそれは無理です」

今度は何人かが驚きの声を上げた。ボクもそのうちの一人だった。

「実は先ほど江副准教授から依頼を受けたのですよ。突然でしたので、つい身の程知らずにも拘わらず引き受けてしまいました。教授会には今から報告に伺うつもりでした」

「いや、それは別によろしいのですが……それでは一体誰がラフマニノフを？」

「僕に心当たりがあります」

「結局、江副准教授は岬先生に丸投げしちゃったんですね」

病院に向かう最中、ボクは遠慮なくそう訊いた。

「自分の真横で学長に危険が降りかかれば自分にも飛び火しかねないから」

「それはちょっと人聞きが悪いなあ」

岬先生は困った顔でボクをたしなめる。

「准教授がヴィルトゥオーソ科の面倒で手一杯というのは事実だしね。それに僕自身にも嬉しい提案だったから一も二もなくオーケーした」

「どうしてです」

「君も分かりきったことを訊くんだね。音楽家にとって指揮者になるのは究極の夢じゃないか」

岬先生は子供のような顔でそう言った。

「あの……本当に危険だとは思いません？」

「全然」

まるで歯牙にもかけない口調なのでボクは逆に不安になる。江副ならともかく、少なくともこの人を危険な目に遭わせるのは避けたいと思う。

「理事会はまだ警察へ被害届出していないんですってね。あんな騒ぎになったっていうのに」

「ブログの事件も単体で見ればイタズラの可能性大だからね。それにまだ学長が通報を渋っているみたいだよ。絶対に学内から犯罪者を出したくないそうだ」

初音さんが緊急入院を告げられた病院は自宅マンション近くの伏見《ふしみ》にあった。スポーツ医学で名を馳せた医師を擁する病院で、実は腕の筋肉や神経に気を使う愛知音大の非公式な指定病院でもある。

受付で案内された二階の個室を覗くと、見慣れた患者が見慣れないパジャマを着て窓の外を見ていた。

「初音さん？」

返事がないのでもう一度呼んでみた。

「ああ……晶」

やっと振り向いた顔を見て、思わずその場で立ち竦んだ。

彼女の目は死んでいた。以前の不敵な光も不屈の色もなく、絶望に囚われて昏い穴を開けていた。

「何そんな所に突っ立ってるの。まるで死人を見るような目をして」

「いや、あの」

「まあ似たようなものだけど……ああ、岬先生も一緒だったんですね。どうぞ入って下さい」

振り向くと岬先生の表情も一変していた。さっきまでの明朗さは影を潜め、ひどく緊張した面持ちになっている。

「じゃあ、お言葉に甘えて邪魔します。さあ入って」

後ろから追い立てられるようにして病室に入った。見舞いの花束を胸に抱いていたが、初音さんの視線がそれに向けられることはなく、ボクは所在なく椅子に座る。

気まずい沈黙がしばらく続いた後、ぼそりと初音さんが口を開いた。

「晶。インフォームド・コンセントって知ってる？」

「ええと、正しい情報を得た上での合意、だったっけ」

「ふうん、知ってたんだ。わたしは初耳だった。精密検査受けるのもこれが初めてだったし。病院内ではね、お医者さんから病名や治療法を十分に知らされた上で同意すること。今朝方、担当医からそれをされたわ。義務付けされてるんだって。医者が本人の承諾なしに勝手な治療しないように。でも、わたしには遠慮して欲しかったな」

また言葉が途切れた。ボクはその唇が自然に開くまでじっと待っていた。

「病名はね、多発性硬化症だって」

語尾がわずかに震えた。

ボクの胸も震えた。

「何でだろう。ジャクリーヌ・デュ・プレが憧れだったけど、まさか彼女と同じ病気になるなんてね」

ジャクリーヌ・デュ・プレについては初音さんから幾度となく聞いていたので、彼女の命を奪った病気についても予備知識があった。

多発性硬化症は中枢性脱髄《だつずい》疾患の一つで、脳や脊髄《せきずい》、視神経に異変が生じて様々な神経症状を引き起こす病気だ。未だ根本的な治療法は発見されておらず、その原因も遺伝説、感染説、自己免疫説と諸説入り乱れて不明のままになっている。そして、その症状も様々だ。疲労、括約筋障害、視神経萎縮、運動麻痺、感覚障害と多岐に亘《わた》って、特定の症状が決まって起こる訳ではない。

ジャクリーヌ・デュ・プレを襲ったのは感覚障害だった。演奏中に指先の感覚が鈍くなっていき、一九七三年の演奏旅行の時、遂に演奏不能になったのだ。同年の秋に彼女は事実上チェロ演奏家を引退し、それから十四年後に病の進行によってこの世を去った。

　指先の感覚を失う——それは初音さんを襲った症状と同じだった。そして、思い出した。あの日、ケーキ屋でティー・カップを取り落とした瞬間を。あれが前兆だったのだ。

「便利よね。昨日、ＭＲＩ検査したらすぐに判明したらしいわ。ひと昔前なら髄液と血液を採取して、それでも数日かかった検査が今では半日だってお医者さんは少し自慢げだったけど、考えてみたらその数日って執行猶予みたいなものよね。それがわたしには半日も許されなかった。朝目覚めたら、いきなりの死刑判決」

　初音さんは自嘲《じちょう》気味に笑ってみせた。そんな捨て鉢な笑顔を見ていると、こちらの胸がきりきりと痛んだ。

「でも……確か今では骨髄移植が有望視されてるんでしょ。初音さんが自分でそう言ってたじゃないか」

「それは骨髄に病巣がある場合よ。もしも脳の異変によるものだったら効果なし。まさか脳を移植する訳にもいか……ないし……」

　言葉が掻き消え、しばらく重い沈黙が続く——。

「あああっ！」

　突然、彼女は髪を振り乱して激昂《げっこう》した。

「どうしてわたしなのよ！　どうしてこの病気なのよ！　一体、一体わたしが何をしたって言うのよ」

「はっ……」

彼女の手がボクから花束を奪い、床に叩きつける。

「わたしには才能があるのにい。柘植彰良の孫なのにい。誰か代わってよお。おカネもクルマもあげるからあっ」

「落ち着いて。ねえ、落ち着いてったら！」

「馬鹿ッ。馬鹿アアッ！」

身を捩り、喉も裂けよとばかりに絶叫する。ボクはその頭を掻き抱いて必死に包み込んだ。

「嫌アッ。嫌アッ」

彼女の力ない拳が何度もボクの胸を打つ。

痛くなかったことが痛かった。

髪を摑まれて思いきり引かれた。

頬もぶたれた。

それでも彼女を放さなかった。

そのうちにだんだん抵抗が小さくなり、やがておとなしくなった。ゆっくりと戒めを解くと、彼女は泣き疲れた子供のように声をしゃくり上げていた。

「初音さ……」

「うるさい」

最後に振り下ろした拳がボクの鎖骨に落ちてきた。

腕の中で彼女は震え続けている。

「柘植さん」

後ろから冷静な、しかし決して冷酷ではない声がした。

「今日、僕が同行したのは貴方に三つのことを伝えるためです。まず、定期演奏会は予定通り行われることになりました。本日、理事会が正式決定したことです。二つ目はあなたの参加が危ぶまれたので、代役としてオーディションで次点になった人を繰り上げ採用しました。三つ目、事情により柘植学長にも代役がつきました。本番では別の人間がピアノ・ソロを担当します」

それを告げた時、初音さんの頭がゆらりと持ち上がった。

「気懸かりなことは何もない。だから貴方は治療に専念すれば良い。さあ、もうお暇《いとま》しようか」

「でも」

「いいからおいで」

岬先生の腕がボクの腕を捕えて引っ張り上げた。支えを失くした彼女の上半身がぐらりと前に倒れる。懸命に手を伸ばしたけれど彼女には届かない。

いいや、きっと届いたとしても手だけだったろう。今の彼女にはボクの声は届かない。

強い力に促されてボクは病室を追い出される。そしてドアの前で岬先生はいったん立ち止まった。

「先月、或る老人からこんな言葉を聞きました。災い人を選ばず、とね。確かにその通りだ。でも、その災いにどう対処するかは人が選べる。逃げるか、それとも闘うか」

「説教しようっての?」

「僕にそんな資格はない。僕が教えられるのはピアノの弾き方くらいだ」

「こんな手でどうやって闘えって言うの。指を使えないチェリストなんて死んだも同然よ。もうわたしは死んでいるのよ」

「でも、ジャクリーヌ・デュ・プレは死ななかった」

呆けたような顔が初めて岬先生に正面を向けた。

「多発性硬化症と診断され、彼女はチェロ演奏家としては引退した。しかしそれから逝去するまでの十四年間、彼女はチェロ教師として後進の指導に当たった。硬化症は寛解と再発の繰り返しだ。そして寛解時の状態がどんどん悪化していく。今と違って症状を緩和させる薬もなかった。病気の進行と共に日常生活にも支障を来たすようになった。しかし、それでも最期までチェロから逃げようとはしなかった。何故ならそれが彼女の闘い方だったからだ」

「そんなこと……前から知ってるわ」

「そうだったね。だから僕の青臭い説教よりもデュ・プレの、あの情熱的な演奏を聴いた方が貴方にはずっと有意義だ」

「出てって」

「悪かったね、本当に。それじゃあ」

ドアが閉まる寸前、彼女が顔を覆うのが見えた。

胸の辺りからこみ上げるものがあった。堪えていても歩く度に口から溢れ出そうになったので、廊下をまともに歩けなかった。

誰か代わって？

ああ、代われるものならそうしたいよ。

「残酷なようだけれど、今、君が彼女にしてやれることは何もないよ」

「分かってます……。それにしても、どうしてわざわざ定期演奏会の開催とか代役の件とかを伝えたんですか」

「必要なことだったからね」

「じゃあ、どうして学長宛の脅迫文が届いたことは伝えなかったんですか」

「必要のないことだったからね」

それはそうだろう、と思った。あんな風に自暴自棄になっている上に崇拝している学長の危機を知らされたら、きっと錯乱が治まらないだろう。

演奏家には死ぬより辛いことがある。演奏家にしか理解できない過酷な運命。それが今、彼女の身に降りかかっている。

それなのにボクには何もできない。

病院の玄関を出た時、堪え続けてきた堤が遂に切れた。

感情は抑えているつもりなのに、後から後から熱い塊がこぼれ落ちた。

岬先生はボクを一度も見ようとせず、ただ黙っていた。

2

「一緒に来て下さい」

翌日、岬先生はそう言ってボクを誘った。

「これからピアノのソリストをスカウトしに行きます」

「これからって……まだその人に話してなかったんですか」

「コンマスさんと一緒の方が効果あるような気がしてね。だからアシストよろしくお願いします」

ボクの返事も待たずに先生はくるりと踵を返した。仕方がない。何と言ってもこの人は指揮者になってしまったのだから。指揮者に従うのはコンマスの役割だ。

岬先生はボクの前を何の迷いも見せずに歩く。迷わないのはこの時間に件の人物がどこにいるかを把握しているからだろう。

本館二階、廊下の両側に並んだレッスン室からは様々な旋律が洩れていて不協和音の濁流となっている。

だが、その濁流の中にあっても輪郭鮮やかに耳に届く曲があった。リストのスケルツォだ。そして、岬先生はその曲が洩れ出てくるレッスン室のドアを開けた。

ボクは先生の陰から中でピアノを弾いている人物を見、仰天した。

「何よ、いきなり現れて」

「単刀直入に言おう。柘植学長の代わりに君にラフマニノフを弾いて欲しい。下諏訪美鈴さん」

下諏訪美鈴は呆気に取られた様子で先生の顔を見ていた。

「本気で言ってるの？」

「既に石倉学科長の許可は頂いている。あとは君の承諾だけだ。幸い、器楽科の演奏会に君の参加予定はないからダブることもない」

「冗談じゃないわよ。何であたしがあんたたちとコンチェルトやんなきゃいけないのよ。器楽科の演奏会だって断ったくらいなのに」

「それはコンクールの出場が重なっているからかな」

「そうよ。演奏会で腕前披露するより、一つでも多くの実績を残す方が有利に決まってる。そんなの当たり前じゃない。独奏楽器の特権だもの」

「正論ではあるね。しかし、事が柘植学長の代役ともなれば話は別だ。あの不世出の天才ピアニストの代役を務める演奏者はどんな人間かと内外からの注目を浴びる。アサヒナ・ピアノコンクールの優勝など霞んでしまうくらいにね。ピアノ・コンクールの優勝者は何人もいる。だが柘植彰良の代役を務められる人間はそうそういるものじゃない。伝統ある定期演奏会で柘植彰良十八番のラフマニノフを弾く。これ以上に君の名前を天下に知らしめる舞台は他にないだろう。柘植彰良の名前と栄光を知る者なら、例外なく君の名前を記憶に刻み込む」

どの言葉に反応したのか、下諏訪美鈴の頑なな表情に亀裂が走った。

「率直に言おう。今、この音大でラフマニノフの二番を弾き果《おお》せるのは君しかいない」

「で、でも演奏会まであと一ヵ月しかないのよ」

「リストとショパンだけがレパートリーでもないでしょう。器楽科の教授からは昨年の課題がラフマニノフだったことをちゃんと聞いている。君のピアノセンスなら今からだって決して不可能じゃない」

「あたしにはラフマ合わないのよ！」

「ラフマニノフじゃなくて協奏曲が、だろう？」

「……………」

「君のピアノセンスは確かに抜きん出ている。それは万人が認めるところだ。だが弱点もある。突出したピアノセンス、言い換えれば強烈な個性が合奏の際にはマイナスに作用してしまうことだ。過去の履修記録を拝見したが、君は一回生の時にショパンのピアノ協奏曲を弾いたが、合奏はその一度きりで後は専ら独奏曲しか手掛けていない」

「それは単なる偶然で……」

「違うね。君は自分で承知しているのさ。君のピアニズムは個性が強過ぎてオーケストラとアンサンブルが取れない。無理に取ろうとすれば個性を殺すしかないが、そうすると音も瘦せてオケの中に埋没してしまう。だから君の持ち味を最大限発揮できるのはやはり独奏だった。でもね、こんな分かりきったこと言うのも聞くのも野暮なのだけれど、合奏のできないピアニストなんてチームプレイのできない野球選手と一緒だ。どこの楽団だって雇っちゃくれない。それとも愛用のピアノを担いで流しのピアノ弾きでもするつもりかい」

不謹慎かも知れないが、ボクは舞台演劇を見ているような気分で二人のやり取りを愉しんでいた。普段、怒るか無愛想かのどちらかでしかない彼女の表情が岬先生の一言によって動揺から驚愕、驚愕から困惑、そして困惑から逡巡へと猫の目のようにくるくる変わっている。

「いいかい。これは千載一遇のチャンスなんだよ。君自身の弱点を克服し、更にもう一段ステップ・アップするためのね。それに、成功したら相応以上の褒賞が待っている。それは多分、君が今一番欲しがっているものだ」

しばらく思案に耽っていた顔が上を向いた。

「やっぱり無理よ」

だが、ボクはその顔に言葉とは裏腹の真意を見たような気がした。本当に自信がないのではない。彼女は背中を押して貰いたがっている。

「君の個性を殺さないままオケとアンサンブルを取る方法がある。知りたくないかい？」

途端に彼女の目が輝き出す。何てことだ。岬先生は彼女の背中を押すどころか釣り上げるつもりでいる。

「戦場でなければ分からないことがある。聴衆がいなければ得られない技術もある。そのために数多の演奏者たちが不安を隠してステージという戦場に上がっている。武器なら既に君が持っている。闘い方なら僕が知っている。さあ、君は逃げるかい。それとも僕と一緒に闘うかい」

この人はメフィストフェレスだと、つくづくそう思った。

悪魔の前ではこの女丈夫も二十二歳の小娘でしかない。やがて岬先生から差し出された右手を、下諏訪美鈴はおずおずと握った。

レッスン室を出ると、岬先生は「これから忙しくなるねえ」と楽しそうに言った。

「柘植学長をソロに迎えるのとは、また違うスリルがあるね。しっかり頼むよ、コンマス」

「先生、いつもあんな交渉してるんですか」

「え？　あんなとは？」

「彼女の不安と自尊心をいいように操って。横で聞いていてのけぞりそうになりましたよ」

「それはどうも」

「でも、どうしてこんなに肩入れしてくれるんですか？　いや、べつに迷惑とかそういうんじゃなくって本当に有難いんですけど」

するとと、先生は不思議そうにボクをまじまじと見つめ返した。

「困っていたんだよね？」

「え。ええ、それはそうですけど」

「生徒が困っていたら教師は助けろ……そう言ったのは確か君だったよ」

「そ、それもそうですけど」

「じゃあ、それで良しとしましょう」

そう言って先生は廊下の向こうに消えていった。

下諏訪美鈴が独奏ピアノを担当すると告げると、メンバーは舞子を除いた全員が驚きの声を上げた。

その次にやってきたのは困惑と不安と嫌悪だった。中でも雄大と友希は声を揃えて下諏訪美鈴の人間性を論《あげつら》った。

「あいつのピアノが凄いのは認める。だが性格が悪過ぎる。あいつの言葉で串刺しにされたヤツは一人や二人じゃねえぞ」

「あたし、前にやられた。あんたのクラリネットには一つ余分に穴が開いているから音がすかすかするって言われた」

「聞いた話じゃ、コンクールで身障者の女の子に悪態ついてたらしいじゃないか。演奏家以前に人間として最低だよな」

「ねえ、晶。本当に岬先生本人が美鈴を選んだの」

「うん。今、この音大でラフマの二番を弾きこなせるのは君しかいないって」

ボクがそう言うと二人とも言葉に詰まった。

「性格云々はともかく、あの先生の判断は間違ってはいないわね」舞子が抑揚のない口調で評した。「実績と実力を鑑《かんが》みれば順当な選択よ。全日本学生音楽コンクール小学生の部で全国一位、日本音楽コンクールピアノの部第二位、名古屋国際ピアノコンクール第三位、アサヒナ・ピアノコンクール第二位……」

「そんな実績は何の役にも立たないってんだ。ハーモニー。そう、ハーモニーだよ。どんなに凄いピアノでもオケと合わなきゃ意味がないんだよ」

　雄大は少し得意げに声を高くした。

「そうだろ、みんな？　オーケストラの真髄はハーモニーだよな。調和の精神がなかったら合奏なんて無理だ。大体あんな」

「確かにああいうタイプ、雄大は苦手よね。他人を才能だけですぐに判断する。お世辞や追従は通用しない。攻撃しても凹《へこ》まない。何を考えてるか分からない。あなたが一番お付き合いしたくない女。だけどね、彼女なんて強くも何ともないのよ。お世辞や追従じゃなく本気で評価すれば聞く耳は持っているし」

「強くも何ともない？　冗談！　肉体はゴリラ、心はアルマジロ、ありゃ怪物だよ」

「アルマジロというのは当たってるかもね。でも装甲の硬い動物は大抵その下の皮膚が脆《もろ》いって知ってる？」

「まあった、お前はお前で訳分かんないこと言うなよ。とにかく俺は無理。指揮者が江副から岬さんに代わったところで、下諏訪が弾くのならアンサンブルなんかできっこねえ」

「あたしだって願い下げだよ。こんな糞オケ！」

　皆がぎょっとして振り向いた先、ドアの前に下諏訪美鈴が腕組みして立っていた。

　何て間の悪い――。

　仁王立ちというのはこういうのを言うのだろう。足を踏ん張り腕を組み、破裂寸前の表情からは血管が浮き出しそうだ。

「こんなおそまつなオケじゃあ確かにアンサンブルなんて取れないわ。学長も棄権して正解だね。もしも演奏したら晩年を汚点で締め括ることになった。一体、選考委員はオーディションで耳栓でもしてたのかねえ」

さっそく、雄大が噛み付いた。

「好き勝手なこと言うじゃないか。万年二位の天才ピアニスト」

「……何だってえ？」

「コンクール荒らしだって有名らしいが、優勝できたのは中学までだ。高校からはずっと二位止まり、音大教授の父親とヴァイオリン奏者の母親を持ったサラブレッドにしちゃあ不甲斐ない成績で、このままじゃ箔《はく》が付かないから焦ってそこら中のコンクール受けまくってんだろ」

下諏訪美鈴の顔が見る間に赤くなる。

「二人ともそこまで言ったのなら本音もぶちまけたらどう？」

沸騰した二人の間に冷たい舞子が割って入った。

「本音って何だよ」

「今更、性格がどうとか演奏レベルがどうとか、そんなこと初めからお互いに分かってたことじゃない。それを言い出したら美鈴だけじゃなくて五十五人が全員そうよ。はっきり言った方がこじれずに済むから言っちゃいなさいよ。本当は演奏そのものより演奏会に出場すること自体が恐いんだって」

その一言で部屋の中は静まり返った。

確かに下諏訪美鈴の口は悪いが内容はただの毒舌だ。しかし舞子の言葉は錐のように寸鉄人を刺す。比べるまでもなく、こっちの方が数段タチが悪い。

「このまま例の犯人が指を咥《くわ》えて見ているはずがない。何故ならそいつの目的は演奏会の妨害だから。今度こそ演奏者自身に手をかける確率が高い。そして、それは自分かも知れない。そう考えたら恐がって当然よ。わたしだってそうだもの。でも、姿の見えない脅迫者に怯える自分をさらけ出すのは恥ずかしい。だから別の理由を引っ張り出してきて、何とか演奏会を回避したい……そんなところかしらね」

「恐がってるって？　俺が？　何寝ぼけたこと言ってるんだよ。俺ぁ別に」

「そうね。その通りよ」

美鈴があっさりと舞子の解釈を認めたものだから、彼女を知る誰もが目を見張った。

「あたしだって学内でどんな事件が起きたかぐらいは知っている。ただのイタズラや愉快犯じゃない。ストラドの盗難では未だに盗んだ方法も分からない。ピアノの破損では犯人が楽器を知り尽くしているのが分かる。脅迫文の事件では学校側の反応を計算した上で実行している。こんなヤツに狙われたら絶対に逃げられない。第一、犯人はこの中にいる可能性がある。ステージの上かそれとも下か、必ずどこかで闇討ちに遭う。それは指揮者かも知れない。コンマスかも知れない。いや、自分かも知れない。そんな演奏会、誰が出たいもんか」

その言葉は皆の気持ちをそのまま代弁していた。雄大さえもが沈黙してその正しさを暗に認めている。

「今日だって断りに来たんだ。昨日はあの臨時講師に説得されたけど、考えてみればライオンの檻《おり》に入るようなものじゃない」

犯人はこの中にいる——それこそが最大のタブーだった。王様が裸だと叫んだ子供は得意満面だっただろうが、それを聞いたその他大勢は血も凍るような思いだったに違いない。真理が何よりも尊い訳ではない。真実が何事にも優先する訳でもない。

それは疑心暗鬼がはっきりとした形になった瞬間だった。メンバーの数人がちらちらと隣の仲間を盗み見ている。

こいつかも知れない。

いや、あいつかも知れない。

そんな疑惑や恐怖を抱えたままでハーモニーなんて生まれるはずがない。

「結局、大学は体面しか考えてないのよ」

粘りつくような沈黙を破ったのは友希だった。

「学内から逮捕者を出したくないなんて綺麗ごと言ってるけど理事会や教授会は自分たちの保身しか考えていない。あたしたちの身の安全なんて二の次三の次。だったら、あたしたちが警察に訴えればいいのよ！　須垣谷一人がうろうろしたって何にもならないけど、警察が捜査すれば犯人もすぐに捕まるわ」

「そう、だよな」と、雄大も賛同する。

「不特定多数じゃないもんな。容疑者が学内に限定されてるなら犯人絞り込むのも簡単だしな」

「でしょ?」

雄大の賛意に気を良くしたのか友希は声の調子を一段上げた。何人か頷く者もいた。

でも、それは建設的な意見のように見えてオケの信頼関係を破壊する意見だった。本来ならそれに気付いていいはずの友希が、押し潰されそうな不安と恐怖に我を忘れている。

「わたし、賛成」

「俺も」

「右に同じ」

次々に手が挙がる。

沈黙の下で蓄積された疑心がマグマとなって噴出したようだった。

不安が不信に、疑念が嗜虐《しぎゃく》に転化してリンチ礼賛の場になろうとしている。

熱い空気に押し出されるように一人が「今から警察に」とレッスン室から出ようとした時だった。

「俺、見たんだ」

雄大の周辺で誰かが呟いた。皆が声のした方に向くとそこには篠原がいた。

「見たって、何を?」

「ピアノの下に転がっていたペットボトルに指紋を付けてたんだ……晶が」

一斉に皆の視線がボクに集中した。

「犯人が手にした証拠物件だろ。無闇に触っちゃいけないことくらい素人の俺にだって分かる。

それなのにお前、じいっと見てからペットボトル鷲《わし》摑みにして拾い上げただろ」

　雄大が口を挟んだ。

「それは晶のうっかりじゃないのか。気が動転した時には誰でも説明のつかない行動取るだろ」

「気が動転した？　いいや、そんなんじゃなかった。そんな風には見えなかった。逆だ。すごく冷静なように見えた。触っちゃいけないのに、わざと指紋を残すように摑んだ。そして、それを岬先生が見咎めたのを確認するとペットボトルを手放した……まるで、目撃してくれと言わんばかりだったよ。違うか？　晶」

　篠原は反応を窺うようにボクを見ていた。半信半疑――彼の目はそう告げていた。

「何で、岬先生の目の前で指紋付ける必要があるのよ」

「学長のピアノを水浸しにする時、うっかりペットボトルを素手で触ったことを思い出したんだ。もしも指紋採取されたら真っ先に自分が疑われる。だから目撃者のいる場所でこれ見よがしにもう一度触る。後になって自分の指紋が検出されても、それで言い逃れることができる」

「へっ、よくもまあ、そんなに回りくどく考えられるもんだ。おい、晶。篠原に答えてやれよ。全部お前の勘違いだって」

　雄大は篠原の疑義を一蹴しようと、ボクの回答を待っていた。

　だが、ボクは即答できずにいた。

　嘘の下手さ加減は自分が一番よく知っていたからだ。

　下手に嘘を吐くよりは黙っていた方がいい。

「おい、答えろよ。晶」

雄大が焦れたように促す。それでもボクが黙ったままでいると、次第に雄大の目も篠原の目に似通ってきた。

「まさか、お前」

「何か言いなさいよ、晶」と、友希が割り込んできた。

「このままじゃ、あなた犯人にされちゃうわよ」

すっかり湿り気をなくした喉から辛うじてひと言だけ搾り出すことができた。

「だったらどうした？」

しばらく皆は凍りついていた。

時間も凍りついていた。

「どうして？」

今度は舞子が口を挟んだ。わずかに声が震えている。さすがの舞子も今のひと言には大きな衝撃を受けているらしく、ボクは一瞬だけ幼稚な勝利感に酔った。

「わたしの言った通りだったの？　どうせプロになれないなら皆を道連れにしてやるって……」

「やっぱり舞子は鋭いな。君の言うことはいつも正しい」

だけど、と続けようとした舞子を雄大が遮った。

「見損なったぞ、晶」

いつもの騒ぎを愉しむような軽さは微塵もなかった。

「お前だけはって信じていたのに」

「それは光栄」

「茶化すな！　俺だけじゃない。ここにいる全員がお前には一目置いていたんだ。だからコンマスに選ばれた時、誰も異論を唱えなかった。俺一人羽目外してもお前がいてくれたら何とかなるって信頼してたんだ。それなのに、それなのに……」

それは悪かったね、雄大。でも君はつくづく子供だよ。その歳になっても、まだ人を見抜けないでいる。友希や舞子の気持ちも、そしてもちろんボクの気持ちも。

「裏切り者」

いつもボクの後ろにいる小久保さんが吐き捨てるように言った。ああ、あなたもそんな顔で人を責めることがあるんだね。

「最っ低」

「早く突き出そうぜ、こんなヤツ」

驚愕が憎悪に変わろうとしていた。

空気が黒く、重たくなってきた。

幾分かの後悔、そして安堵と絶望を胸に誰かの手が伸びるのを待っていた。

すると――。

「それは少し待ってくれないかなあ」

その場の雰囲気に全くそぐわない声。

いつの間にか岬先生がそこにいた。

「先生。待てって何を」

「みんなの憤慨する気持ちも分かるけど、せめて演奏会が終わるまでは我慢してくれませんか」

「こいつ犯人なんですよ、演奏会を邪魔しようとした。なのに何故、演奏会まで放っておくんですか」

「使えなくなった楽器には代用品がある。チェロ奏者と指揮者も代役が見つかった。でも、さすがに今からコンマスの代わりは都合がつかない。この前、聴かせて貰ったけど随分まとまったオケになったよね。しかし、ここで下手にコンマスを交代させると元の木阿弥《もくあみ》になる」

「だけど！」

「今、最優先されるべきなのは演奏会を成功させることで、犯人を糾弾することじゃない。違うかい？　考えてもごらん。ストラディバリウス以下稀少な楽器は使用不可、学長の参加はなし。手持ちの武器と言えば漸く形を成してきたオケだけだ。これ以上の人材流出は戦況を悪くする一方だ。貧乏な軍隊は兵隊を効率良く動かすしかない。それに皆が不安だと言うのならコンマスは僕の監視下に置く、というのではどうだろう。それとも僕の監督では不足かな」

矢継ぎ早の言葉に雄大は抗う術《すべ》を知らない。さっきまでの威勢はどこへやら、火の消えた花火のように黙り込んでしまった。

「他に、何か代案のある人は？」

今度は誰も手を挙げなかった。

「じゃあ皆からは了承を得たということだね。どうもありがとう。ああ、それからこのことは演奏会が無事に終わるまでここにいる五十七人の秘密にしておいてね。外部に知られたら、それこそ理事会やら警察やらが介入してくるかも知れない。そうなったらいよいよ演奏会の開催は危ぶまれるからね」

皆は不承不承に頷いた。

「それにしてもつまらないことをしたものだね」

岬先生はそう言ってボクを軽く睨んだ。

ボクはと言えば袋叩きに遭うでもなく、まさか許されるでもなく、宙ぶらりんの状態で不安定この上なかったけれど、たった一つだけ確かなことがあった。

これは執行猶予だ。

まだ演奏できる。

それがたとえ演奏会までの短い時間であったとしても、今のボクには望外の喜びだった。

「先生、分かったよ。下駄は預ける。その代わり教えてくれよ」

「何だい」

「勝算はあるのか」

「勝算、ねえ。まさか麻倉くん、君までがこういうことに算盤を弾くとは意外だな。もっと直情径行な人かと思ったのだけれど」

岬先生は雄大に顔を近付けると、逆らい難い笑顔で言った。

「音楽に、人を感動させるものに計算は必要不可欠のものじゃない。狙ってできることなんてたかが知れている。もちろん演奏の基礎は大事だけれど、その上に色んな不確定要素が集積してまるで想像もしなかったようなハーモニーが生まれる。計算はできない。だから勝算と訊かれても答えようがない。だけどね、勝算があるからやる、ないならやらない、というのは正しいようで実は間違っている」

「どうして」

「計算できる未来なんて存在しない」

翌日から再開した練習には美鈴と岬先生が合流したので、ボクが指示することはほとんどなくなった。昨日の今日で皆に声を掛けるのが躊躇われたので、かえって救われた気分だった。

最初のアンサンブルは悲惨極まりないものだった。美鈴のピアノはソロで聴く限りは見事だったが、合奏部分になると途端にオケから浮き上がった。美鈴の打鍵がオケの伴奏に比べて激し過ぎるのだ。

「ふむ」と、岬先生は指揮棒を止めて考え込んだ。

「下諏訪さん。その打鍵はひょっとしてラフマニノフ本人のものかい?」

美鈴は驚いた様子で先生を見た。

「そう。ずっと前に彼自身のレコードを聴いて……淡々とした音運びだけど起伏が激しくて、スゴくメリハリがあった」

「うん。今は甘美で情緒たっぷりという演奏が大勢を占めているけど、ラフマニノフ自身は決してロマンティックな旋律に浸ることは少なかったからね。解釈としては間違っていないし、原点回帰も面白い……よし、第一と第二ヴァイオリンは弾き方を変えてみようか」

「大きな音を出すってことですか」

「いや、出し方を変えてみる。見たところ、皆さんはアウワーのボウイングみたいだね」

それは岬先生の指摘通りだった。アウワー式は弓のスティックを人差し指の第二関節で強く押さえる方法で、柔軟性は幾分損なわれるものの音色は豊かになる。

「しかしアウワー奏法で大きな音を出そうとするとダウン・ボウの時に弓を弦に押さえつけてしまいがちになる。するとどうしても音が濁る。大きな音を自然に出すには、腕と弓自体の重みで滑らかに下げるガラミアン奏法が合理的かも知れない」

「えー。でも今更弾き方変えるなんて」

「そんなに難しくはないよ。ガラミアンのボウイングは指と手首を柔軟にして指で弓をコントロールするのが特徴だけど、基本姿勢は変わらないし柔軟性も皆あるしね。少し練習すれば必ずできる。それに曲によって運弓を変えるのは寧ろ当然と考えて欲しい」

まさか一曲だけのために運弓法まで変えるなんて想像もしていなかったので、ヴァイオリンのメンバーは一様に面食らっていた。ところが試しに岬先生がガラミアン奏法で数小節弾いてみると、確かに美鈴のピアノに拮抗するような音が無理なく出るので納得せざるを得ない。メンバーたちは――もちろんボクも含めて――興味深げにガラミアン式を試奏し始めた。

一方で先生は美鈴にもアドバイスを惜しまなかった。

「そこの提示部の終わりだけどね。わざと一拍遅らせてみようか」

「ええ？　何でそんなことするの」

「変形された第二主題でピアノが激しくなる。フォルテで金管が鳴った直後、ピアノのカデンツァに入る部分。ここで聴衆は既に昂揚している。次に来るメロディも予測している。そのタイミングで期待通り、すっと入れば聴衆は満足するだろうけどそれじゃあ面白くない。先入観に従うのは常識的だけど退屈でもある。そこで期待を裏切って一拍遅らせる。焦らした上で満足させる。それは許容範囲の非常識で、なお且つ聴衆の期待を更に高める効果がある」

そして美鈴が試してみるとその通りだった。

とにかく毎回毎回、岬先生から与えられる指示は新鮮でしかも具体的だった。楽譜に込められた作曲者の意図を理解しながら、決してその奴隷にはならなかった。

「この曲のストーリーを思い浮かべてみよう。曲想と言っても良い。いかなる作曲者も人間である限り、その時代の空気に無関係ではいられない。当時のロシアは革命前夜、人々は皇帝の圧政に困窮している。肥沃《ひよく》とは言えない大地、豊かとは言えない暮らし。第一楽章の鐘で始まる重苦しい旋律はその象徴だ」

それを聞いた直後、美鈴のピアノは更に荘重なものとなった。

それに岬先生の指揮は明快で分かり易かった。初日から設定されたテンポが最後までブレず、どこから初めても常に同じだった。指揮者としては当たり前のことかも知れないが、これがはっきりしていないと全楽器が動揺するので、メンバーはいつでも安心して演奏に集中することができた。また、その振り付けも明瞭で分かり易かった。弾力性と瞬発力に富み、まるで糸をたぐり寄せるようにボクたちから音を引き摺り出す。どこでどう入るかは顔の表情で察知できた。腕先だけでなく身体全体で音楽を表現する指揮はピアノを弾いている時と寸分違わず、友希などは「カルロス・クライバーみたい」と贔屓《ひいき》の指揮者を重ね合わせて見とれていた。いや、音楽を奏でることをこんなにも愉しんでいる姿は誰にとっても新鮮な驚きだった。本人は「指揮法は独学で」と謙遜《けんそん》していたが、メンバーの誰一人として信じる者はいなかった。

美鈴のピアノにも変化が生じていた。傲岸不《ごうがんふ》遜《そん》の振る舞いは相変わらずだったが、ことピアノに関してはオケとの親和性が増していた。一方的に相手の発言を封じてしまうことは陰を潜め、合奏部分では緊密な掛け合いを継続して一気にトゥッテイになだれ込む。今までそういう演奏経験がなかったのだろう、楽章をオケと同時に終えた時、彼女は意外そうに自分の指を見ていた。

二つの性格の異なる物質に化学反応を起こさせる触媒——舞子は岬先生をそう評した。

その言葉はボクとオケの間にも通用する。あの告白以来、ボクと彼らの間には埋めようのない深い溝ができた。向けられる視線は尚も冷たい。それでも岬先生がタクトを振った瞬間、ボクは皆と一つになることができた。

演奏会が終わり次第、ボクの処分を理事会の裁量に委ねる——それがメンバーたちの下した結論だった。そうなれば、もうボクに演奏の機会は与えられない。卒業を待たずして退学になるのは必然だろう。音楽界なんて狭い世界で音大を除籍になった人間に仕事を与えるような物好きはいない。だから、これがボクにとっては最後の演奏になるだろう。

辛いけれどそれはもう仕方がない。あのまま警察沙汰になって演奏会が中止になったり、またボクだけがメンバーから外されたらどの道、弓を引くことはなかったのだから、まだマシだった。そして、これが最後かと思うと狂おしいほど演奏に集中できた。

岬先生の要求するものは緻密で論理的で、そして途方もないものだった。当初はその目論見にオケのメンバーも半ば呆れていたが、練習が進むにつれあながち不可能とは思えなくなり、その自信が更に集中度合いを加速させた。

昨日より向上した演奏が興奮を生む。そしてその興奮が更なる向上を生む。日を追う毎に高まる演奏に誰も彼もが巻き込まれていった。自然に練習時間は全員の意思で延長を余儀なくされ、ボクのバイトの時間は自然消滅した。寮生たちは門限破りが日課となった。

こうして美鈴とオケのメンバーが余分なことを考える暇もなく協奏曲と格闘していると、あっという間に毎日が過ぎていった。気が付けば蟬《せみ》の声は消え、道行く人の袖は長くなっていた。そして街の風が尖り始めた頃にその日がやってきた。

3

十月二日、演奏会当日。

曇天で空気は乾いていた。

定期演奏会は音大祭と同日開催なので、キャンパスの中は同好会やクラブの催し物と模擬店で賑《にぎ》やかだった。この日だけは羽目を外しても誰からも何も言われない。

ただしコンサート・ホールは別だった。羽目を外すどころか、今日ここでは一挙手一投足、どんな些細なミスさえも許されない。

演奏会の演目は、

第一幕　器楽科によるヒンデミット〈管弦楽のための協奏曲〉

第二幕　ヴィルトゥオーソ科によるシューベルト〈ピアノ五重奏曲　ます〉

第三幕　選抜メンバーによるラフマニノフ〈ピアノ協奏曲第二番〉——となる。

ボクはステージの袖から客席を眺める。座席数千二百のホールには招待客と一般客が集まり出し、期待と不安で空気を濃密にしている。期待は柘植彰良の選んだ若き演奏者たちがどんなパフォーマンスを見せるのか。そして不安は果たして柘植彰良抜きのピアノ協奏曲が成功するのかどうか。

定期演奏会の白眉《はくび》とも言うべき柘植彰良の欠席は、やはり大部分の招待客を落胆させた。しかし、理事会が心配したほどの拒絶反応はなく招待客の七割が招待に応じたらしい。

役員席の中には当の柘植学長の姿もあった。随分と顔色がすぐれないのはここ数日の出来事で心労が祟《たた》ったせいだろうか。それでも無理を押してここまで足を運んでくれたのなら報いなくてはいけない。彼と、そして初音さんのために。

ヴィルトゥオーソ科のオケがシューベルトを演奏している最中、出番待ちのボクたちは舞台裏に待機していた。

ボクは一人、皆から離れた場所で椅子に座っていた。長年の付き合いだった愛用のチチリアティに触れる。重厚に塗られたニスが人肌のように温かい。大勢の前でこれを演奏するのはこれが最後だ——そう思うと余計に愛しさが募った。

短い期間だったけどストラドが教えてくれた。自分の楽器の声を聞け、と。

今ではこの楽器が何を欲し、何を歌いたがっているのか手に取るように分かる。

最後に弾くのがお前で本当に良かった。

後悔することも山ほどあった。自分の奏でたい音が出せるのか不安もある。バイトなんか休んで、もっともっと練習すれば良かった。足掻いて時間を戻せるものなら、どれだけでも足掻いてやるだろう。

それでも今日はきた。今のボクにできることはこのヴァイオリンに己の全てを吹き込むことだけだ。たとえそれが未完成で、みっともなくて、欠点だらけだとしても。

呼吸を整えていると、目の前に誰かが立ちはだかった。雄大だった。

「俺は、お前のしたことを許さない」

声は冷たかった。でも視線は熱かった。

「でも、この演奏で腰を引いたりしたらもっと許さない。お前に付いていくからちゃんと完奏しろよな」

ボクの返事も待たずに背を向けてしまった。

するとしばらくして、今度は美鈴がやってきてボクを傲然と見下ろした。

「あたしはあんたに別に恨みも何もないけどさ。言いたいことはあいつと一緒だよ。オケをきちんと引っ張りな。もしもあんたのミスで曲を乱したりしたら、その時こそ本当に罵ってやるから」

低くて乱暴な口調。でも、これが彼女なりの励ましと気付くのに時間はかからなかった。

「分かった……ありがとう」

礼を言うと、美鈴はひどく驚いた顔をしてそそくさとその場を立ち去った。

そして場内アナウンスが三幕目の開演を告げると岬先生が姿を現した。

「さて、皆さん。今更もう何も言いません。健闘を……」

「待って、先生」

友希が割り込んだ。

「やっぱり何か勇気の出ること言って下さい。この五十六人を鬼の待っているステージに突き出すんだから」

何人かが同意を示して頷く。

「うーん……じゃあ一つだけ。貴方たちが一番大切にしている人を思い浮かべて下さい」

ボクは即座に母親と初音さんのことを思った。

「今から貴方たち一人一人はその大切な人に向けて演奏するんです。その人に聴こえるように。

その人の胸に届くように。その人と話すこと、その人を愉しませること、そしてその人を慰めること。それが音楽の原点なのだから。それでは……レディ？」

「ゴオオオッ！」

メンバーたちが二人ずつステージに上がり、ボクが最後尾を務めた。

天井が高いのにライトがやけに眩しい。そのせいか客席は逆に仄《ほの》暗くて客の顔が判別できないが、かえってその方が都合いい。

メンバー全員が定位置についたことを確認すると、ボクは立ち上がって開放弦を鳴らした。

G線から始まるチューニング。五十四人の耳がこの音に集中する。それぞれの楽器を調音しながら皆の緊張が高まっていくのが肌に伝わる。

コンセントレーション——。

コンセントレーション——。

不安は掻き消え、緊張と使命感が精神と肉体を支配する。

今この時だけボクは皆から全幅の信頼を得ている。

やがて美鈴を伴って岬先生がステージに現れた。幾分控え目な拍手が起きたが、それも当然だろう。ピアニストとしては名の知られ始めた岬洋介でも今日の舞台は指揮者、そして予定されていた音楽界の至宝柘植彰良の代役は無名の学生ときている。

指揮台に立った岬先生が全員の顔を眺めてから、振り返って美鈴に目で問いかける。椅子の高さを調整した美鈴が目で応える。

そして静かに微笑んだかと思うと、岬先生はタクトを上げた。

第一楽章。モデラート、ハ短調二分の二拍子。

徐に美鈴が第一音を放った。

彼方から徐々に近付いてくるロシア正教会の鐘の音が胸に突き刺さる。八小節に亘る和音の連打が陰鬱な熱情と緊張を高める。この連打は一回に十度の間隔が開くので手の小さい奏者はアルペジオで弾くのが通例だが、元より体格も手も巨《おお》きな美鈴には何の支障もない。沈んでも戻らない指。だが音は途切れることなく、また次の音が後に続く。時に鍵盤にまとわりつき、時に大きく跳ね上がる指が分散和音を繰り出してクレッシェンドし続ける。

そしてオケがいきなり第一主題を提示した。

ハ短調で彩られた苦痛と忍従の旋律が地を這うように響く。ボクたち第一と第二ヴァイオリンは練習通り指の力を主体に弓を引く。

第一主題の提示は弦楽器が主導権を握っていて、ピアノはその主旋律を支える形になっている。だから弦楽器の合奏に紛れて目立つことはないけれど、ピアノはその間アルペジオを多用した超絶技巧を続けている。ボクの位置からは美鈴の運指が丸見えなのだが、長く大きな指が互いに絡まり合い、交差し、駆け巡る様はまるで複雑な綾取りをしているようだ。

主旋律がチェロを皮切りに次第に音型を推移させていくと、ピアノはアルペジオを続けながら第一主題を受け継ぐ。美鈴の奏でる主題はオケの荘重さに対して、孤独と忍従を歌い上げる。それはそのまま彼女自身の主題だ。

彼女のピアノを間近で聴き続けて分かったことがある。数々のコンクールに入賞し華々しく活躍していると見えた彼女も、実際には何人もの敵に怯え、周囲の身勝手な期待に耐え忍んできたという事実だ。もちろんそんなことを彼女が口にしたことはなかったけれど、ピアノを聴いていると隠れていた心情が伝わってくる。

そのピアノが今は変わりつつあった。孤独であることに変わりはなかったが、それでも他人を突き放す鋭さではなく、人恋しさに他人の手を求める狂おしさに変化している。

ピアノの独奏がひとしきり続く。叙情的で切ないメロディ。以前ならさらりと流していたこの旋律を、美鈴は粘っこく粘っこく途切れないように繋いでいく。そして次第にテンポが速くなりフォルテシモまで高まると、そこに全ての楽器が荒々しくなだれ込んできて第一主題部が締め括られた。

すぐにヴィオラに導かれてピアノが単独で変ホ長調の第二主題を提示する。暗く荘重な第一主題に対して、この第二主題は甘くセンチメンタルな調べだ。そして感傷的なメロディだからこそピアノの独壇場となる。第一主題がオーケストラの先導だったのに、第二主題を引き受けるのがピアノなのはそういう理由からだ。

恋人に囁きかけるように、優しくたおやかに――。この優美な旋律はラフマニノフの個性を余すところなく具現化している。川が流れ、そして時折波打つようなピアノ。

やがて第二主題が変形しピアノが激しさを加えてくると、オーボエとクラリネット、そしてファゴットの管楽器が力強く吹奏した。舞子と友希が隣り合わせで吹いている。普段は雄大を軸に反目している二人が、この瞬間は息の合った姉妹のように音を紡いでいる。

ピアノのカデンツァで音型が進み、やがて管楽器のファンファーレと共に曲は展開部に入った。雄大のトランペットは周囲の音と離れることもなくしっかりと溶け込んでいる。

いきなり美鈴のピアノが独奏を始める。緩慢な動きから次第に歩調を速め、やがて駆け出した。

疾走するメロディ。

上向し続けるリズム。

美鈴の運指は目にも留まらない。速くて、そして強い。鈍重な肉体の軛《くびき》を振り切り、羽根を生やした美鈴の魂が宙空を駆け巡る。共に奏でている人間なら分かる。彼女自身も解き放たれた歓びにうち震えているのが分かる。以前のピアノにはなかった解放感を彼女は会得したのだ。

岬先生の振りがひときわ大きくなった。天を突き刺すタクトの先が疾風怒濤の合図になる。

各楽器があらん限りの力で音域を拡げていく。音の奔流はアレグロの形を取り、まるで突進するようなリズムに変貌する。

美鈴はここを先途と荒々しく鍵盤を刻んだ。限界一杯に開いた指を鋭い爪に変え、ピアノに襲い掛かる。フォルテシモとピアニッシモが交互に現れ、反復する中で巨大な波濤を形作る。

息が上がる。

心臓が躍る。

そしてオーケストラのうねりとピアノの奔流が絡まりながら頂点に駆け上がると、漸くクライマックスに達した。

だが、そこで息接ぐ間もなく再現部が始まった。

ボクは溜めていた力を指先に集中して第一主題を再現する。すると、すぐにピアノが反応して先刻のチェロの音型を模倣する。ワルツにも似た緩やかに踊るリズム。

ヴァイオリンで緩やかなテンポを保ったままトレモロで第二主題を被せると、ホルンが伸びやかに音型を拡げて吹き渡る。

辺りには平穏な空気が流れる。しかし、それも長く続かない。次第にホルンの音は不穏なものに様相を変え、ピアノへと引き継がれる。

岬先生は前傾姿勢になり、両手を縮めて音を抑える。ここからは弦楽器の伴奏を受けながらピアノが一人で走り続けるのだ。

辺りを窺うように息を殺した音。美鈴は内に秘めた激情を抑圧しながら、その放出する方向を模索する。

次第にピアノは方向を定め、テンポを速くしていく。ボクたちは身じろぎもせず、その音の振る舞いと岬先生の指先に意識を集中させる。何という緊迫感だろう。皮膚にぴりぴりと二人の緊張が伝わってくる。岬先生が方向を指示し、美鈴が従う。そこには一瞬の遅れも一糸の乱れもない。二人は手に手を携えて中央突破を試みる。その姿にボクは少なからず嫉妬を覚える。

突然、美鈴のピアノが疾走を開始した。小刻みに速度を上げ、闇雲に上向していく。

切迫するリズム。

咆哮《ほうこう》するメロディ。

そしてフォルテシモの力強い打鍵と叩きつけるようなオーケストラで楽章が終わった。

荒々しい静寂の後、岬先生が左手を開いた瞬間にメンバー全員が戒めから解放されたような息を吐いた。

ボクは唖然としていた。

何だよ、今のコンチェルト――。

今のオケのコンマスがボクだった？　まさか！

でも少し考えて分かった。コンマスが誰かなんて関係ない。このオーケストレーションを作り上げたのは、あの指揮台に立っている彼なのだ。

興奮冷めやらぬまま、すぐに先生の腕があがった。

第二楽章。アダージョ・ソステヌート、ホ長調四分の四拍子。

まず弦楽器とクラリネット、ファゴット、ホルンがハ短調の主和音を奏でると、すぐにピアノが三連音の分散和音を絡めてきた。叙情性に満ちた旋律――ボクは月が煌々と下界を照らす夜を思い浮かべた。

その音型の上にフルートが重なる。

フルートが奏でる主題は月夜にさやさやと流れる風のようだ。その主題を美鈴のピアノが優しく支えている。フルートの旋律はやがてクラリネットに受け継がれて、やるせなくも甘美な旋律へと変わっていく。

その旋律を今度はピアノが受け継ぐ。まるで旋律のバトン・リレーだ。しかもバトンが渡される度に少しずつメロディは変容していく。ピアノ主体となった主題はどこまでも甘く、しかし幾ばくかの哀しみを内包したまま流れていく。この協奏曲中で最もラフマニノフらしさが発揮された部分だろう。

ピアノの独奏が続く。

ボクは分散和音をピチカートで鳴らしながら、初音さんと一緒に過ごした日々を否応なく回想した。彼女の部屋でお気に入りの曲を合奏したこと。共通の友人の話で笑い転げたこと。そしてお互いプロになったら、どこで何を演ろうかなどと夜を徹して語り合ったこと――。

そして突然の仕打ちに耐え切れず顔を覆った初音さん。

どうして、あの時彼女を置き去りにしてしまったのだろう。岬先生の言う通り、ボクには何もできなかったのかも知れない。それでも一人ぼっちにするべきではなかった。叩かれても罵られても彼女の隣にいるべきだった。

彼女の魂は孤独だった。崇拝する祖父がいても、いや、祖父が偉大な存在だったから余計に孤独だった。相談すべき父親は不在、学内でもその身上ゆえに胸襟を開く相手はいなかった。ボクしかいなかったのだ。祖父と同じ読み方の名前を持ち、学長の孫であることも演奏者としての実力差も全く気に留めないような極楽トンボはボクだけだったのだ。

それなのに、もうボクは彼女に何もしてやれない。

中間部にさしかかったところで主題が転調した。主題を歌うピアノに対してファゴットが対比旋律を奏でる。これ以降はほとんどピアノの独り舞台となり、同一の主題を元に旋律が発展していく。

不意に歌が情熱的になった。やおら激しいパッセージが何かの答えを希求するように走り出す。その切実さが聴く者の心を捉えて放さない。弾く者の魂を揺さぶらずにはいられない。

いつでも人は何事かを問い、解を求める。解を得ようとして彷徨い、もがき、憤慨し、嘆息する。ちょうど、音楽を続けることに懐疑的だったボクのように。

でも今、その解答は明らかになりつつある。皮肉な話だ。最後の最後になって演奏することの意味が分かりそうになるなんて。

迷い、彷徨し続けるピアノが急速に上向し、美鈴は最高音を跳ね上げる。跳ねた指先は天を貫き、その姿は先刻の岬先生を彷彿とさせる。まるで彼女に岬先生が憑依したかにも見える。

鍵盤が折れるほどの強烈な打鍵。しかし、矛盾するようだがその動きは華麗そのものだ。二つの手が別の生き物のように鍵盤の上を行き来する。激しく動いたかと思えば急停止し、またすぐに一オクターブも移動する。フォルテシモを連打したかと思えば、次の瞬間には鍵盤を抓《つま》むようにピアニッシモを弾いている。

だが、華やかなピアノの舞いが終わり、短いカデンツァが始まったその時――。

指揮台の岬先生に異変が起きた。

わずかにバランスを崩して頭を左によろめきかけたのだ。

あっと思った――が、すんでのところで左足を踏ん張って持ち堪えた。

オケによる主題の反復。優しく歌いかけるようにピアノを包み込む。だが、これはコーダに向かうための準備なので長くは続かない。すぐにピアノが立ち上がり、今度はオケの音型と絡みながら踊り始めた。

これは対位ではなく、オーケストラとピアノのロンドだ。オーケストラは優しく、ピアノは激しく、しかし二つの旋律は手を取り合って月の下で舞っている。

歌うことの歓喜、ハーモニーの喜悦がボクの身体を充《み》たす。

それは永遠に続く瞬間にも思えた。

終わらないで。

まだ終わらないで。

しかし願いも空しく、ピアノはやがて踊るのをやめ、沈静し、細くなった。

客席に微かに届くピアニッシモ。それも次第に間隔を空け、聞き取れなくなる。

そして横たわるように終止符を打って、この楽章は終わりを告げた。

先生の顔を盗み見た。適度の緊張はあるものの、慌てたり困惑した様子は一切なかった。いや、寧ろ最終章に突入する直前の昂ぶりが露わになっていたのでこちらが慌てたくらいだった。一体この華奢な身体のどこにそんな闘争心が潜んでいるのだろう。

さっとメンバー全員の顔を見渡してから、先生はすいとタクトを上げた。

いくよ、と聞こえない合図がした。

第三楽章。アレグロ・スケルツァンド、ハ長調二分の二拍子。

弦楽器が主体になってリズミカルな弱音を弾く――と、突然全楽器が咆哮した。すぐにそれをピアノが接ぎ、流麗に、しかし激しく奏していく。グリッサンド風の音型だ。美鈴の指は真っ赤になった鉄板に触れるように、鍵盤の上をぴんぴんと跳ねている。

管弦楽器が加わってピアノとリズムを刻み合う。その旋律は闘争心に満ち、弦楽器のユニゾンが段落をつけたところで第一主題を提示する。この主題の特徴は逞《たくま》しさだ。強靭な精神力で困難に立ち向かっていく――それは作曲者ラフマニノフの心情を代弁しているようにも聴こえる。数多の批評家と聴衆から非難を受け、尊敬する文豪からも才能を否定され、神経を病み、肉体を衰弱させて、それでも尚、我が身を叱咤し続けてこの大作を完成させた――。

数ヵ月前なら失笑するようなお題目が、今では切実な命題としてボクの背中に迫る。

いつからだろう、失敗の確率を隠れ蓑《みの》にして逃げることを覚えたのは。挑戦しても駄目に決まっている。無駄な労力は他に向けよう。だから今回はパスだ――何度そんな理屈をつけて血を流すのを惜しんだのだろう。逃げて、パスして、結局行き着いたのは将来の展望のなさを自分以外のせいにして、愚痴とないものねだりを繰り返す無為の日々だ。

この時この場所でヴァイオリンを掻き鳴らしながら、ボクは歯噛みするほど後悔した。もっとバイトの時間を削れば良かった。生活費なんてどれだけでも節約できたじゃないか。もっとコンクールに貪欲になれば良かった。江副准教授に頭を下げるのが何ほどのことだと言うのだろう。ちっぽけな満足、ちっぽけな自尊心のためにお前は尊い時間と機会を犠牲にしてきたのだ。

オーボエとヴィオラが第二主題を謳う。逞しい第一主題と対照的なロマンティックな旋律。ラフマニノフの最高傑作と称えられる旋律。ピアノがそれを受けて反復する。ピアノの歌う第二主題はさながら水の上を撥ねて遊んでいるようでアレグロ・スケルツァンド——快速に、陽気にという速度表示そのものだ。

ピアノは三連音型を中心にして、しばらく軽やかに走り続ける。オケは第一主題を回想する音型を繰り返し、ティンパニのトレモロとシンバルがそれに続く。周りの様子を窺うような低いリズムに落ちるが、これは次にやってくる大合奏の溜めだ。

いきなりピアノがフォルテシモを叩くと、オケは第一主題の変型をブレストで叩き出す。それは迫り来る嵐のように荒々しく聴衆の心を揺さぶり、魂を翻弄する。

身体中の血が沸騰する。

ボクは指先にあらん限りの力を込めて弓を下げた——その時だった。

ツュキュンンッ！　という音が突然耳に届いた。

右の視界で何かが弾け飛び、同時に額が鋭い痛みに襲われた。痛みに一瞬目蓋を閉じ、再び開いた目に映ったのは千切れてだらりとぶら下がったE線だった。

弦が切れた！

最後の最後になって。

ボクは決められた手筈《はず》通り、使い物にならなくなったチチリアティを後ろの小久保さんに渡し、代わりに彼女のヴァイオリンを受け取る。そして彼女はそのまた後ろの下村さんと同じ工程を繰り返す。

だが、ヴァイオリンを交換する際、ボクの顔を見た小久保さんの目が驚きに見開いた。

何だよ一体――痛む額に反射的に伸ばした掌は直線状の血で彩られていた。どうやら随分出血したらしい。だけど当然のことながらステージの上に絆創膏《ばんそうこう》はない。

チクショウ、構ってられるか！

ボクは噴き出る血を拭いもせずオケに合流した。

ピアノとオケは一緒に突き進んでいる。

襲い来る苦境と闘うため、ありったけの勇気と闘志を掻き集めて武装する。

美鈴は強音を艶やかに叩く。そして管弦楽器の合奏が第一主題と第二主題を交互に繰り出す。

そこからコーダに突入した。

美鈴は第二主題をうねるように弾く。大小の波が寄せては返すリズムに期待が高まる。ほんの一テンポの遅れが、次にやってくる大合奏を予感させる。

曲想が拡がっていく中、ボクの弓は止まらない。トレモロ、スピッカート、レガート、ポルタート。習得した全てのボウイングを総動員してこの曲に対峙する。

額から汗が滴り落ちる――いや、汗じゃない。肩の上に落ちた水滴は真っ赤な血だ。細いE線で余程深く切ったのだろう、さっきから傷口がじんじんと痛みを訴えている。傍目からは、きっと鬼気迫る形相に映っていることだろう。

それがどうした。

ここで止めたら一生後悔する。

血だらけだろうが包帯姿だろうが立派に弓は引ける。あと残り五分、それまで両手が動けばもう何も要らない。それさえ可能なら他は悪魔にでもくれてやる。

曲想が拡がる中、ボクは勇猛な第一主題を華やかに弾き上げる。

あなたの胸に届くだろうか。

これがボクの声だ。

ボクの最後のヴァイオリンだ。

美鈴が再び激烈なフォルテシモを叩き出す。強音の乱打に美鈴の髪も乱れ、両腕は狂おしく宙を切る。

オケも大きな波濤を何度も打ち、ピアノを頂点に急かせる。

もっと大きく——。

もっと激しく——。

その声に応えてピアノは津波のような旋律を弾き出す。美鈴の上半身も大きく左右に揺れている。それは狂乱の舞踏だった。練習で何度も彼女の演奏を見てきたが、こんな気違いじみたピアノは初めてだった。

やがてピアノにオケが被さる。二つの旋律がのたうつ音の奔流となって頂点に向かう。

岬先生の振りが一段と大きくなる。

友希が歯を食い縛る。

舞子が頬を紅潮させる。

雄大がトランペットを高く掲げる。

そして一拍空いて――、

遂に第二主題の大合奏に突入した。オケの最高潮だ。ボクたちは最後の力を振り絞って疾走する。堂々としたメロディが勇気と決意を謳う。不安も確執もその轟然とした波に呑まれ、跡形もなく流されていく。

心の温度が上がっていく。視界が狭まり、もうボクには岬先生と美鈴しか見えない。

百万の敵に一人で挑んでいく蛮勇――だが勇士の胸には欠片ほどの迷いもない。それが自分の唯一の道なのだから。それが自分の生きている理由なのだから。

ボクはやっと知った。

音楽は職業ではない。

音楽は生き方なのだ。

演奏で生計を立てているとか、過去に名声を博したとかの問題じゃない。今この瞬間に音楽を奏でているのか。そして、それが聴衆の胸に届いているのか。それだけが音楽家の証なのだ。

美鈴のピアノが最強音で装飾を付けた後、更に加速する。疾風のように立ちはだかるものを薙ぎ倒し、怒濤のように全てを呑み込んで邁進《まいしん》する。

どこまでも駆け上がる強い音。メロディが巨大な龍となって天空に上っていく。

あと六小節。

あと四小節。

そしてオケと共に強打和音の四連打を打ち付けて最終章が終わった。

岬先生の腕が振り落ちるのと美鈴の腕が跳ね上がるのが同時だった。

一瞬の空白の後――

「ブラボオォォォォッ！」

その第一声を合図にホール中から大歓声が沸き起こった。その大きさ激しさに身体全部が揉みくちゃにされるようだ。拍手の渦というのは、こういうことを言うのだろう。

急に緊張の糸が切れ、ボクは椅子の上にへたり込んだ。もう、腕は数センチも上がらなかった。心地好い疲労感に万雷の拍手が覆い被さる。

起き抜けに見るようなぼんやりとした視界の中で岬先生が近付いてくる。

「グッド・スピリット」

そう言って差し出したハンカチをボクの額に当てた。そして、取り決めを無視して美鈴よりも先にボクの手を握った。一瞬焦って美鈴の顔を窺ったが、彼女は彼女で茫然自失としておりボクに注意を払うどころではなかった。

隣では雄大が頬を紅潮させた舞子の手を握り締めて笑っている。おいおい、少し離れた場所から友希が刃物を持ち出しかねないような目で見ているんだ。少しは遠慮しなよ。

ふと上を見上げると、ライトがハレーションを起こして煌《きらめ》いている。胸が熱い。身体が軽い。今にもこの場から浮き上がりそうだ。

ボクの最後の演奏は終わった。

でも拍手はまだ終わらなかった。

興奮が幾分冷め、漸く幕が下りると美鈴がこちらにやってきた。

「礼は言わない」と、いつもの無愛想はそのままだった。

「言い慣れてないから言わない。ただささ、このメンバーとだったら……そしてあんたのコンマスだったら、また一緒に演りたい」

それだけ言うと、逃げるようにして立ち去って行った。

結構、恥ずかしがりやなんだな――そう思っていると後ろから名前を呼ばれた。

岬先生だった。

「怪我は？」

「あ。だ、大丈夫です。出血止まりましたから」

「それでも痕になったら大変だ。報告が終わり次第、保健室に行きなさい」

「報告？」

「うん。今から学長の所へ行って、一連の出来事を当事者同伴で報告することになっている。それが今日まで処分を見送って貰った条件だった」

ああ、とボクは心の裡で嘆息した。やっぱり良いことは長続きしない。歓喜の絶頂から今度は絶望の奈落に突き落とされるのだ。

「来てくれるね」

「はい……」

そう力なく頷くと、先生はボクを先導してステージから下りる。ボクが黙って従うことを疑いもしない。

いよいよ死刑宣告だ。

しかも選りにも選って、あの人の口から。

途端に胸が萎んで足が重くなった。

先生はステージから離れると、本館の学長室ではなく、そのまま裏手に回る。

「あの、学長室じゃないんですか」

「うん。例のピアノが置いてある準備室で学長が待っているんだよ。あ、そうそう。はい、これ」

差し出されたのは一枚の名刺だった。

「君に渡しておくよう頼まれた」

そこに記された名前を見て驚いた。

有名な交響楽団の関係者だった。

「終演後に呼ばれてね。今頃は下諏訪さんを含めて何人かに個別面談しているはずだ」

「スカウト……ですか」

「ははは。一足飛びにそうなればいいんだけどね。世の中そんなに甘くはない。多分、オーディション受けないかってお誘いだよ。でも、これは確かに出場通知ではある。結果はどうなるか分からないけど、とにかくスタート・ラインには着ける訳だから」

しばらくボクは名刺を穴の開くまで見ていた。

「禍《わざわい》転じて、と言うよりは文字通り怪我の功名だね。あんなアクシデントがあったのに慌てず騒がず、しかも額から血が流れるに任せてあの演奏を続けるのだからインパクトは最高だ。名刺の持ち主はそう言っていたよ。もちろん文句のつけようのない演奏がその前提にあるんだけどね」

望外の喜びだったけれど、それはすぐに消し飛んだ。

「この名刺、返します」

「どうして？」

「もうボクには意味のないものですから」

すると、岬先生は急に立ち止まってボクを正面から見た。

「いい加減、自分だけ泥を被るなんて真似はやめたらどうだい」

「え？」

「自己犠牲は尊いものだとは思うけど、それは本人が望んでいることなのかい。多分このことを知ったら、逆にその人は悲しむと思うけどね」

「いや、ボクは」

「君は本当の犯人――柘植初音さんを庇っているんだろう？」

「何言ってるんですか！　ボクがやったって告白したのに。何でそこに初音さんが出てくるんですか！」

「じゃあ、密室状態の楽器保管室からチェロが消失した一件を君はどう説明するんだ」

「それは……それは……」

「うん。きっと君には説明可能だろう。でも口にすることはできない。何故ならその説明をすれば自動的に君ではなく彼女が犯人であることを証明してしまうからだ」

「あの部屋は密室だった。彼女であれ誰であれ、施錠した後に侵入することは不可能だったし、事実カメラには何も映っていなかった」

「だったら施錠する前に持ち出してしまえばいい」

岬先生はそう言うとポケットから腕時計を取り出した。肉厚の高級時計だ。

「これ、何に見えるかな」

「……ロレックスでしょ」

「はずれ」

何と、答えと同時にその腕時計を両手で思いきり押し潰した。そして開いた掌にはぺしゃんこになったロレックスがあった。

「フェイクだね。本物と光沢も質感もそっくりに作られたペーパー・クラフトだ。僕も初めて見た時には仰天したよ。紙でできているなんて到底思えない。訪れた工房には一眼レフやキーボードも陳列されていたけど、どれも本物にしか見えなかったからね」

「工房に、行ったんですか」

「名古屋近辺でこれだけ精巧な物を作れる工房は一軒きりしかなかった。注文しさえすれば、それが静物である限りは何でも作ってみせるというのが工房の謳い文句だった。初音さんはそこでストラディバリウスのペーパー・クラフトを注文したんだね」

　ああ。もうあれの出所まで摑まれている。

「方法はこうだ。まず練習を終えると彼女は本物のストラディバリウスをどこかに隠し、チェロ・ケースの中にフェイクを納めた。そのまま保管室に向かい、中に入ると何食わぬ顔で所定の位置にフェイクを置く。もちろん後から警備員が目視で確認はするが、色形どころか光沢や質感までもそっくりなら楽器に門外漢の人間にはまず見分けがつかない。フェイクは本物と誤認されたまま一夜を過ごし、翌日また彼女は保管室に入ると、今僕が実演したようにその場でフェイクを潰し、ばらばらに千切った。小さなハサミでもあれば作業はあっという間だったろう。残骸は何しろ紙だからポケットにでも隠し果せる。そして全ての始末を終えてから大声で警備員を呼ぶ。かくてチェロはものの見事に消失した、という訳さ」

「まるで見てきたように言うんですね。でも、どこにそんな証拠があるんですか」

「最初に君がボクを連れていってくれた時に白濁した爪のような欠片を見つけたよね。あれは乾燥した木工用ボンドだった」

「ボンド？　……」

「木工用と言っても、実際ペーパー・クラフトで使用するのはこのタイプらしいね。まさかあんな稀少楽器の修理にそんな接着剤は使わないから、見つけた時から違和感を抱いたものさ。恐らく潰す時に剝がれて落ちたんだろう。綺麗に後始末したつもりでも棚の真下に隠れて見落としてしまった。そして、この接着剤の欠片を精密に調べればストラディバリウスと同色の塗料が採取されるはずだ」

「で、でもそれだけじゃ犯人が彼女だとは断定できない」

「いや、できる。この方法が可能なのは少なくともチェロ以上の容量のケースを持ち運びする人間に限定されるからね」

「それならコントラバスがある」

「知っている癖に。元々あの保管室にコントラバスは存在しない。そしてチェロの貸し出し許可を受け、チェロ・ケースを持ち運びしていたのは彼女だけだった。そしてまた、前日十八時十二分の施錠直前に退室し、当日八時二十五分の開錠直後に入室したのも楽器すり替えの前後にメンバーが目撃するのを避けるためだ。さすがに彼らが見ればフェイクであることが露見する可能性があり、そうなればその直前に入室した彼女に疑いがかかるからね。では、持ち出したストラディバリウスは今どこにあるのだろう？　売却や破壊はまず考えられない。あの楽器に一度触れた演奏家ならよもやそんなことは考えもすまい。妥当なところだと自宅マンションかな。君も盗難事件以来、彼女の部屋には行ってないだろう。楽器と言ってもあの大きさだからマンションの一室でも隠し場所はそう多くない」

　ボクは一言も返せない。思いつく反証もない。

「ピアノの破損について断定はできないけど、或る程度の絞り込みはできる。現場に放置されていた空のペットボトル二本が破損に使用された訳だけど、考えてもごらんよ。二リットルのボトルを二本も抱えたまま、いつ準備室が無人になるか、どのタイミングで開錠されるかを玄関の前でうろうろ待ち続けるなんておよそナンセンスだ。一番効率が良いのは当の本人、つまり柘植学長からおおまかなスケジュールを訊き出すことだ。そして出入りが頻繁なら、どうせ他に入室する者はいないから鍵はしないままにしておけば良い、とさり気なく進言しておく……。これが容易にできるのは近親者くらいだろうね」

そうだ。それはボクも同じように考えたのだ。だから彼女への嫌疑を逸らすために、咄嗟の思いつきでペットボトルに自分の指紋を残した。

「次に君は初音さんの動機について考えた。そしてあの日、彼女が多発性硬化症に冒されていることを知って合点がいった。演奏会本番で硬化症の症状が発現したら自分の商品価値はなくなってしまう。ただ祖父がピアノを弾く演奏会で孫の自分から辞退の申し出はし辛い。しかし完治の見込みがあるまでは病気を隠しておきたい。そのためには演奏会を中止させなければならない……。また一方では、自分の病状を知ってしまったので自棄になりこんな真似をしでかした、という推論も成り立つ。いずれにしても追い詰められた上での犯行。そう考えたんだろう？」

「はい……」

岬先生のコンサートが終わった帰り道、初音さんは待っている人がいる、と言った。何をそんなに慌てているのかその時には分からなかったけど、彼女の病名を聞いてボクは初めて動機に思い至ったのだ。

「でもそれは間違いだよ」

「……えっ」

「彼女が自分の病気を知ったのは緊急入院した翌日に医師から病名を告げられた時だ。きっとそれ以前には想像さえしていなかっただろう。だから入院以前に行われた犯行に彼女の病気は何ら関係していない。覚えているだろう。あの時、彼女は精密検査を受けるのが初めてだと言った。仮にそれが嘘だったとしても、病室で彼女は病院のパジャマを着ていた。以前から自分の病状を知っていて病院に赴く女性なら自前のパジャマくらい用意するものじゃないのかな？　そしてこれは君だから分かるだろうけど、彼女が果たして自分の病気のために演奏会を中止しようなんて考えただろうか。彼女は演奏会に賭ける皆の想いを知っていたし、君の熱意も知っていた」

「じゃあ、どうして初音さんはあんなことを」

「彼女も君同様、大切な人を守ろうとしたのさ。彼女が唯一尊敬する祖父、柘植彰良をね。そう、彼もまた多発性硬化症に冒されていたんだよ」

「何ですって……！」

「もちろん彼女が罹患するよりもずっと以前にね。君もオーディションの時に彼を見たよね。彼の指は始終小刻みに震えていた。あれはれっきとした運動麻痺だ。そして運動麻痺は多発性硬化症の顕著な症状の一つだ。もちろん、その一点だけで病名を確定するなんて乱暴な話だが、ここにもう一つの要因が加わると信憑性は俄然高くなる。それが米国発の麻薬密輸事件だ。イリノイ州立医大からのメールを通じての取引だったが、そんなことが一般学生や向こうの大学に一度も行かないいち教授に可能とは思い難い。しかし一方、かの大学と姉妹提携を結んだ直接の功労者は柘植学長だったから、彼ならば裏取引も容易だった。何と言っても州立医大から学長宛に郵送物が定期的に届いても誰も不審に思わない。彼以外の場合は必ず目を引くだろうけどね。そして学長が麻薬を必要とした理由は快楽のためではなく治療のためだった。州立大から密輸されたのは医療大麻だったが、アメリカのかなりの州では既に多発性硬化症患者が医療大麻を使用することが合法になっている。しかし日本では麻薬及び向精神薬取締法の規制によって、たとえ医療目的であったとしても使用、輸入、所持は一切禁止されている。高齢で長旅が不可能になった学長が医療大麻を入手するには密輸しか手段がなかった。そして穿った見方をすれば学長の病状と日本の国内事情を知れば、州立医大の売人も情理で密輸に加担したのかも知れない」

「そんな……」

「もちろん証拠はないからこれも憶測の域を出ない。重要なのは初音さんがそう信じ込んだ、という事実だ。事件が報告されたのは七月だったが、当然使用者の周辺にはそれより以前に麻薬の存在がちらついていただろう。医療大麻の一般的な使用法はヴェポライザーという器具で乾燥大麻から大麻成分を気化させて吸引するのだけれど、これが三角錐の形をした結構な大きさでね。まさか大学に持ち込む訳にはいかない。使用するなら場所は専ら自宅だろう。だが週に一度帰るだけとは言え、家の中で麻薬を吸引していたらさすがに彼女も気付いただろう。そしてまた間の悪いことに彼女はジャクリーヌ・デュ・プレの信奉者でもあった。多発性硬化症に罹り引退を余儀なくされた夭折の天才チェリスト。その信奉者であればその病名と医療大麻の関連、そして日常日にする祖父の些細な運動麻痺を結び付けるのは容易なことだった」

ああ、そうだったのか。

間に合わないと言ったのは自分のことじゃなく学長のことだった。自分がプロの演奏家になるまで学長の肉体が保たないという意味だったのだ。

「イリノイ州立医大で売人が逮捕されてからは当然大麻の供給は途切れた。薬がないから硬化症の症状は目に見えて進行する。デュ・プレと同様、いやそれ以上に柘植彰良を崇拝していた彼女にとって日増しに衰弱していく彼を見るのは非常な恐怖だったろう。殊に演奏の場で病状が発現したらどうなる？　演奏中断が柘植彰良の経歴に汚点を残すのも深刻だが、事が公になれば大麻密輸も明らかになる。そうなったら柘植彰良の築いてきた名声は一気に失墜する。病状も加速する危険がある。亡くなっても彼の亡骸に唾を吐きかける者が出てくるだろう。彼女はそんな事態を許せず、そして恐れた。だが学長本人に演奏会を辞退するつもりなど毛頭なかったから、彼女はどんな手段に訴えてでも演奏会を中止に追い込む以外になかった。これが彼女の犯行動機だ」

ボクは話を聞きながら真っ暗な虚ろを覗き込むような気分になった。なんてことだ。ボクは彼女を見ているようで全く見ていなかった。

「ストラディバリウスを盗むのも祖父が愛用するピアノを台無しにするのも、音楽を愛する彼女にしてみれば身を切るような辛さだったろう。それでも祖父の威信と名誉を守るためには仕方のないことだった。そしてそう考えると、公式サイトに送った脅迫文の真意が見えてくる。『定期演奏会が開催されれば、白い鍵盤は柘植彰良の血で赤く染まるだろう』。これは学長の殺害予告と言うよりは、遠回しに学長の参加を拒んでいる。これも恥ずかしいことに確証はないけれど、彼女の仕業と見ると頷ける文章だね」

確証はない。しかし岬先生の説明で全てが氷解していく。病室での先生と初音さんの会話の真意、彼女の反応の理由がそれで理解できる。

彼女の悲愴な決意を思うと胸が締め付けられる。

「ただ、僕にも一つだけ分からないことがあった。君がそうまでして彼女を庇った理由だ。君にはコンクールの出場経験がなくとも実力があった。音楽を愛する気持ちも人一倍だった。あの豪雨の晩、音楽に向き合う気持ちも新たになったように僕の目には映った。その大切な音楽を犠牲にしてまで何故、彼女を守ろうとしたのか？」

ああ。それは――。

「同じオケ仲間だから？　いや違う。君の仲間に対する態度は常に一定の距離を保っていた。では彼女が恋人だから？　これにも僕は満足しなかった。いくら恋人を庇うためとは言え、君にもお母さんと交わした約束があったからだ。二十年来続けてきたヴァイオリンを手放し、母親との盟約を破棄するには、それだけの動機ではどうにも納得し難かった。だけど君と彼女の会話や接し方を観察して、鈍い僕にもやっと分かったんだ。君は初音さんが心から愛しかったんだね。その……肉親として。彼女の叔父として」

ボクは小さく頷いた。

「君のお母さん、城戸美由紀さんの在籍記録がまだ東都フィルに残っていたよ。入団したのは二十三歳の時。そしてこの時期まで東都の常任指揮者だったのが柘植学長だった。そして彼がヨーロッパの楽団に招かれて常任を下りた際、彼女は周囲に理由も告げずに退団し実家に戻った。彼女が君を出産したのがその半年後だ。確定的な証拠はなかったけど、何よりもその特徴的な掌が柘植学長のそれと酷似していたから僕はそう仮定してみた。すると君の行動に納得がいく。柘植彰良が君の父親、そして初音さんは腹違いの姪《めい》。同い年の大切な肉親。だからこそ、君は母親の約束と引き換えにしてでも彼女と、ひいては彼女の祖父であり自分の父親である柘植学長を守ろうとした」

岬先生の言う通りだった。

自分の父親があの柘植彰良だと知らされたのは中学に入学した頃だった。どうして父親が一緒にいてくれないのかと訊くと、彼の将来を思って自分から身を引いたのだとお母さんは答えた。当時、彼には初音という孫さえおり、自分やボクの存在を明らかにすれば間違いなくスキャンダルになった。お母さんも音楽家柘植彰良を信奉し、彼の音楽に傾倒する一人だったのだ。ボクに父親と同じ音のアキラという名前を付けたのはせめてもの想いからだった。

だからヴァイオリンを弾くこと、音楽を続けることはボクとお母さん、そして柘植彰良の三人の絆を確認することだった。音楽に寄り添う時、ボクを挟んで両親がいてくれるような気がしたからだ。

志望校を決める際、この音大を目指した理由の一番は父親が学長を務めていたからだった。お母さんはそれを聞くと、父親のことには触れなかったけれど何となく嬉しそうにしていた。きっと父と子がいつか同じステージに立つことを思い描いたからだろう。

「学長との関係を公にしなかったのは期するところがあったからなんだね」

「ええ……二十年以上も前のことを今更、という気持ちもありました。それにボクがあの人の息子であるのを明らかにして何が変わります？　初音さんは驚いて、そして学長かボクを、または両方を疎ましく思うでしょう。ボクには胸を張って言えない肩書きが一つ付くだけで、仮にその肩書きのお蔭でヴァイオリニストになれたとしてもお母さんは絶対に喜んじゃくれません」

「それでも父親に対する思慕はある。つまり定期公演で学長と共演することは君には二重の意味があった訳だね。ストラディバリウスの音にも魅せられただろう。ところがチェロの盗難によってまずストラディバリウスが使用できなくなり、次には学長との共演もできなくなった。君にすれば出場する目的の二つまでもが消滅した。だからいよいよメンバーが警察沙汰にしようと暴れ出した時、初音さんを庇うという大義名分と自暴自棄が重なって、あんな発言になった」

ボクはもう一度頷いた。

ペットボトルに指紋を残した時には深い考えもなく、ただボクにも疑いの目が向けられればとだけ思っていた。だから皆が警察に通報しようとした際はどうしようかと慌てたけれど、その光景を目撃した篠原が勝手に解釈してくれたのでそのまま利用することにしたのだ。ボクは彼の思い込みを有難く拝聴して否定さえしなければそれで良かった。

初音さんがボクに好意を持っていることはすぐに分かった。だが、ボクにどうすることができただろうか。腹違いとは言え彼女は姪だ。まさか一線を越えさせる訳にもいかず、だからと言って殊更冷淡な態度を取ることもできなかった。

また、ボク自身の感情も複雑だった。柘植彰良の祝福された直系。同じ血を引きながら出自も明らかにできず絶えず通帳の残高を気にかけているボクと初音さんとは雲泥の差だった。最初の頃は嫉妬も羨望もあった。それでも彼女の奏でる音楽は彼女と同様に優しく、ボクの胸奥に忍び込んできた。優しくて才能豊かな姪。ボクはいつしか彼女の守護者になろうとしていた。だからつかず離れず、彼女の気をはぐらかしながら近くで見守る——そんな曖昧な接し方が精一杯だったのだ。

「それでも」岬先生はボクの想いを掻き消すような真摯な瞳で迫る。

「やっぱり今度のことは君の独りよがりだ。つまらないこと、と言ったのはそういう意味だよ。初音さんはきっと悲しむだろうし、ひどく怒りもするだろう。君が彼女を想うように、彼女もまた違う形で君を想っているのだからね。だからあんな風にお節介をさせて貰った」

「じゃあ……じゃあ、ボクのしたことは間違いだったんですか」

「他人の罪を被ることは、本人に償う機会を失わせることだ。自己犠牲と言えば聞こえはいいけれど、自己陶酔になっている場合だってある。自己陶酔なんて前進できなくなった人間の逃げ道でしかない。それにね、一つの真実を隠すことが別の事実を隠してしまうこともある」

「え?」

やがて準備室の前に到着すると、岬先生は少し緊張した面持ちでドアをノックした。

「お入りなさい」

しわがれた声に誘われてドアを開けると、いきなりコンサート・グランドピアノの出迎えを受けた。光沢も眩い、生まれたてのグランドピアノだ。

「今朝、スタインウェイから届いたばかりだ。間がいいのやら悪いのやら」

ぎょっとした。

声の主はピアノの前に座っていたが、以前の矍鑠《かくしゃく》とした面影はもうどこにもなかった。演奏会直前にステージの袖から見た時は遠目だったので顔色がすぐれないことしか分からなかったが、至近距離だとその磊落《らいらく》ぶりが一目瞭然だった。眼光は乏しく、頬の肉はげっそりと削がれている。声も絞り出すのがやっとのように語尾が掠れている。

医療大麻の投与が切れれば硬化症は着実に進行する――先刻の説明を具現化した姿が正にそれだった。

「さすがに大したものだ。愛用しておったモデルと寸分の違いもない。まあ鍵盤が象牙でなくなったのは時代の趨勢《すうせい》なので諦めるとしよう。おお、肝心なことを忘れておった。城戸くんだったな。いや、見事なコンマスぶり、見事なヴァイオリンだった。ピアノもあの年の奏者にしては刮《かっ》目《もく》すべき表現力だった。またオケの全てが良かった。それに岬先生、貴方も指揮は初めてと言うておったが冗談ではないのかね？　指揮者の振りに目を奪われるなど近年にはなかったことだ」

「お褒め頂いて光栄の至りですが……やはり慣れないことをしてはいけません。僕には自己完結できるピアノが向いているようです。それは学長にもお分かりでしょう」

「ふむ……世の中はままならぬものだな」

「お約束通り、一連の事件の犯人と名乗る城戸くんを連れてきました。しかし彼は犯人ではありません……」

それから岬先生は最前ボクにした説明を繰り返した。最初は半眼で聞いていた学長だったが、話の中心が初音さんと自分になると「まさか……」と絶句した。

「もちろん今のはただの推論です。誰それを糾弾できるような証拠は何もありません」

「いや、岬先生……つくづく貴方は大したものだな。音楽ばかりかそういう方面にも才能があるようだ。よろしい。貴方には打ち明けるとしよう。明察だ。確かにわしはその病に冒され麻薬の密輸に手を染めた。しかし、これはわし一人の責任だ。先方の大学関係者はわしの事情を知らされた上で無理を聞いてくれたのだ。しかしやはりバチが当たった。薬が切れてからというもの、症状は一気に加速した。今ではこの有様、思うようにも歩けん」

「初音さんの行動にはお気付きでしたか」

「いや……それは全然だったな。それにしても不憫《ふびん》なものだ。まさか初音までが同じ病に罹るとはな。どうせなら、あれの不肖の父親がそうなれば良かったものを。あたら若い才能を惜しいことだ。幾らわしのためにしたこととは言え、因果なものよ」

「多発性硬化症には遺伝説もありますからね。しかし……学長、本当にお孫さんの才能を惜しいと思われましたか」

「うん？　何を言う。当然のことではないかね。今度のことは不幸だった。犠牲者は結局手を下した本人だけだった。あれのしでかした悪さだが全ての責任はわしにある」

「責任だけですか？」

「何を言いたいのかね」

「柘植学長。これは貴方の犯罪です。貴方自身が望み、初音さんはそれを実行したに過ぎないんです」

「……よく分からんな。すると貴方はわしがあれを陰で操っておったとでも言うつもりか」

「いいえ。そういうことではありません。全ては初音さんの自発的な行為であり、そこに学長の指示があったとは思えません。ただ、彼女の行動に全く気付かなかった、何もご存じではなかったというのは嘘です。貴方は全てを知っていた。貴方が硬化症を患い違法な薬に手を出していると知った彼女が何を思い、そしてどんな行動に出るのかを知悉していた。そして実際に行動しようとした時も止めようとしなかった。何故なら、それが貴方の望みだったからです」

ボクは唖然として二人の会話を聞いていた。

そんな馬鹿な。

じゃあ一体、ボクは何のために――。

「幼少の頃から彼女は貴方を祖父として、そして音楽の先達として崇拝してきた。貴方には彼女の心理など手に取るように分かったでしょう。彼女は貴方が自宅で大麻を吸引しているのを知って一連の行動を思い付きましたが、それは貴方が吸引の事実を彼女に察知させるためにわざと痕跡を残していたからです。僕がそのことに思い至ったのはピアノの破損事件が起きた時でした。先ほど僕はこう説明しました。ペットボトルを二本も抱えてドアの前をうろうろするよりも貴方の退出の時間をあらかじめ把握した上で、更に鍵は施錠しないよう貴方に吹き込むのが一番確実なのだと。しかし、如何に貴方から上手に訊き出したとしても貴方自身が時間に正確に行動しなければ意味がない。それに施錠するしないは気分の問題だ。貴方が退出したはいいが施錠されていたら元も子もない。つまり、初音さんが貴方の退出後、たまたま施錠を忘れていた準備室に侵入するには貴方の積極的な協力が絶対に必要だった。初音さんが行動を起こす前日、それとなく翌日の行動を訊いた時、貴方には彼女の意図が即座に理解できた。だから彼女に告げたその時刻に部屋を開け、彼女の侵入を促した。そう、貴方は主犯の知り得ない共犯だったのです」

岬先生はそこで言葉を切った。

学長は無言のまま先生を見ている。

ボクは喉がカラカラになっていた。

「先生……何故、なんです？　どうして学長がそんなことするんですか」

「硬化症のことと大麻密売の件が明るみになれば柘植彰良の名誉は失墜し、自身も世間から糾弾される……初音さんの案じたことはそのまま当の学長本人が恐れていたことだったからだよ。だが、実はもう一つ理由がある」

今度は学長が口を開いた。

「もう一つ。それは何かね」

「貴方の芸術院入りを成し遂げるためです。既に内定が下り、この秋にも正式に決まるようですね。だが、その芸術院入りも今回のことが報じられれば取り消しになる可能性が大きい。仮に大麻密輸が治療のためという事情は同情されるかも知れないが、既に演奏者としての生命が断たれていることを知れば今尚現役を続けている芸術院会員たちも貴方の入会を渋るでしょうしね。貴方が最も恐れたのはそれだった。だから初音さんの行動と目的を知った時、止めもせず、その手助けまでした。自分の口からは言い出せない演奏会の中止を目論んで。だから、高価なストラディバリウスが盗難に遭おうと、愛用のグランドピアノが台無しになろうと、学校のサイトに脅迫文が届こうと頑なに警察の介入を拒絶した。幾ら初音さんが上手く立ち回ろうとも、警察を相手に隠し通せるものではないことを貴方自身が痛感していたからです」

再び二人は沈黙に入った。

そして、しばらくして先生が落胆したように言った。

「反論はありませんか……？」

問われた学長は眠るように目を閉じている。

「黙って聞いておれば、どれも貴方の憶測のようだな。証拠となる物は確かに何もない」

「その通りです。そして探すつもりもありません」

「何故？」

「僕は警察官でも探偵でもありません。そして先に申し上げた通り、誰を糾弾するつもりもありません。ただ、初音さんを想い、彼女の罪を一身に被ろうとしたこの人には真実を知って欲しかったのです。ですから、今の他愛もない話が僕の愚かな憶測ならそう断言して下さい」

「ふむ……」

学長は嘆息すると、やおら椅子の高さを調整し始めた。ひどく気だるそうに手を伸ばし、ダイヤルを回す仕草一つが億劫そうに見える。ボクは我慢できなくなり、不意にあのことを告げようと思った。

「それなら学長。ボクの名前を聞いて何か思い当たることはありませんか」

「城戸くん、それは」

だが学長はボクを一瞥してこう言った。

「ああ、もちろん君のことは初めて見た時から気付いておったよ。顔が母親似でもある。城戸美由紀の忘れ形見だろう？　ヨーロッパ滞在中、一度だけ彼女が君のことで手紙を寄越した」

「じゃあ、何故初音さんがボクに近付くのを黙認していたんですか」

「早まっちゃあいかん。確かにわしは以前城戸美由紀と関係したが、だからと言って君がわしの子供であるとは決まってはおらんだろ。それとも近頃流行りのＤＮＡ鑑定とかで親子の証明でもしてみるかね。もっともどんな結果が出たところでわしには何の関係もないが」

信じられないほど事務的な口調だった。

「まあ、好きにすれば良い。わしの息子という冠が付いたところで真の音楽家になれる保証はどこにもないのだが」

ボクは顔から火が出そうだった。恥ずかしかったからではない。こんな不実な人間を陰ながら慕っていた自分に腹が立ったからだ。感動的な親子の名乗りなんて最初から期待していなかったけれど、こうまで冷淡にされるとは想像もしていなかった。

「ときに君はこれからどうするつもりだね。やはりヴァイオリニストを目指すのかね」

　情けないことにすぐには答えられなかった。

「あれだけ弾けるのだから多分そうするだろう。では先んじて忠告しておこう。一度プロになったからには停滞や怠惰は許されない。毎日が刻苦勉励と前進の日々だ。一人でも多く作曲家の魂に触れ、一曲でも多くその精神を守らねばならない。それはそこにいる岬先生も身に沁《し》みて分かっておるはずだ」

「……はい」

「全ての良心的な演奏家は頂点を目指す。高みに上がれば必ず奏する音が向上するからだ。しかし、頂上を目指せば目指すほど演奏家は一人ぼっちになっていく。登り始めた時には横にいた大勢の友も一人減り二人減り、いつの間にかいなくなってしまう。頂上を極めた者は更に孤独だ。同じ風景を見る者も語らう者もいない。だから余計に人恋しくなるか、さもなければ逆に人を寄せ付けなくなる」

　岬先生は身じろぎもせず学長を正視していた。

「ラフマニノフの音楽に全てを捧げ、懸命に追い求めた末にわしは音楽の神に身を寄せることができた。だが音楽の神は同時に悪魔でもあった。わしにちっぽけな才能を与えた代償に人並みの幸せと人間らしい感情を奪っていった。わしには才能を愛することができても、その持ち主を愛することはできん。息子の良平然り、孫の初音もまた然り。だから二人の才能に限界が見えた刹《せつ》那《な》、わしは二人に対する興味を失った」

「初音さんも？　貴方を、貴方を助けようとしたのに」

　ボクの声は半分泣いていた。

「わしと同じ病気になったのは不運だったが、どの道あれの才能は限界に来ていた。可哀相だがあのまま続けていても伸びしろはさほど大きくない。だから自分の限界を他人から思い知らされるより、信奉している先達と同じ病で朽ちる方があれにとっても幸せだろう。だが、わしは違う。人並みのものを全て奪われ、この上ピアニストとしての名声を失えば、わしにはもう何も残らないのだ」

「あなたは、ひどい人だ」

「否定はせんよ。或る水準を超えると人間性と音楽性は別物になる。それは過去の偉大な音楽家たちが身を以《も》って示してきたことだ。きっと優れた表現者ほど、それに見合った何かを捧げなければならんのだろう」

　柘植彰良は目の前に広がる鍵盤の配列をひとしきり見つめてから、頭《こうべ》を垂れた。

「だが、わしにそれを言う資格はないのかも知れん。頂上を極めたと思ったのは一瞬だった。気が付けば、頭上にかかる雲の上にはまだまだ道が続いていた。考えてみれば、モノを造り何事かを表現する者には頂点や終着点などない。あるのは通過点だけだ。しかしそれを知った時、もうわしに残された時間はなかった……」

その声は語尾が掠れていた。呼吸するのも苦しそうだった。岬先生が腰を浮かしかけたが、柘植彰良はそれを手で制してボクたちを近づけさせようとしなかった。

「それが音楽の神が下した宣託かどうかは分からん。ただこの世界には神の意思以外にも道徳律などという下らんものがあってな。人間性を売り渡した者にはそれ相応の報いが用意されておる」

拓植彰良はその時、自分の右の掌を白くなるほど強く握った。小刻みに震えていた指がゆっくりと落ち着きを取り戻す。

「岬先生」

「はい」

「繰り返すようだが、さっきの指揮は素晴らしかった。内容もそうだがわしは貴方の音楽に対する姿勢に心打たれた。第二楽章の終盤で貴方はわずかにバランスを崩した。そしてその瞬間だけテンポを外した。あれは、急に左耳が聴こえなくなったのだな。つまり貴方もわしと似たような病気なのだろう」

ボクは驚いて岬先生を見た。

先生が――難聴だって？

「やはり、ご存じでしたか」

「音楽家として致命的な病でありながらステージに立ち続ける。貴方は立派だ。わしはそれを目の当たりにして自分の卑小さを思い知らされた。だからこれはその返礼だ。この老いさらばえた指がどこまで言うことを聞いてくれるかは分からんが、かつては作曲者の意思をそのまま伝えると称されたピアノを聴いて貰おうではないか」

あまりに勝手な言い草にボクが足を前に踏み出した——途端、岬先生の腕が肩を捕えた。向き直ると先生は神妙な顔で首を横に振った。

「岬先生。貴方はとても剛《つよ》い人だ。その不自由な耳でよくぞ今までやってこれたものだ。しかし貴方ですら、その指が強張り、筋力が完全に失われればわしのように怯えるはずだ。音楽にかしずき、聴衆を酔わせ続けた挙句に待っていたものが絶望でしかないことを知った時に必ずこの世を呪うはずだ」

「いいえ」

岬先生は言下に否定した。

「僕は誰も、そして自分も呪いません。その前に自分が何者であるかを問い続けるだけです」

「ふむ……できるものならそれを見届けたかったな」

拓植彰良はそれきり口を閉ざした。そしてボクたち二人だけを聴衆と決めたらしく、静かに指を鍵盤に翳した。

いきなり三つのフォルテシモが耳を襲った。高音部と低音部のユニゾン——まるで鐘の音のような開始和音で曲名はすぐに判明した。

ラフマニノフの〈前奏曲嬰《えい》ハ短調〉。彼のピアノ曲では最も有名であり、また柘植彰良が十八番にしていた四分弱の小品だった。

クレムリン宮殿の鐘の音を模した大小の和音が交錯する。轟くように力強いけれども憂鬱な打鍵。さっきまで震えていた指が打ち鳴らす音とは到底思えない。ボクは金縛りに遭ったように、その場に立ち尽くす。

三小節で音量がピアニッシモに転じると、暗澹とした主題が提示された。どっしりとした土台。それに対する和音はその陰気さを明るく照らすようなコントラストを与える。それはロシアの冬の情景だ。冷たい風の吹き荒《すさ》ぶ舗道を老人が一人歩いている。老人は柘植彰良その人だ。彼に寄り添う者は誰もおらず、彼は孤独のうちにいる。

ふと彼は立ち止まる。見上げれば空からは重く黒い雲が圧し掛かっている。かつてこの空には蒼《あお》さがあった。眩い太陽もあった。しかし今やそれは黒雲の彼方にあり、彼に降り注ぐことはない。失ったものへの未練と惜別で彼の胸は一層重くなる。

荒々しい和音連打は激しさの中に絶望を浮き彫りにする。懸命に追い求めても失ったものは二度と戻らない。既に彼は別のものを対価として受け取っているのだから。たとえその対価が今は消費されて減価していても、それは彼自身の選択によって導かれたものだ。

旋律を下向させながら、彼は絶望の檻から逃げ出そうと試みる。和音による三連符の絡み合いが昏い情熱を掻き立てる。

どこまでもどこまでも突き進む。しかし彼の周囲は闇に包まれ、どこまで行っても一点の灯りも見えない。彼はもがき苦しみながら、それでも進み続ける。

頂点を目指すということは孤独に向かって進むことだ。岬先生もボクも音楽を続けていく以上、その摂理から逃げることはできない。それでもお前たちは音楽を続けるのか――柘植彰良がそう問うているような気がした。

そしてやっとボクは気付いた。

これは白鳥の歌だ。白鳥が最期の瞬間に歌い上げる絶世の歌がこれなのだ。

七十歳の誕生日を前に引退を考えていたラフマニノフはこれが最後と決めた演奏会に赴《おもむ》く汽車の中で倒れ、そのまま帰らぬ人となった。もしもその演奏会が開催されていたら、きっとこんな演奏ではなかっただろうか。

柘植彰良の意識は指先に集中している。わずかに残った全ての体力と精神力を動員して十本の指を動かしている。顔に血の気はない。目は半眼のまま、唇は真一文字に閉じられている。その集中度合いの凄まじさにボクは瞬きさえできない。

岬先生も彫像のように動かなかった。両手を拳に固め、じっと何事かに耐えていた。先生も柘植彰良の叫びを聞いているのだ。お前にはこの苦しみが耐えられるのかと問われているのだ。

曲は再現部に突入した。オクターブによって増幅された主題が激烈な和音を叩きつける。提示部よりも遅いテンポが曲に広がりと威厳を形作る。七小節目からははっきりとデクレッシェンドが分かる。

これが柘植彰良最後の演奏だ。

ボクと岬先生はその事実を共有して、彼の死に立ち会っていた。

最後の咆哮。それは消えゆく蠟燭《ろうそく》の灯が直前の一瞬だけ一際輝く様に似ていた。

やがて音は静かに落ちていく。
七小節の短いコーダが始まる。鐘の音が長く尾を引くように流れる。
ピアニストは頭を落とし、肘から先だけを動かしていた。
白鳥は力尽きようとしていた。
左右の指が内声で切れ切れの和音を奏でる。
息が細くなり、
掠れていき、
最後の一音が空気に消えていった。
そして、この老いたピアニストは眠ったようにもう動こうとしなかった。

〈参考文献〉
『ラフマニノフ　その作品と生涯』　C・I・ソコロワ著　佐藤靖彦訳　新読書社　一九九七年
『モスクワの憂鬱　スクリャービンとラフマニノフ』　藤野幸雄著　彩流社　一九九六年
『母と神童　五嶋節物語』　奥田昭則著　小学館　一九九八年
『歌って、ヴァイオリンの詩2』　千住真理子著　時事通信社　二〇〇九年
『バイオリニストは肩が凝る　鶴我裕子のN響日記』　鶴我裕子著　アルク出版企画　二〇〇五年
「サラサーテ　Vol.33　二〇一〇年六月号」　酣燈社　二〇一〇年

〈参考CD〉
『ベートーヴェン：ピアノ協奏曲　第5番《皇帝》』
ヴラディーミル・アシュケナージ（ピアノ）
ウィーン・フィルハーモニー管弦楽団
指揮：ズービン・メータ　LONDON
『パガニーニ：ヴァイオリン協奏曲第1&2番《ラ・カンパネラ》』
サルヴァトーレ・アッカルド（ヴァイオリン）
ロンドン・フィルハーモニー管弦楽団
指揮：シャルル・デュトワ　DEUTSCHE GRAMMOPHON
『パガニーニ：24のカプリース（全曲）』　シュロモ・ミンツ（ヴァイオリン）
DEUTSCHE GRAMMOPHON

『メンデルスゾーン&チャイコフスキー：ヴァイオリン協奏曲』
ナタン・ミルシテイン（ヴァイオリン）
ウィーン・フィルハーモニー管弦楽団
指揮：クラウディオ・アバド　DEUTSCHE GRAMMOPHON
『ラフマニノフ：ピアノ協奏曲第2・4番』
ヴラディーミル・アシュケナージ（ピアノ）
アムステルダム・コンセルトヘボウ管弦楽団
指揮：ベルナルト・ハイティンク　LONDON
『ラフマニノフ：ピアノ作品集』ヴラディーミル・アシュケナージ（ピアノ）　DECCA

この作品はフィクションです。実在する人物、団体等とは一切関係ありません。

中山 七里（なかやま しちり）
1961年、岐阜県生まれ。花園大学文学部国文科卒業。
第8回『このミステリーがすごい！』大賞にて大賞受賞、
2010年1月『さよならドビュッシー』（宝島社）にてデビュー。
現在会社員。

※本書の感想、著者への励まし等は下記ホームページまで
http://konomys.jp

おやすみラフマニノフ

2010年10月26日　第1刷発行

著　者：中山 七里
発行人：蓮見清一
発行所：株式会社宝島社
〒102-8388 東京都千代田区一番町25番地
電話：営業　03（3234）4621／編集　03（3239）0069
http://tkj.jp
振替：00170－1－170829　（株）宝島社
組版：株式会社明昌堂
印刷・製本：中央精版印刷株式会社

本書の無断転載を禁じます。
落丁・乱丁本はお取り替えいたします。
© Shichiri Nakayama 2010 Printed in Japan
ISBN 978-4-7966-7901-5

好評発売中!

定価:本体1400円+税

選考委員が大絶賛した話題の感動作!

行間から立ち上がるドビュッシー「月の光」やショパン「エチュード10-1」の美しい旋律。

ピアニストを目指す少女、殺人、そして驚愕のラスト!

ピアニストを目指す遥は、ある日火事に巻き込まれて全身大火傷の大怪我を負う。それでも夢をあきらめずに猛レッスンに励んでいた。ところが周囲で不吉な出来事が次々と起こり、やがて殺人事件まで発生する——。

イラスト/北沢平祐 or PCP

宝島社 http://tkj.jp お求めは全国の書店、インターネットで。